森
ショクドウ

サバイバーズ
SURVIVORS

孤独の犬

エリン・ハンター
井上 里 訳

小峰書店

サバイバーズ　孤独の犬

目次

装画／平沢下戸
装幀／城所潤・大谷浩介（JUN KIDOKORO DESIGN）

サバイバーズ
おもな登場キャスト

ラッキー（ヤップ）

シェットランド・シープドッグとレトリバーのミックスで、金色と白の毛並みをもつ。自立心が強く、狩りが得意。

〈孤独の犬〉　オス

オールドハンター

丸みをおびた鼻、がっしりとした体つきの大型犬。ラッキーに街の犬として生きる術を教えた。

〈孤独の犬〉　オス

スイート

短くなめらかな毛並みでほっそりとした体つき。足が速く、身のこなしが軽い。群れで生きることを大切と考えている。

〈群れの犬〉　メス

デイジー

父犬はウェスト・ハイランド・ホワイト・テリア。母犬はジャック・ラッセル。短い足と毛むくじゃらの顔が特徴。

〈囚われの犬〉 メス

ベラ（スクイーク）

ラッキーのきょうだいだが、ニンゲンに育てられた。仲間おもいで、勇敢。犬の本能が目覚めはじめている。

〈囚われの犬〉 メス

ミッキー

白黒まだらの牧羊犬（ボーダー・コリー）。群れをまとめること、狩りをすることに長けている。

〈囚われの犬〉 オス

アルフィー

茶色と白の毛並み。小さくずんぐりとした体形。興奮しやすく、考える前に行動してしまうことも。

〈囚われの犬〉　オス

マーサ

黒くやわらかな毛並みの大型犬。ニューファンドランド。おだやかな気性で、いつも仲間を気にかけている。泳ぎが得意。

〈囚われの犬〉　メス

サンシャイン

白く毛足の長い小型犬。マルチーズ。陽気な性格のいっぽう、臆病な一面も。鋭い嗅覚をもつ。

〈囚われの犬〉　メス

ブルーノ

母犬はジャーマン・シェパード。闘犬。長い鼻と硬い毛並みが特徴。

〈囚われの犬〉　オス

プロローグ

ヤップは体をよじってあくびをし、しあわせそうに小さく鳴いた。きょうだいたちと温かな体をよせあい、前足や鼻先を押しつけあいながら、とくとくいう小さな心臓の音をきいている。ヤップの体を乗りこえようとしたはずみに、スクイークの前足がヤップの目に入った。ヤップが首を振って寝返りを打つと、スクイークは地面にころんと落ち、怒ってかん高い声をあげた。ヤップは、わざとじゃないよというしるしに、スクイークの鼻をなめた。

母犬がそばにきた。鼻先で子犬たちをきちんと並べて顔をきれいになめ、いつものように全員のまわりをひとまわりすると、囲いこむようにして横になる。眠る時間だ。

「おきて、やっぷ！　ままがおはなししてくれる」スクイークがいった。お姉さん風を吹かせた命令口調はいつもと同じだ。スクイークは、母犬に優しく顔をなめられているあいだも小さな鳴き声をあげていた。

「〈アルファの嵐（あらし）〉のお話をしてあげましょうか」

ヤップは興奮して背中がぞくっとするのを感じながら、待ちきれずにきゅうきゅう鳴いた。

「ききたい！」

「また？」スクイークが鼻を鳴らした。

だが、きょうだいたちが折りかさなるようにしてスクイークの体を乗りこえていったので、不満げな声はかき消された。「ききたい、まま！　あるふぁのあらしのおはなし、ききたい！」

母犬は子犬たちをひとつに集め、しっぽで地面を強く打った。語りはじめた母犬の声は、低く重々しかった。「これはライトニングという名前の犬のお話よ。ライトニングほど速く走れる犬は戦士たちの中にもいなかった。〈天空の犬〉はライトニングをみまもっていた……ところが〈大地の犬〉はライトニングをねたみ、こんなふうに考えたの。ライトニングはあまりにも長く生きすぎている、そろそろ命を手放してもいいころだ。そして、自分がライトニングの生命の力を受けつごう、と。ところが、ライトニングはすばらしく足が速かったから、〈大地の犬〉のするどい牙（きば）から逃（に）げることができた――それどころか、死そのものからも逃（に）げることができたの！」

「ぼく、らいとにんぐみたいになりたい」ヨウルが眠（ねむ）たげな声でいった。「ぼくだってはやくはしれる。ほんとだ」

「しー！」スクイークが、ふわふわした金色の前足でヨウルの口をふさいだ。いやがってたくせに、とヤップは胸の中でひとりごちた。スクイークだって、やっぱりママの話に夢中になってる。

「そして最初の大きな戦いが起こった」母犬は抑えた声で続けた。「それが、あの恐ろしい〈アルファの嵐〉よ。この大戦で、世界中の犬たちが戦って、世界を支配するアルファを決めようとした。戦いの恐ろしさを伝える物語は数知れず、戦いのさなかに生まれ、そして死んでいった英雄たちも数知れずいたわ。

　とうとう〈大地の犬〉は考えた。ライトニングの生命はじきにその体を離れる。今度こそその命をわがものにしよう、と。でもライトニングはぬけめのない戦士だったし、自分の足があれば死を振りきって逃げられると確信していた。そこで〈大地の犬〉は、罠をしかけることにした」

　イップが両耳をぺたんと寝かせて声をあげた。「そんなのずるい！」

　母親は鼻先でイップをなでた。「いいえ、イップ。〈大地の犬〉がライトニングの命を奪おうとしたのは正しいことだったのよ。それが世界の定めなのだから。あなたのお父様が死んだときも、肉体は大地に還ったの」

子犬たちは急におごそかな気持ちになり、だまりこんで母犬の声に耳をかたむけた。

「ライトニングは自慢の足で戦場から逃げだそうとした。争う犬たちのあいだをすさまじい速さで駆けぬけたから、その姿はみえず、牙でかみつくことも爪で引きさくこともできなかった。ライトニングの体はほとんど透きとおって、自由になったようにみえた。でも、そのとき〈大地の犬〉がうなり声をあげて、ライトニングの目の前の地面をまっぷたつにしたの」

ヤップはこの話を何度もきいていたが、はっと息を飲み、きょうだいたちにぎゅっと体を押しつけた。今度こそ、ライトニングは恐ろしい大地の裂け目に飲みこまれてしまうにちがいない……。

「ライトニングにも、大地が自分を飲みこもうとしてふたつに分かれたのはみえていた。でも、すごい速さで走っていたから、止まることができなかったの。とうとう自分は負けたのだと絶望した。だけど、〈天空の犬〉はライトニングの味方だった。

ライトニングが死へむかって落ちていくそのとき、〈天空の犬〉は風を起こしたの。うずを巻く、とてつもなく強い風を。風は落ちるライトニングの体をとらえ、浮かびあがらせ、くるくると空へ舞いあげた。それ以来ライトニングは、空の上で〈天空の犬〉たちとともにいるわ。

いま、このときも」

子犬たちは母犬のわき腹に体を押しつけ、その顔をみあげた。

「もうずっとおそらにいるの？」ヨウルがたずねた。

「ええ、ずっと。〈天空の犬〉が吠えるとき、空にひらめく稲光がみえれば、それはライトニングが大地まで駆けおりている証拠よ。〈大地の犬〉をからかっているの。ぜったいに捕まえられないことを知っているから」母犬はヤップの眠たげな顔をなめた。ヤップはいまにも目を閉じそうだった。「こんな言い伝えをきいたことがあるわ。いつの日か、第二の犬が〈大地の犬〉の機嫌をそこねたとき、ふたたび大きな戦いが起こるだろう。そのとき犬たちは争い、偉大な英雄が現れては消えていくだろう。ふたたび〈アルファの嵐〉が起こるだろう」

ヨウルは大きなあくびをひとつして、体からくたりと力をぬいた。「でも、それ、すぐじゃないんでしょ？」

「そうねえ。すぐかもしれないし、すぐではないかもしれない。しるしをみのがさないように、いつも気をつけていなくては。世界の天と地が逆さになり、毒の川が流れるとき、〈アルファの嵐〉が起こるといわれているわ。そのとき、わたしたちはふたたび戦わなくてはならない。生きのびるために」

ヤップは目を閉じた。母犬の話をききながら眠りに落ちるのが好きだった。おなじみの感覚がやってくる——声が遠ざかり、自分ときょうだいたちを眠りが包みこんでいく。ヤップは、母犬の胸に守られながら、お話の最後に耳をかたむけた。話はいつも同じ言葉で終わる……。

「気をつけていなさい、子どもたち。〈アルファの嵐〉がやってくるわ……」

1 大地のうなり

ラッキーは、はっと目をさました。恐怖が骨と毛皮をちくちくつついていた。さっととびおき、うなり声をあげる。

少しのあいだ子犬にもどったような気分になり、きょうだいたちとともにぬくぬく守られていたころのことを思いだしていた。だが、そのここちのいい夢はすでに消えた。ラッキーは、なにか悪いことが起こりそうな気配を肌で感じていた。近づいてくるものの正体がわかりさえすれば、身構えることもできる――だが怪物は目にみえず、においもしなかった。ラッキーは恐ろしくなってくんくん鳴いた。これは、お話の中の恐怖ではない。本物の恐怖だ。

逃げだしたいという衝動はおさえられないほど強かった。だが、ラッキーにできたのは、どうすればいいかわからずにもがき、うなり、地面を引っかくことだけだった。そもそも逃げ道もない。どちらを向いてもケージの針金が行く手をはばむ。すきまから出した鼻先が痛かった。

牙(きば)をむき出してうなりながらあとずさると、今度は同じ針金がしっぽを刺(さ)した。

ほかの犬たちはすぐそばにいる……見慣れた体、かぎなれたにおい。みんなラッキーと同じように、この寒々しいケージに閉じこめられている。ラッキーは上を向いて吠(ほ)えた。何度も何度も、かん高い声で必死に吠(ほ)える。だが、仲間にもどうしようもないことはわかっている。ラッキーの吠(ほ)え声は、仲間たちの気のふれたような吠(ほ)え声にかき消された。

だれもが閉じこめられていた。

暗い恐怖(きょうふ)がラッキーを飲みこんだ。爪(つめ)で土の地面を引っかく。むだだとわかっていてもやめられないのだ。となりのケージには、足の速さを誇(ほこ)るスウィフト・ドッグという種族のメスがいた。優しくほっとするようなにおいはいつもと変わらないが、いまはそこに、はっきりと恐怖(きょうふ)がにじんでいた。ラッキーはかん高く吠(ほ)えながら、スウィフト・ドッグに体を寄せた。相手の震(ふる)えが伝わってくる——だが、ケージの針金は容赦(ようしゃ)なく二匹(ひき)の体をへだてていた。

「スイート！　スイート、なにかが近づいてくる。なにか悪いものが迫(せま)ってくる！」

「ええ、わたしにもわかるわ！　なにが起こっているの？」

ニンゲンたちはいったいどこにいるのだろう？　彼(かれ)らがラッキーたちをこのケージに閉じこめたのだ。それでも、ニンゲンたちはいつも犬のことを気にかけてくれているように思えた。

食べ物や水を持ってきて寝床を作り、ケージの中をきれいにしてくれる。

きっと、今度もすぐにきてくれるにちがいない。

ほかの犬たちの叫ぶような声をききながら、ラッキーも大きな声で吠えはじめた。

だれかきてくれ！　なにかが近づいているんだ……。

ラッキーの体の下でなにかがうごめき、ケージがゆれた。ふいに、あたりがしんと静まりかえり、ラッキーはうずくまった。恐ろしくて体を動かすことができない。

そのとき、まわりで、上で、あらゆるものが崩れはじめた。

みえない怪物はすぐそこまで迫っている……怪物の前足はいま、保健所の屋根にかかっていた。ラッキーは体を投げだされ、針金にぶつかった。地面がいきなり持ちあがり、かたむいたのだ。苦しい数秒間が過ぎた。ラッキーは上も下もわからないまま、怪物に体を転がされていた。崩れおちるがれきや、粉々に割れるガラスの音は、耳をつんざかんばかりだ。もうもうと立ちこめる砂ぼこりで、目の前がまったくみえない。おびえた犬たちの悲鳴やかん高い吠え声が響きわたる。壁の一部が大きく崩れてケージのすぐそばに落ち、ラッキーはあわててとびすさった。〈大地の犬〉は、ラッキーを捕まえようとしているのだろうか？

やがて怪物は、きたときと同じくらいだしぬけに去っていった。息が詰まるような砂ぼこりの中で、ふたたび壁が崩れおちた。大きなケージが、ちぎれた針金をきしらせながらかたむき、そして倒れた。

あたりは静まりかえり、感じられるものといえば、鼻をつく金属のようなにおいだけだった。血のにおいだ！　ラッキーは考えた。死のにおいだ……。

腹の底から恐怖がわきあがってくる。ラッキーは地面に倒れ、つぶれたケージにはさまれて身動きができなくなっていた。がっしりした足をやみくもに動かし、立ちあがろうとする。ケージは音を立ててゆれたが、起きあがれなかった。うそだ！　ラッキーは声にならない悲鳴をあげた。出られない！

「ラッキー！　ラッキー、だいじょうぶ？」

「スイート？　どこにいる？」

ずたずたになった針金のあいだから、スイートがほっそりした顔をのぞかせた。「わたしのケージの扉、倒れたときに壊れたの！　わたし、自分が死んだのかと思ったわ。ラッキー、わたしは逃げられたけど——あなた——」

「スイート、助けてくれ！」

ふと気づくと、仲間の弱々しい鳴き声がいつのまにかきこえなくなっていた。ということは……いや、まさか。ラッキーは、それ以上考えることができなかった。ぶきみな静けさをやぶりたい一心で遠吠えをする。

「針金を引っぱってみるわ。あなたのケージの扉も外れそうになってるもの。開けられるかもしれない」スイートはそういうと、針金をくわえて引っぱりはじめた。

ラッキーはどうにか落ちつこうとした。できることなら全身でケージにぶつかり、壊してしまいたい。うしろ足をけり、首をひねって針金にかみつく。スイートはケージをくわえて少しずつ引っぱり、ときどきその口をはなして地面に転がったがれきを前足で払った。

「ほら、ちょっとずつ外れてきた。待ってて――」

だが、ラッキーはそれ以上待てなかった。扉をみると、上のはしが壊れて穴が開いている。ラッキーは体をひねって扉にかみつき、爪で引っかいた。前足を穴に差しこみ、力をこめて引っぱる。

針金がきしむと同時に、前足の肉球に鋭い痛みが走った――が、扉は大きくかたむいた。ラッキーは体をくねらせてケージのすきまからはいだし、ようやくまっすぐに立ちあがった。しっぽは足のあいだにきつくはさみこまれ、毛皮にも筋肉にも震えが走っていた。ラッキーとスイートは、虐殺の跡と散乱したがれきをぼう然とみつめた。壊れたケージ、そして、むざんな死体。なめらかな毛並みの小さな犬が、すぐそばの地面に横たわっていた。すでに息絶え、目からは光が消えている。さきほど崩れおちた壁の下に生き物の気配はないが、石のあいだから、前足が一本力なくつきだしていた。建物全体に死のにおいが広がりつつあった。

スイートが悲しげな鳴き声をあげた。「いまのはなに？　なにが起こったの？」

「きっと――」ラッキーは声の震えに気づいて、もういちどいい直した。「きっと〈大地のうなり〉だ。むかし――母さんが〈大地の犬〉と〈大地のうなり〉の話をしてくれた。地面がゆれて大地が割れるんだ。たぶん、怪物の正体はそれだ……」

「ここは危ないわ！」スイートはおびえた声でいった。

「ああ、もういこう」ラッキーはそろそろとあとずさり、死のにおいをふりはらおうと首を振った。だがにおいは消えず、鼻の奥にしつこく残っていた。

ラッキーは、打ちひしがれた顔であたりをみまわした。小山になった割れたブロック、粉々になって舞いあがるレンガのくず、立ちこめた煙――それらを切りさくように日の光が差している。

「あっちだ、スイート。石が崩れているほうへいこう。さあ！」

スイートは、ラッキーが急きたてる前に、がれきの山をさっと飛びこえた。ラッキーはけがをした前足をかばいながら進み、ニンゲンたちの姿を探してそわそわあたりをみまわした。このひどい光景に気づけば、かならずここへやってくるはずだ。もしやってくれば、ラッキーたちをケージの中に連れもどしてしまうだろう。

ラッキーは身ぶるいして足を速めた。だが、スイートに続いて表の道路にとびおりたときでさえ、ニンゲンの姿は影も形もみえなかった。

ラッキーは途方にくれて足を止め、空気のにおいをかいでみた。異様なにおいだ……。

「急ごう」ラッキーは低い声でいった。「なにが起こったのかはわからないけど、ニンゲンがもどってきたときにそなえて、できるだけ遠くまで逃げておいたほうがいい」

スイートはうつむき、きゅうきゅう鳴き声をあげた。「ラッキー、ニンゲンがここに残っているとは思えないわ」

二匹は押しだまったままゆっくりと進んだ。ラッキーの腹の中では、恐怖がしだいにふくれあがっていた。知っている通りや路地は、ほとんどががれきでふさがれている。ラッキーは、崩れた建物を避けながら通り道をみつけ、地面からむき出しになってヘビのようにからみあう電線のあいだをすりぬけていった。スイートとちがって、ラッキーはニンゲンたちはすぐにもどってくると確信していた。その前に、めちゃくちゃになったこの場所からできるだけ離れておきたかった。

　空が暗くなりはじめたころ、ラッキーは十分に保健所から遠ざかったと考えて、ひと休みすることにした。自分はともかく、スイートはそれ以上進めそうになかった。スウィフト・ドッグは短距離走に強い種族だが、長距離の移動はあまり得意ではないようだ。振りかえり、いまきた道に目をこらす。地面には長い影がのび、あちこちのすみには、身を隠せそうな暗がりが生まれている。ラッキーは震えた――あの暗がりに、おびえ、腹をすかせた動物がひそんでいるかもしれない。だが、〈大地のうなり〉から逃げてきたいま、ラッキーもスイートもくたくたに疲れていた。スイートはふらつく足で円をえがいて寝床をさだめ、倒れこむように横たわると、前足に頭をのせて不安を浮かべた目を閉じた。ラッキーは温かくて気持ちのいいスイートの体に自分の体を寄せた。もう少し起きていよう。ラッキーは考えた。そうだ……もう少し起きて見張っておこう……。


　ラッキーははっと目を覚ました。体がぶるぶる震え、胸もどきどきしている。

　すでにあたりは明るんでいた。夢の中では、遠くからたえまなく〈大地のうなり〉がきこえ、数えきれないほどたくさんのニンゲンたちがラッキーを追いぬいて逃げていき、ジドウシャからは犬の鳴き声やクラクションの音が響いていた。目を開けたいま、あたりに生き物の気配はない。街は打ちすてられたようにみえた。

とげの多い低木の下では、スイートが眠っている。毛並みの美しい体が、呼吸に合わせて上下していた。ぐっすり眠るスイートをみていると、ラッキーはなんとなく心がなぐさめられた。だが、ふとわれに返った。いいにおいのするスイートの温かな体をながめている場合ではない。スイートを起こして、ここは危険だと警告しなければならない。ほっそりした顔を鼻先でつついて耳をなめると、しあわせそうな小さなうなり声が返ってきた。スイートは起きあがり、お返しにふんふん鼻を鳴らしながらラッキーの顔をなめた。

「前足の具合はどう?」

その言葉をきいたとたん、前足に痛みが走った。ラッキーはけがをしていたことを思いだし、前足の肉球に鼻先を近づけた。真っ赤な傷が残り、ずきずきうずいている。ラッキーは傷をそっとなめた。傷口はもう開いていないが、それでもふさがったばかりだ。また血を流すのはごめんだった。

「よくなってると思う」ラッキーは茂みからはいだしながら希望をこめていったが、気持ちは沈んでいた。

二匹の前にのびる道路は、大きくかたむき、あちこちがひび割れていた。割れ目からは長い水道管がむき出しになり、そこから水が空高く吹きだして宙に虹を作っている。かたむいた通りを視界の続くかぎりみわたしてみると、地平線から顔を出した〈太陽の犬〉が、通りの建物のあらわになった鉄骨をかがやかせていた。〈太陽の犬〉は、朝になると地平線から現れて天空を駆け、夜になると眠るためにふたたび地平線のむこうに姿を消す。大きな水たまりがひとつできているが、ラッキーが覚えているかぎり、ここには庭園があったはずだった。以前はあれほど大きく、あれほどしっかりしてみえたニンゲンたちの家は、ぺしゃんこにつぶれていた。まるで、巨大なニンゲンのこぶしになぐられたかのようだった。

「これが〈大地のうなり〉なのね」スイートは、息を飲んでつぶやいた。「なんて力なの」

ラッキーは身ぶるいした。「きみがいったとおり、ニンゲンはいなくなってる。この街には数えきれないほどのニンゲンがいたのに、もう姿もみえない」耳をそばだてながら舌で空気をなめると、ほこりと、舌を刺すような下水の味がした。新鮮な空気の味はしない。「ジドウシャも動いてない」

ラッキーはジドウシャのひとつを頭でさしてみせた。横向きに転がり、鼻先は崩れた塀の下に埋もれている。日の光が金属のわき腹をかがやかせているが、吠えてもいなければうなってもいない。死んでいるようにみえた。

スイートは目を丸くした。「いつも、あれはなんなのかしらって思ってたの。なんという名前なの？」

ラッキーはいぶかしげにスイートをみた。まさかジドウシャを知らないのだろうか？

「ジドウシャだよ――ニンゲンたちはあれを使って移動するんだ。ぼくたちみたいに速くは走れないから」

ラッキーは、スイートがニンゲンに関する基本的な知識さえ持っていないことが信じられなかった。いっしょに旅をすることが不安になってくる。むじゃきさは、生きのびるための武器にはならないのだ。

ラッキーはもういちど空気のにおいをかいだ。かいだことのない街のにおいに、胸がざわついた。それは腐敗のにおい、そして、鼻の奥にいつまでも残る死と危険のにおいだった。ここはもう、犬たちが住む場所ではなかった。

ラッキーは、地面に開いた裂け目から水が吹きだしているところまで歩いていった。そばのくぼみには油っぽい水がたまっていて、表面に虹色の膜が張っている。いやなにおいがしたが、のどの渇きは耐えがたく、気にしている余裕はなかった。ラッキーは夢中で水を飲み、むかつくような味はできるだけ無視した。水面には、ラッキーにならって水を飲むスイートの姿が映っていた。

スイートが水のしたたる鼻先を上げ、ほっそりしたあごをなめた。「なんだか静かすぎるわ」毛を逆立てて、つぶやくようにいう。「街を出ましょう。山へ逃げたほうがいいわ。ニンゲンのいない場所へいくの」

「ここだって山と同じくらい安全だよ」ラッキーはいった。「ニンゲンの古い家を使えばいい。食べ物もみつかるかもしれないし、隠れる場所にも困らない。ほんとうだ」

「隠れる場所に困らないのは敵だって同じでしょう」スイートは毛を逆立たせた。「そんなところにいたくないわ」

「なにを怖がってるんだい？」ラッキーはスイートの足をみていった。この足なら、丈の高い草のあいだも簡単に駆けぬけることができる。ほっそりした体つきも身軽そうにみえる。「きみならどんな動物よりも速く走れる！」

「角を曲がるときだけはべつよ」スイートはそわそわと左右に目を配った。「街には角がたくさんあるわ。わたしは広い場所じゃないと走れないの。ちゃんと走るには、そういうところまで出なくちゃいけないのよ」

ラッキーもあたりをみまわした。そのとおりだった——あたりには建物がひしめくように建っている。スイートが不安になるのも当然なのかもしれない。「せめて、動きつづけておこう。姿はみえないけど、ニンゲンたちはまだ近くにいるかもしれない。ケージの中に連れもどされるなんてまっぴらだ」

「わたしだっていやよ」スイートはうなずき、丈夫そうな白い牙をむき出した。「ほかの犬たちを探しましょう。優秀な犬をたくさん集めて群れを作るの！」

ラッキーは、賛成できずに鼻にしわをよせた。ラッキーは群れを作るタイプの犬ではない。大勢で集まって暮らすことの良さなど、さっぱりわからない。群れの犬たちはたがいに相手のことを頼り、群れの王者にみつぎものをする。ラッキーはだれに頼る必要もなかったし、自分を頼ってくる相手とだけは絶対にいっしょにいたくなかった。ほかの犬を頼るなど、考えただけでぞっとする。

スイートは明らかにラッキーとはちがう考え方をしていた。夢中になってむかしのことを話しはじめる。「わたしの群れに会っていたら、きっと大好きになってたわ！　いっしょに駆けっこをしたり、狩りをしたり、ウサギを捕まえたり、ネズミを追いかけたりしたの……」ふと声の調子を落とし、荒れた街のはずれをなつかしむようにながめる。「それからニンゲンたちがやってきて、すべてをだいなしにしたのよ」

ラッキーは、スイートのさびしそうな声をきいて、こうたずねずにはいられなかった。「なにがあったんだい？」

スイートは首を振った。「わたしの群れをまとめて捕まえたわ。全員が同じ運命をたどった！　いっしょにいたから捕まってしまったの――でも」激しいうなり声をあげる。「一匹だって残していくわけにはいかなかった。それが群れの掟だもの。わたしたちはいつだってひとつだった。いいときも……悪いときも」スイートは言葉を切ると、黒い瞳で遠くをみながら、こらえきれないように悲しげな鳴き声をもらした。

「保健所にはきみの仲間がいたのか」ラッキーは、同情をこめて小さな声でいった。

「ええ」スイートはうなずき、ぴたりと足を止めた。「待って。ラッキー、もどらなくちゃ！」

ラッキーは、振りかえったスイートの前に急いで回りこみ、いかせまいと立ちはだかった。

「だめだ、スイート！」

「いいえ、もどらなきゃ！」ラッキーは右へ左へすばやく動き、すりぬけようとするスイートの行く手をふさいだ。「わたしの仲間なのよ。なにが起こったのかもつきとめていないのに、見捨てるなんて！　もしかしたらまだだれか――」

「スイート！」ラッキーは吠えた。「あそこがどうなってしまったか、みただろう！」

「でも、気づかなかったのかもしれない――」

「スイート」ラッキーはなだめるようにいい、スイートの悲しげな顔をそっとなめた。「あそこはもうだめだ。犬たちはみんな死んで、〈大地の犬〉に召された。ぼくたちもここでぐずぐずしているわけにはいかない――ニンゲンがもどってくるかもしれない……」

ラッキーの言葉をきいて、スイートはあきらめたようだった。最後にもういちどだけうしろをみると、ふたたび前を向いた。深いため息をひとつつき、歩きはじめる。

ラッキーはほっとしたが、その感情を顔に出さないように気をつけながら、スイートに寄りそうように歩いた。一歩進むたびに、二匹のわき腹が触れあった。

「あなたも、あそこに仲間がいたの？」スイートがたずねた。

「仲間？」ラッキーはスイートを元気づけようとして、わざと軽い調子で答えた。「まさか。ぼくは〈孤独の犬〉なんだ」

スイートは、奇妙なものでもみるような目でラッキーをみた。「そんなわけないわ。どんな犬にだって群れは必要よ！」

「ぼくはちがう。独りでいるのが好きなんだ。まあたしかに、群れにいるのが一番だって犬もいると思う」ラッキーはスイートを傷つけないように、急いでつけくわえた。「だけど、子犬のころにきょうだいのもとを離れてから、ぼくはずっと独りで生きてきた」ラッキーは、誇らしげに胸を張った。「自分のめんどうは自分でみられる。犬が住むには街こそ最高の場所だ。いまにきみにもわかる！　探せば食べ物はみつかるし、眠るための暖かいすきまには困らないし、雨宿りするところだってある――」

だが、いまもそうだろうか？

ラッキーは口をつぐみ、めちゃくちゃになった通りに視線を泳がせた。塀は崩れ、割れたガラスが散らばり、地面はかたむき、そこにからっぽのジドウシャが捨てられている。ここは安全なんかじゃない。ラッキーは考えた。一刻もはやくここから出ていかなければならない。

ラッキーは自分の不安をスイートに話そうとはしなかった。スイートはただでさえ神経質になっている。なにか気をまぎらわすようなものがあれば――。

あった！

ラッキーは興奮して高い声で吠えた。角を曲がった瞬間に、通りの真ん中にがれきやゴミが小山を作っているのがみえたのだ。ラッキーは、あのにおいをかぎつけた――食べ物のにおいを！

さっと駆けだし、大きな金属の缶のそばにうれしそうに走りよる。ニンゲンたちはこの缶にいらないものを投げこんでいた。ゴミを入れると鍵をかけてしまうので、捨てられた食べ物にありつけることはめったにない。だがいま、缶は地面に倒れ、腐りかけた中身が散らばっていた。黒いカラスがまわりではねながらゴミをつついている。ラッキーは肩をそびやかせ、せいいっぱい大きな声で吠えた。カラスは驚いて鳴き、翼をばたつかせながらいっせいに散っていった。

「ほら、いこう!」ラッキーは声をあげ、強いにおいを放つゴミにとびかかった。スイートがうれしそうに吠えながらあとに続く。ラッキーがゴミの山を鼻先で掘りすすんでいると、にぶい翼の音がきこえてきた。カラスたちがもどってきたのだ。ラッキーが、腹を立てている一羽のカラスにかみつこうととびあがると、敵は大きな羽音を立てながら逃げていった。

ラッキーは遠ざかっていくカラスに向かってもういちどうなり、ざっと土ぼこりを舞いあげて地面にもどった。とたんに、けがをした前足が焼けるように痛んだ。どう猛な犬に思いきりかみつかれたかのようだった。あまりの痛みに、思わず鳴き声がもれる。

スイートがとびかかるようにしてカラスの群れを追いはらっているあいだ、ラッキーはすわりこみ、前足をなめて痛みをしずめようとした。そのあいだも、ふんふん鼻を鳴らし、道路に散らばったゴミのおいしそうなにおいを吸いこむ。満足感がふたたび心を満たし、痛みから気がまぎれはじめた。

しばらく、ラッキーとスイートはしあわせな気分で、カラスたちが残していったごちそうをたいらげていった。スイートはボール紙でできた大きな容器に前足をつっこんでチキンの骨をかき集め、ラッキーはパンの耳をみつけた。だが、収穫は多いとはいえなかった。ふたりともおなかがぺこぺこだったのだ。

「ここにいたら飢え死にするわ」スイートはくんくん鳴いて、食べ物の入っていた空き箱をなめた。片方の前足で箱を押さえ、鼻先をつっこむ。

「飢え死になんてしないよ。この街でできるのはゴミあさりだけじゃない」ラッキーの頭の中は、以前よく通っていたある場所のイメージでいっぱいになっていた。スイートのわき腹を鼻先でそっとつつく。「〈囚われの犬〉みたいに食べられる場所に連れていってあげるよ」

スイートは両耳をぴんと立てた。「ほんとう?」

「ほんとうだ。あそこへいけば、きっと街に対する考えが変わる」

ラッキーは自信に満ちた足取りで通りを走りはじめた。食べ物のことを思うと口の中につばがわいた。すぐうしろからスイートがついてくる。ラッキーはふしぎだった。どうして自分はスイートといっしょにいると楽しいのだろう。どうして助けてあげたいと思うのだろう。これまではずっと、独りでいるのが心から好きだった。だが……いまはちがう。

どうやら〈大地のうなり〉が変えたのは、街だけではなかったらしい。

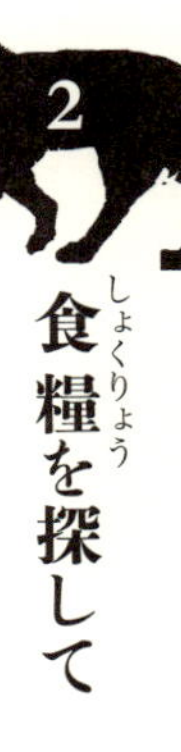

2　食糧を探して

スイートはラッキーに体を押しつけながら、がらんとした街路を歩いていた。

ラッキーは、そろそろほかの犬に会ってもいいころだと思っていた。ニンゲンの姿もみえない。街はもぬけのからで、異様に静かだった。せめてもの救いは、少し前につけられたマーキングの跡がいくつか残っていたことだ。ラッキーは足を止め、引っくりかえったベンチについたマーキングの跡をかいだ。オスのフィアース・ドッグのにおいだ。フィアース・ドッグとは戦いを得意とする凶暴な種族だ。

「まだそんなに遠くにはいってないわ」スイートが横からいい、かがみこんでベンチのにおいをかぐと両耳を立てた。「すごくはっきりしたメッセージだわ。それに、一匹じゃない！　ほかの犬たちのにおいもするでしょう？」

ラッキーは肩の毛が逆立つのを感じた——なぜスイートは群れをみつけようとやっきになっ

ているのだろう？　ラッキーだけでは不安だといいたいのだろうか。

「この犬たちはもうかなり遠くにいる」ラッキーはベンチからあとずさりながらいった。「すぐに追いつくのはむりだよ」

スイートは鼻先をあげて空気のにおいをかいだ。「近くにいるようなにおいがするわ」

「それは、このあたりがなわばりだったからだ。なんどもマーキングをしていたんだろう。いいかいスイート、フィアース・ドッグはとっくに遠くにいってる。ぼくには、このにおいが遠くからただよっていることがわかるんだ」

「ほんとう？」スイートは疑うようにいった。「でも、追いつけると思うわ。わたしはどんな相手にだって追いつけるもの」

どうして自分はスイートのことを放っておかないのだろう。ラッキーは首をかしげた。こういってやりさえすればいいのだ――そんなに群れを作りたいならさっさと追いかければいいじゃないか、と。

だがラッキーは、考えるよりも先に、警告をこめた低いうなり声をあげた。「スイート、やめたほうがいい。いや、そんなことはしちゃいけない」スイートが毛を逆立てるのをみて、ラッキーは急いでつけくわえた。「きみは街を知らないんだから、迷ってしまうかもしれないだろう」

スイートはもどかしげに空気のにおいをかぎ、怒ったように吠えた。「ねえラッキー、どうしてこんなことになってしまったの？　わたしは静かに暮らしていただけなのに。わたしの仲間たちだって同じよ！　街の外でしあわせに暮らしていて、ニンゲンたちのじゃまなんてしなかった。わたしたちのことはほっといてくれればよかったのに。まとめて捕まえて閉じこめるなんて——」

スイートは悲しげに口をつぐんだ。ラッキーはとなりにすわり、かける言葉を探した。だれかとなにかを分かちあうことには慣れていない。胸が痛み、これほど辛い思いをするくらいなら独りでいたほうがいいとさえ思った。

ラッキーは口を開いてなぐさめの言葉をかけようとしたが、そのとたん、はっと息を飲んだ。みるからに凶暴そうな生き物の群れが、かん高い声で鳴きながら、もつれあうようにして転がりだしてきたのだ。

恐怖で首のまわりの毛がざわりと逆立ち、背中がぐっとこわばった。毛皮や牙のかたまりのようになってもみあう動物たちをみて、一瞬、シャープクロウがやってきたのかと思った。鋭い牙と爪を持つ、ニンゲンたちが〝ネコ〟と呼ぶ種族だ。だが、ちがう——似ても似つかない。体は丸く、尾はふわふわしている。相手を威嚇するシューッという音を出すこともない。犬でもなければ大型のネズミでもない。ラッキーはくんくん鳴いたが、獣たちは二匹には目もくれず、道路に転がっていたずたずたの死体をめぐって小競り合いを続けている。ラッキーには、死体がどんな動物だったのかもわからなかった。

となりでは、スイートが厳しい目で獣たちをみつめていた。やがて目をそらし、鼻先でラッキーの首筋をなでた。「心配しないでいいわ。わたしたちに危害を加えることはないから」

「ほんとうかい?」ラッキーはたずねた。そのとき、獣の顔がみえた。残忍そうな黒い顔で、大きく開けた口から鋭い小さな歯がのぞいている。

「あれはアライグマよ」スイートがいった。「離れていればだいじょうぶ。あんまりじろじろみないで。そうすれば怖がらせることもないわ。わたしたちと同じくらいおなかを空かせてるみたいね」

ラッキーはスイートについて、少し離れた歩道へ移動した。スイートは、そばを通りすぎながら、アライグマたちを鋭い目でちらりとみた。ラッキーも同じように獣の群れをにらみながら、いやな胸騒ぎを感じていた。

空腹を満たそうとしているのは自分たちだけではないのだ。あらゆるものが倒れ、がれきが小山を作っているいま、食糧を手に入れることは簡単ではない。すでに、生きのびるための戦いははじまっている。ラッキーはアライグマたちからできるだけ遠ざかろうと、足を速めた。

通りを何本か過ぎると、ラッキーはなつかしいにおいをかぎつけてうれしそうに吠えた。探していた路地はすぐそこだった。たたっと数歩走るとしゃがみこみ、うしろ足で片方の耳をかいた。スイートがよろこんでくれますようにとねがいながら、幸福な瞬間を味わう。食べ物のにおいはだんだん強くなっていた。一食くらいはありつけるにちがいない。

「ほら、いこう！」ラッキーはきゃんきゃん吠えた。「絶対に後悔させないよ」

スイートはラッキーに近づき、いぶかしそうに首をかしげた。「ここ、どこ？」

ラッキーはガラスのはまった窓をあごで指してみせた。建物の中には長い管が何本も走っている。いつもなら、その管からは鶏肉のにおいのする湯気が吹きだしているのだが、今日はちがった。だが、場所はここでまちがいない。ラッキーは胸を高鳴らせてくるくる円をえがき、しっぽをぱたぱた振った。

「ここはショクドウ。ニンゲンたちがほかのニンゲンに食べ物をあげるところだ」

「でも、わたしたちはニンゲンじゃないでしょ」スイートが口をはさんだ。「犬にも食べ物をくれる？」

「みててごらん」ラッキーはおどけたようにとびだすと、転がった空き缶やゴミの山の中を駆けまわった。ありとあらゆるところが崩れ、ニンゲンがいる気配もない。だが、そのことについてはなるべく考えないようにした。「オールドハンターがしていたとおりにやろう。あの犬はなんでも知ってるんだ」

スイートは顔をかがやかせた。「オールドハンター？　その犬、あなたの群れの仲間？」

「さっきもいったけど、ぼくに群れの仲間はいない。オールドハンターは友だちだよ。群れを持たない犬にだって、狩りの仲間はいるんだ。みててごらん。そしてぼくと同じようにするんだ……」

食べ物を手に入れる方法はとても簡単で、あっというまに学べる――ラッキーは、スイートになにか教えられることがうれしかった。しゃがみこみ、頭を片方にかたむけると、舌をだらりと出してみせる。

スイートは、ラッキーのまわりを歩きながらポーズを確かめ、首をかしげた。「どういうこと？」

「いいから、ぼくを信じて」ラッキーは低い声でいった。

スイートは不安げな鳴き声をあげたが、ラッキーのとなりにすわり、一生懸命同じポーズを取った。

「そうそう！」ラッキーは吠えた。「片方の耳を少しだけ上げるんだ。こんなふうに。口元はひとなつっこい感じに開けておく――おなかは空いてるけど希望は捨てていない、という感じの顔を作るんだ。そうそう、うまいぞ！」

　ラッキーはしっぽを振り、鼻先でスイートをそっとつついた。もういちどショクドウのほうを向き、そして待った。すぐにニンゲンが気づいてくれるだろう。ゆっくりと時間がたつにつれ、ラッキーの尾もゆっくりと下がっていき、とうとう土の上に落ちた。扉はあいかわらず閉ざされたままだ。ラッキーは扉に近づき、引っかいてみた。返事はない。礼儀正しく、小さな声で鳴いてみる。

「どのくらいこうしていればいいの？　この格好って、なんだか――みっともないわ」スイートはそういうとあごをちょっとなめ、もういちど舌をだらりと出した。

「どうしたんだろう……」ラッキーはきまりわるそうにしっぽを垂れた。あの親切なニンゲンはどこにいるのだろう？〈大地のうなり〉から逃げだしたのだろうか。ラッキーはふたたび扉を引っかいたが、あいかわらず返事はなかった。

　スイートが空気のにおいをかいでいった。「ここ、だれもいないみたいよ」

「きっとみんな忙しいんだ。それだけだよ」ラッキーは力なくいった。「ここはニンゲンたちにとって重要な場所なんだ。ここを離れるなんて考えられない」ラッキーはそう話しながら、自分の声がしだいに高く、しだいに不安げになっていることに気づかない振りをしていた。ゴミバケツや壊れた箱のあいだを通りぬけ、裏口のほうへ回りこむ。うしろ足で立ちあがって木の扉に前足を置くと、板がきしみながらたわむのがわかった。

「ほら！　このショクドウは壊れてる」ラッキーは、外れかけたちょうつがいに牙をかけて引っぱった。「だからニンゲンたちは忙しいんだ。こっちだ！」

　スイートは迷っていたが、中からただよってくるにおいに力を得るようにして、ラッキーといっしょに壊れた扉のにおいをかぎ、戸板をくわえて引っぱった。しばらくすると、扉は大きな音を立てて開いた。ラッキーは、おいしい食べ物を期待してしっぽをムチのように激しく振りながら、先に立って中へすべりこんだ。

　ゆっくりと進みながら左右に目を配る。そこはみたこともないほど変わった部屋で、大きな金属の箱がずらりと並んでいた。長いミミズのような管が、光を反射しながら部屋中にくねくねとのびている。いつもならこの管には、ニンゲンの使う目にみえない力が通っていてぶーんとうなっている。だが、いまはなんの音もきこえなかった。天井の割れ目からは水がぽたぽた落ち、壁には大きなひびが何本も走っていた。

大きな金属の箱に、二匹の姿がぼんやりと映っていた。ゆがんだ自分たちの顔をみて、ラッキーは身ぶるいした。食べ物のにおいは強くなっているが、それは傷んでいる食べ物のにおいだった。ラッキーは不安でぞっとした。

「わたし、ここきらいだわ」スイートは低い声でいった。

ラッキーは、自分もそう思うというしるしに、くんくん鳴いた。「いつもとちがう。でも、きっとだいじょうぶだ。〈大地のうなり〉のせいで、いつもと感じがちがうだけだと思う」ラッキーは、がれきや散乱した物をかきわけながら、ためらいがちに進んでいった。スイートは、いぶかしげに鼻先にしわをよせてラッキーをみた。「そんな顔しないで。ほら、いこう！」ラッキーはいった。

スイートはほっそりした前足を高く上げ、粉々にくだけた白い石の破片を踏まないように歩いていた。石は床一面をおおっている。

やがてふたつ目の扉の前にきたが、今度の扉は簡単に開けることができた——いや、簡単すぎるほどだった。開いた扉は前に後ろに大きくゆれ、よそみをしていたスイートは鼻をぶつけそうになってとびあがった。扉のゆれがおさまるのを待ちながら、ラッキーはあたりのにおいをかいだ。

金属の箱がならぶひとつ目の部屋からとなりの部屋に移ってみると、あたりの混乱はいっそうひどくなっていた。ニンゲンたちの持ち物は床の上に落ちて小山を作り、イスは壊れ、かたむき、崩れた壁から降ってきたほこりがいたるところに厚くつもっている。ラッキーは体が震えた。

ふいに、ラッキーはぴたりと足を止め、牙をむき出した。このにおいはなんだろう？　かぎ覚えのあるにおいだ。だが……。思わず、おびえたうなり声がもれる。部屋のすみでなにかが動いた。

ラッキーは警戒しながら進み、姿勢をぐっと低くした。得体の知れないにおいが鼻をつく。ラッキーはさっと前にとびだし、落ちていた屋根のはりに前足をかけた。だれかいる！

白いほこりが渦をえがいて巻きあがった――うめき声、そして苦しげに吐かれるニンゲンの言葉。ラッキーにわかる言葉はひとつしかなかった。「ラッキー……」

弱々しい声だが、たしかに聞き覚えがある。ラッキーはくんくん鳴きながら太いはりにかみつき、足を踏んばって持ちあげようとした。体を震わせながら力をこめると、歯がぬけてしまいそうな感じがした。これではとても動かせそうにない。ラッキーは口をはなしてあとずさり、息を整えた。ニンゲンは床に横たわり、はりの下敷きになったまま身動きできずにいる。顔には乾いた血の筋がついていた。

　ラッキーはニンゲンに近づいた。気づかない振りをしてはいたが、頭の中では、一刻も早くここから逃げだせという警告が響いていた。うしろからは、落ちつきなく歩きまわるスイートの足音がきこえる。ラッキーはニンゲンの体に鼻先を近づけた。片方の腕は不自然な角度に曲がっている。顔は雪のようにまっ白で、くちびるの色はぞっとするような紫だ。だがニンゲンは、ラッキーと目が合うとほほえんでみせた。

　生きてる！　ラッキーはニンゲンの鼻や頬をなめ、顔の汚れを落としていった。顔をきれいにすれば、少しはいつものニンゲンらしくみえるかもしれない――ラッキーの覚えている彼らしく。だが一歩下がってみると、土を落とされたニンゲンの顔に生気は感じられなかった。苦しげな呼吸は弱々しく、ラッキーの鼻先の毛をゆらすことさえできなかった。

　一度は閉じられたニンゲンのまぶたが震え、また開いた。苦痛にうめきながら自由なほうの手を上げ、ラッキーの頭を軽くたたく。ラッキーは鼻先でニンゲンをつつき、顔をなめた。だがニンゲンの手はぐったりと落ち、目はふたたび閉じられた。

「起きてよ」ラッキーはくんくん鳴き、青ざめた冷たい顔をくりかえしなめた。「起きて……」

ラッキーは待った。だが、ニンゲンの冷たいくちびるは固く結ばれたままだった。
かすかな息の音が止まった。

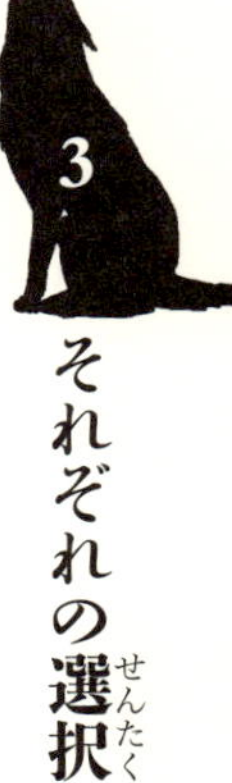

3 それぞれの選択

するどく悲しげな鳴き声が、静けさを切りさいた。死んだニンゲンの前にいたラッキーはぎょっとして振りかえり、スイートをみつめた。なめらかな毛並みは一本一本が恐怖で逆立っているようにみえた。足のあいだにしっぽをしっかりはさみながら、ぎこちなくあとずさりする。

「街になんていたくないわ！　死と危険のにおいしかしないじゃない。こんなところ、がまんできない！」

　スイートはいらだたしげに一度遠吠えをすると、さっととびだし、扉を大きくゆらしながら走りでていった。ラッキーは急いであとを追ったが、スウィフト・ドッグに追いつけるはずはなかった。

　だがスイートは、せまい部屋の中では思うようにスピードが出せなかった。自分の姿が映る金属の箱から箱へと必死で走りながら、箱に衝突し、つるつるした床の上で足をすべらせた。

ラッキーは、おびえたスイートが壁にぶつかるのをみると、急いで駆けより、床の上にその体を押さえつけた。

スイートはパニックを起こして逃げだそうともがいた。ラッキーはスイートの汗ばんだわき腹を前足でしっかりと押さえ、その目をまっすぐにみすえた。「落ちついて！　こんなことをしていたらケガをするぞ」

「ここにいたくないの……」

スイートの吠え声がしだいに小さくなってせわしない息の音だけになると、ラッキーはスイートの体の上にそっと体重をかけた。「スイート、怖がることなんてなにもないんだよ。あのニンゲンは死んだだけなんだから」ラッキーは、わかりきった事実をくりかえすことで、スイートを落ちつかせようとした。「特別なことなんかじゃない——命の力が尽きただけだ。ぼくたちが死ぬときだってそうだろう——ぼくたちは肉体を離れ、世界の一部になる」

ラッキーは子犬のころから、生と死とはそのようなものだと教えられてきた。犬が死ぬと、肉体は〈大地の犬〉のもとへいき、魂は空高くただよって香り豊かな空気の中に取りこまれ、世界の一部になる。ラッキーは、ニンゲンにもまったく同じことが起こるのだと確信していた。

激しく動いていたスイートのわき腹が静まってきた。だが、大きく見開いた目にはいまも恐怖が浮かんでいる。ラッキーが前足の力をそっとゆるめると、スイートは立ちあがった。

「わかってるわ」低い声でうなる。「でも、魂が離れていくニンゲンのそばになんていたくないの。わたしがしたいのは、できるだけたくさんの仲間を集めること。生きのこったほかの犬をみつけなくちゃ。こんなところ、早く出ましょう！」

「だけど、どうしてここを出なくちゃいけない？ スイート、危ないことなんてなにもない。〈大地のうなり〉のせいでショクドウが崩れて、ニンゲンがひとり、下敷きになった。それだけじゃないか……」ラッキーは、スイートに自分の言葉を信じてもらいたかった。スイートを納得させることができれば、自分も安心できるかもしれない。

「ほかのニンゲンはどこにいるの？」スイートは天井をあおいで吠えた。「ねえラッキー、ニンゲンはみんな逃げてしまったのよ。そうでなければ、死んでしまったの！ わたしたちも逃げなくちゃ！ わたしはこの街を出て群れを作るわ。あなたもいっしょにきて！」

ラッキーはなにかいおうと口を開いたが、言葉はのどの奥で消えてしまった。だまって、悲しげにスイートをみつめるしかなかった。スイートは体をなかば出口に向け、片方の前足を宙に浮かせたまま体をこわばらせていた。動こうともがいているようにみえた。じっとラッキーをみつめ、不安そうにくちびるをなめる。「こないの？」

ラッキーはためらった。群れを探したいという考えにはまったく賛成できなかったが、それでも――なぜか――スイートと別れたくはなかった。いっしょにいたかった。ラッキーは生まれてはじめて、独りぼっちになるかもしれないという思いに体が震（ふる）えるのを感じた。目の前ではスイートが待っている。両耳をぴんと立て、見開いた目には希望を浮（う）かべて……。

ラッキーは体を震（ふる）わせた。生まれてからずっと、自分はこの街で暮らしてきたのだ。〈孤独（こどく）の犬〉――それこそ自分だ。

「むりだ」

「でも、ここに残るなんてむちゃよ！」スイートは吠（ほ）えた。

「さっきもいっただろう――ぼくは群れの犬にはなれない。むりなんだ」

スイートは怒（おこ）って鋭（するど）く吠（ほ）えた。「どんな犬だって一匹（ぴき）では生きられないのよ！」

ラッキーは悲しげにスイートをみた。「ぼくは生きられる」

スイートはため息をつき、ラッキーにそっと近づくと、愛情をこめて顔をなめた。ラッキーはスイートに鼻を押（お）しつけながら、腹の底からわいてくる悲しげな鳴き声をこらえていた。

「さみしくなるわ」スイートは静かな声でいった。それから背を向け、戸口のすきまから出ていった。

ラッキーは数歩進んだ。「待ってくれ……」だが、スイートは去っていった。ラッキーは立ちつくし、ぽっかり空いた戸口のすきまをみつめていた。

少しのあいだ、動く気になれなかった。床に腹ばいになって前足にあごをのせ、地面に当たるスイートの爪の音に耳を澄ませる。音はやがて、荒れはてたうつろな街のむこうへ遠ざかっていった。駆けていく音がきこえなくなっても、あたりにはスイートのにおいが残っていた。ラッキーは、このにおいが早く消えますようにと願った――においといっしょに、孤独がもたらす鋭い痛みも消えてしまいますように、と。

ラッキーは目を閉じ、ほかのことに意識を集中させようとした。

ふいに、空腹だったことを思いだした。

空腹感はまるで鋭い牙のようで、ラッキーの胃に容赦なくかみついた。ラッキーは痛みを感じながら、どこかほっとしてもいた。少なくとも、スイートから気をそらすことができる。だからほかの犬と親しくなるのはいやなんだ――ラッキーは胸の中でつぶやいた。

死んだニンゲンのいる部屋にもどると、ラッキーはすみずみのにおいをかいだり前足で引っかいたりしながら、パンくずや脂を探しだしてはなめた。床に落ちて割れた器には食べ物がこびりついていたので、舌を切らないように注意しながらすっかりなめとった。それから倒れていないテーブルの上にとびのり、食べ物のかけらが落ちていないか確かめた。収穫はごくわずかだった。ほんの少しでも食べ物を味わってしまうと、ラッキーのおなかの音は大きくなり、食いしばった歯にはいっそう力がこもった。ニンゲンの死体には近づかず、みてしまわないよう目をそらしていた。

またぼくは独りぼっちにもどった。独りぼっちでいるべきなんだ。

となりの部屋の壁際に並んだ鉄の箱には食べ物が入っているにちがいなかったが、扉は引っかいても開かなかった。ラッキーは空腹を抱えてくんくん鳴きながら、金属の扉を引っぱったりかんだりした。それでもびくともしない。今度は体当たりしてみる。やはりびくともしない。こんなことは時間のむだだった。食べ物を探すなら、別のところへいったほうがいい。

せめて外に出よう。ラッキーは考えた。自由で気楽な、むかしの自分にもどるのだ。これまでだって、自分のめんどうは自分でみてきた――これからもそうしていくつもりだ。

表の路地に出ると、あたりは、さっきよりもがらんとしてみえた。ラッキーは自分でも気づかないうちに足を速め、がれきをよけながらできる限り急いだ。やがて、開けた場所に出た。ここなら、きっとなにかみつかるはずだ。以前は騒音と活気に満ち、ニンゲンやジドウシャで混みあっていたのだ。

思ったとおり、そこにはたくさんのジドウシャがあったが、動いているものはひとつもなかった。ニンゲンの姿もない。親切なニンゲンもそうでないニンゲンも。ジドウシャのいくつかはわき腹を下にして横たわっている。特別に長いジドウシャは、丸みをおびた鼻先を建物の壁(かべ)につっこんでいた。割れたガラスが粉々になって散らばり、日の光を反射して光っている。ラッキーは破片を踏(ふ)まないように気をつけて進みながら、首のまわりの毛が逆立つのを感じた。ニンゲンのにおいがしたのだ。だが、元気づけられるようなにおいではない。呼吸の止まったショクドウのニンゲンと同じにおいがしていた。息苦しくなるほど静かだ。水のしたたる規則的な音だけが、その静寂(せいじゃく)を破っている。

頭上では空高くのぼった〈太陽の犬〉がかがやき、〈大地のうなり〉に耐(た)えた建物が長い影(かげ)を投げかけていた。水たまりのような影(かげ)を通りすぎるたびに、ラッキーは身ぶるいし、日の当たるほうへ急いで駆(か)けもどった。歩きつづけるうちに地面を照らす光の割合は小さくなり、影(かげ)は長くなっていき、空腹による胃の痛みは激しくなっていった。

スイートといっしょにいくべきだったのかもしれない……。

いいや、そんなことを考えてもしかたがない。ラッキーは〈孤独(こどく)の犬〉だ。そのことに満足している。ラッキーは角を曲がると、心を決めて路地を早足で駆(か)けはじめた。この街こそ、自分のいるべき場所だった。ここにはどんなときでも食糧と安らぎがある。ショクドウの残飯容器に鼻をつっこまなければならないとしても、通りの倒れたゴミ箱をみつけなければならないとしても、カラスやネズミがみのがしたものはかならずある。ラッキーは自立した犬だ。飢え死にするはずがない。

ラッキーは足をゆるめ、自分がどこにいるのか確かめた。この路地はほかとくらべると〈大地のうなり〉による被害が少なかったが、ちょうど真ん中のところに、大きな深い割れ目が一本走っていた。ゴミ箱がふたつ、吹き飛ばされたようなかっこうで地面に倒れている。本物のごちそうを探しあてられるかもしれない。ラッキーは、さっそく手近なほうのゴミ箱に駆けよった――つぎの瞬間、凍りついた。毛皮の下で神経がぱちぱち音を立てているようだった。鼻をつく強いにおいがする。このにおいはよく知っている。

敵のにおいだ！

ラッキーは牙をむき、空気のにおいをかいで相手の居どころをつかもうとした。みあげると、壁に沿って走る細い階段が目に入った。本能的に、目と耳と鼻のすべてが階段に集中する。そこは、いかにも敵が好んでひそんでいそうな場所だった。いまにもとびかかってきて、針のようにするどい爪で引っかいてきそうだった。

そのとき、敵の姿がみえた。しまもようの毛を逆立て、とがった耳をぴたりと寝かせ、小さな鋭い牙をむき出している。低く威嚇するようなうなり声に、ときおりシューッという凶暴そうな音がまざる。敵は姿勢を低くし、攻撃にそなえて体中の筋肉をこわばらせていた。

シャープクロウだ！

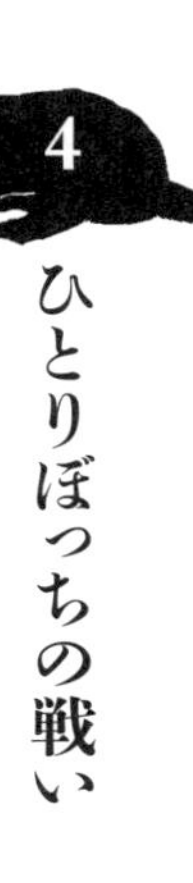

4 ひとりぼっちの戦い

緑がかった黄色い目が上からラッキーをにらんでいた。恐怖と悪意がまじった目だ。ラッキーにも、相手の感情がよくわかった。ラッキーは首筋の毛が逆立つのを感じながら、それでも、激しくなっていく鼓動をしずめようとしていた。シャープクロウは敵の恐怖をかぎつける。こちらがためらえば、たちまちそれを感じとる——だがラッキーはためらったりしない。

ラッキーは牙をむき出して胸をそらし、激しく吠えた。

いいかシャープクロウ、ぼくを甘くみないほうがいい……。

シャープクロウが立ちあがり、足に力をこめた。弓なりになった体は毛という毛が逆立ち、倍ほども大きくみえる。片方の前足はなかば持ちあげられ、攻撃にそなえて爪がむき出しになっていた。ラッキーは目をそらすんじゃないと自分にいいきかせながら、まっすぐにシャープクロウをにらみつけ、低いうなり声をさらに低くした。

シャープクロウのうなり声とシューッという音はいよいよ激しくなった。ラッキーは、鼻に相手のつばがかかるのを感じた。敵がゆれるはしごの上からさっととびおりるのをみながら、ひるんであとずさりしないように四肢をふんばる。シャープクロウは、半分つぶれたジドウシャの上に軽やかで完ぺきな着地をした。体を起こし、相手の心臓を止めそうな目でラッキーをにらみつける。

ふいに、ジドウシャが目を覚ました。

悲鳴とも遠吠えともつかない耳ざわりな鳴き声が空気を切りさき、オレンジと白の目がちかちか光った。一瞬、ラッキーとシャープクロウは凍りついたままにらみあい、そして同時に逃げだした。

恐怖がラッキーを駆りたてた。傷を負った前足をかばう余裕はなかったが、それでも傷は息が止まるほど痛かった。走るあいだも、かん高い鳴き声が抑えようもなくもれていた。その声はジドウシャの金切り声にほとんどかき消された。ラッキーは猛スピードで角を曲がり、ジドウシャや高いビル群からできるだけ離れようと走りつづけた。

ゆくてに、べつのシャープクロウが立っていた。両耳を寝かせ、口を開けてうなっている。ラッキーは道のはしに走りこんで敵をよけ、毛を逆立ててうなった。この戦いは終わらせなければならない――すみやかに。宙にとびあがり、敵に襲いかかる。つぎの瞬間、バランスを崩し、気づくとシャープクロウとともに地面を転げまわっていた。敵はパニックを起こしてしゃがれた鳴き声をあげた。爪がラッキーの肩を激しく引っかき、ななめに傷が走った。

もがくようにして立ちあがると、黒いほうのシャープクロウが近くの路地を全力で走っていくのが目に入った。逃げたほうが得策だと判断したらしい――ラッキーのやぶれかぶれの攻撃はちゃんと効いていたのだ。ラッキーはあえぎ、足を震わせながら立っていた。まばたきをしながら静けさの中で耳を澄ます。ジドウシャの吠え声はきこえなくなっていた。

ラッキーは、わき腹の小刻みな震えが静まっていくのを待ちながら、プライドが傷つけられたように感じていた。孤独の犬、路上の犬、街の犬である自分が、ジドウシャの吠え声におびえるとは！　オールドハンターにみられていなくてよかった。だが、そんな考えは急いで頭から追いだした。あれは、〈孤独な犬〉としてあるべき反応だった。きまり悪さはすぐに消え、犬としての誇らしさがよみがえってきた。いまだって自分は、だれにも頼らず、賢く、都会の中でうまく生きていけるのだ。大きかろうと小さかろうと〈大地のうなり〉が起こったくらいで、その能力が損なわれるはずがない。

ラッキーの体の震えは止まった。駆け足で通りを進む。このままいけば、かつてはにぎやかだった街の中心部から遠ざかれるだろう。さしあたってはそうするほうが賢明だ。それはラッキー自身の決定、ラッキー自身の選択だった——これこそ、〈孤独の犬〉でいることの最大の強みだ。

ラッキーは街はずれをめざしながら、好奇心にかられてあたりをみまわした。このあたりにはたくさんのニンゲンが住んでいた。中心部にくらべると被害はそこまで大きくない。壊滅的に崩れたところも少なく、倒れた家は一軒もなかった。

やがてラッキーは足を止め、その場でぐるっと回りながらあたりのようすを確かめた。その通りには、ニンゲンたちが暮らしたり眠ったりする家が並んでいた。このあたりの家々は、石のケージをたくさん重ねたような建物ではなく、きちんと区切られた庭の中に建てられている。あたりにはいいにおいが立ちこめていた。中でもすてきなにおいは……。

ラッキーは口を開けて耳をぴんと立て、空気のにおいをかぐことに集中した。かすかだが、まちがいない。期待で胃の中をかきまわされているような気分になった。食べ物のにおいだ！

ラッキーは、においがするほうへ駆けだした。肉のにおいがする！　ニンゲンはよく、ふしぎな箱を使って肉を焼く。目にみえない火が生肉に焼き目をつけると、肉のにおいはいっそう強くなり、そして……。

一羽のカラスが黒い翼（つばさ）をばさばさいわせて木から飛びたった。ラッキーはその音をきいてはっと立ちどまった。落ちつかなければならない。空腹のせいで分別をなくしてはいけない。これまでの経験から考えて、食べ物がからんでくると、すべてのニンゲンが親切にしてくれるわけではない。中には、自分の食糧（しょくりょう）をしっかり守って絶対に分けてくれない者もいる。母犬が、子犬を守るのと同じように。

だが、あきらめるつもりもなかった。慎重（しんちょう）な足取りにもどって歩きながら、ラッキーは食べ物への期待で全身の毛を逆立たせていた。口の中に肉の味を感じ、胃が満たされるのを感じ、温かさと満足を感じた。もうすぐ！　もうすぐだ！

ラッキーは丈（たけ）の低い木の陰（かげ）にすわり、舌を出し、口を左右に大きく開けて歯をむき出した。しっぽは地面をぱたぱた打っている。目当ての物はすぐそこにあった。手入れの悪い木造の家が建っていて、のび放題の草とおいしげった木々に囲まれている。ふしぎな箱からは、じゅうじゅういう小さな音がきこえ、煙（けむり）が立ちのぼっている。箱の前にはニンゲンがいた――太りぎみで、服の外からでも腹がつきだしているのがわかる。

ニンゲンのそばには――こちらも太りぎみの――フィアース・ドッグがいた。

どちらも、木陰（こかげ）で居眠（いねむ）りをしている。ニンゲンは箱のそばの少しふくらんだ地面に横になり、フィアース・ドッグは飼い主の足元に寝そべっている。この種の犬なら、残飯をめぐる争いで何度もみたことがあった。大きくはないががっしりした体型で、しっかりしたあごを持ち、おおかたは気が短い。

だが、もしかすると、この犬は食べ物を分けてくれるかもしれない。

ラッキーはためらい、のどの奥で小さく鳴いた。食べ物のにおいはいてもたってもいられないほど魅力的だった。だが……。

なぜ彼らはここにいるのだろう。すべてのニンゲンが消えたり死んだりしたわけではないのだろうか。ショクドウの親切なニンゲンのように。なぜこのニンゲンは逃げなかったのだろう？　こんなふうに日なたでまどろんでいるのをみると、〈大地のうなり〉が起こったことさえ気づいていないようだ。

あるいはこのニンゲンも死んでいるのだろうか。フィアース・ドッグもそうなのか？　ラッキーは確信が持てないまま、空気のにおいをかいでみた。焼けた肉の強いにおいが、死のにおいをかき消している可能性もある。

ラッキーは慎重に一歩進み、それからもう一歩進んだ。しっぽはぴんとあがり、口からは期待のあまりよだれがしたたっている。ラッキーは舌なめずりをした。ニンゲンもフィアース・

ドッグも動かない。

試してみる価値はあった。ラッキーは箱のすぐそばまでくると、じゅうじゅういう肉のかたまりをちらりとみた。距離と角度はちょうどいい……。

ラッキーは突進した。

そのときニンゲンがぱちりと目を開け、はじかれたように立ちあがって棒を振りまわした。耳につきささるようなどなり声をあげる。フィアース・ドッグも目を覚まし、すぐに攻撃の姿勢を取った。四肢をこわばらせて立ち、威嚇するような激しい吠え声をあげる。

「あっちへいけ！　これはおれのものだ！　やる気か？　戦うか逃げるかどっちか選べ！」

ラッキーは、棒を振りまわすニンゲンに勝つ自信はなかった。フィアース・ドッグと、その鋭い牙についてはいうまでもない。しっぽを巻くと急いで庭から逃げだした。空腹の鋭い痛みよりも、恐怖のほうがはるかに大きかった。

崩れかけた塀をとびこえ、かたい道路を全力で走っていく。フィアース・ドッグが追いかけてくるにちがいないと思ったが、振りかえって確かめる勇気はなかった。つかまれば助かる見込みはない。でこぼこのひび割れた地面に足をとられ、転びそうになる。ラッキーは、息を切らし、心臓をどきどきいわせ、恐怖が胃にかみついてくるのを感じながら、永遠に続きそうな道路を走りつづけた。

やがて、道路の終わりがみえた。

目の前に、闇がぽっかりと口を開けていたのだ。全速力で走っていたラッキーは反射的に道のわきに体を投げだした。尻がざらざらした道路にこすられ、痛みが走った。爪がかたい石を引っかいてかちかち音を立て、危険な裂け目の上をしっぽがさっとかすめた。ラッキーはどうにか踏みとどまったが、全身が恐怖と痛みでうずいていた。前足の傷は鼓動に合わせてずきずき痛む。また傷が開いてしまったらしい。

顔をあげる。ラッキーはわき腹を下にして、地面に開いた大きな裂け目のふちに横たわっていた。よろよろと立ちあがって地面に鼻先を近づけ、裂け目のにおいをかぐ。幅はラッキーの体長よりも大きく、底のほうは雲のような濃い影に隠れてみえない。

毛を逆立てたままこわごわと一歩あとずさり、ぶるっと身ぶるいをしてから、勇気を出してもういちど穴をのぞいた。この割れ目の底には〈大地の犬〉がいるのだろうか。ライトニングを待ちかまえていたときのように、自分のことを待ちかまえているのだろうか。いきなり闇の中からとびだしてきて、ラッキーを引きずりこんでしまうだろうか？　恐ろしくて目をそらしたくなる。だがそれでも、〈大地の犬〉が〈大地のうなり〉を引きおこしたとは信じられなかった。なぜ自分のすみかを破壊する必要があるだろう？　もしかすると〈大地の犬〉自身も、〈うなり〉におびえているのかもしれない……。

ラッキーは自分が震えているのに気づいた。だが、闇の中に目をこらしてもなにかが動く気配はなく、邪悪なうなり声のようなものもきこえてこない。ラッキーは深呼吸をし、裂け目のふちに沿って歩きながら、気持ちが落ちついてくるのを感じた。

裂け目のむこうへ回りこむ必要があった。大きな歩幅でふちに沿って右へ進み、それから左へ進む。また、不安が胸の中でふくれあがってくる。この裂け目には終わりがなかった――家々の庭をつきぬけながら、右にも左にも、目にみえるかぎりどこまでも続いている。裂け目の上に建っていた一軒の家は闇の中に崩れおち、裂け目の左右には屋根を失った部屋がいくつか残っていた。ラッキーは右へ左へ駆け、途方に暮れてきゃんきゃん吠えた。

裂け目に沿って遠くまでいく気にはなれなかった。遠くのほうの裂け目は木々に隠れてよくみえなかったが、かなり先まで延びているのはわかった。そしてラッキーにみえるかぎりでは、裂け目の幅はだんだん大きくなっているようだった。この場から遠ざかるのは危険が大きすぎる。〈街の犬〉はもっと分別を持って動くものだ。

そのとき、あまり遠くないどこかから、フィアース・ドッグの声がきこえてきた。

「おい、どろぼう！　思い知らせてやる！　もういちどあんな真似をしてみろ！」

ラッキーはその場に立ちつくし、両耳をぴんと立てて激しい吠え声をじっときいていた。胸の中で〈天空の犬〉に感謝の言葉をつぶやく。この敵はおしゃべりが好きらしい――口を閉じて息をむだ使いせずにいれば、いまごろラッキーを捕まえられていたはずだ。だが、ぐずぐずしていれば、捕まるのは時間の問題だった……。

ほかに方法はない。ラッキーはきた道を大急ぎで駆けもどった。追手の吠え声がどんどん近づいてくる。全力で走らなければならない。この裂け目をとびこえるチャンスは一度きりだ。幸運という自分の名に望みをかけなければならない。

振りかえり、割れ目のほうを向く。そして、走りはじめた。スピードを上げ、さらに上げ、とぶように駆ける。底なしの割れ目がふたたび目の前に迫り、ラッキーはふちからジャンプした。いま、腹の下には死と闇しかない……。

〈大地の犬〉がラッキーを飲みこもうと待ちかまえている……。

つぎの瞬間、地面に勢いよく着地した。倒れこんで転がりながら、前足や骨が痛むことさえうれしく感じた。自分は生きているのだ！

しばらくラッキーはその場に横たわっていた。目を閉じ、わき腹を上下させてあえぐあいだも、深い安心感が体中に広がっていく。あのずんぐりしたフィアース・ドッグが、この大きな裂け目をとびこせるはずがない。もう安全だった！

命は助かったが……胃の中はあいかわらずからっぽだった。

空腹に気づいてみると、残忍なニンゲンにけられてでもいるかのように胃が痛みはじめた。

ラッキーはみじめな気分になり、前足にあごをのせてきゅうきゅう鳴いた。ラッキーは独りぼっちだった。独りぼっちで、いく場所もなく、不安だった。

スイートといっしょにいくべきだったのかもしれない。

それでも、いっしょにいってどうするというのだろう？　いまごろは二匹とも腹を空かせていたかもしれないし、そうなればラッキーは、ふたつ分の腹を満たさなければならない。いまは、自分のめんどうだけをみていればいい。それならおてのものだ。

ラッキーはふらふら立ちあがったが、耳は垂れ、しっぽは足のあいだにはさみこまれていた。なにか食べなくてはいけない。それも、すぐに。影はさっきよりもさらに長くなり、最後に残った小さなひだまりを飲みこもうとしていた。日の光が消えて真っ暗になれば、外にいるのは危険だ。

ラッキーは痛む体をゆっくり引きずるようにして路地へ入り、寝床を探しはじめた。戸口やがれきのすきまのにおいをかぐあいだも、地面に開いた恐ろしい裂け目のことを考えずにはいられなかった。スイートも同じような裂け目をみつけたのだろうか？　大地が開けた口の中に飲みこまれていなければいいが。

ラッキーは重い足を引きずりながら通りを三つぬけ、とうとう、ドアの外れかけたジドウシャをみつけた。もぐりこむのはひと苦労だったが、なんとか中に入ってみると、食べ物のにおいのする銀紙をみつけた。かむと金属の味が口に広がり、奇妙な歯ざわりがした。銀紙を開けてみると、中には腐りかけた肉のはさまった古いパンが入っていた。ニンゲンがひと口かじって残したものらしい。

ふしぎな火の箱で焼かれていたステーキのようなごちそうではないが、激しい空腹を少しはまぎらわせてくれるだろう。ラッキーは感謝してパンをむさぼり、紙についたくずもなめとった。紙を少しだけ飲みこんでしまったが、気にしなかった。

上を向いて目を閉じ、ちょっとした幸運を恵んでくれた〈天空の犬〉に感謝の祈りをささげる。少しだけ気分がよくなったところで、ジドウシャの後ろの座席で小さな円をえがいた。寝る前のいつもの習慣だ。横たわって体を丸め、しっぽを体に巻きつける。

おねがいです、〈天空の犬〉。せめて暗いうちは、〈大地のうなり〉を鎮めていてください。

ラッキーは前足のあいだに頭を置き、痛む前足をしばらくなめていた。やがて、眠(ねむ)りに落ちた。

5 ふしぎなニンゲン

音がきこえる……あれはいったいなんだ？　〈大地のうなり〉が息の根を止めにもどってきたのだろうか？

ありとあらゆる音が耳を刺す。頭ががんがんする。この音はただの吠え声やうなり声ではない。あらゆる方向でこだましているようにきこえる。肉を荒々しく引きさくような音、鋭い牙を鳴らしているような音もする。

犬たちが戦っている音だ。命をかけて戦っている音だ……。

〈アルファの嵐〉だろうか？　ここで？　まさか、そんなはずはない——そんなはずは——。

ラッキーは地面に体を押しつけて耳を垂れ、恐怖のあまりくんくん鳴き声をあげた。

騒がしい音はラッキーのほうへ迫ってくる。〈大地のうなり〉と同じように。逃げ道はない。振りかえって〈嵐〉に向きあい、死ぬか生きるかの戦いをしなければならない——。

だが、勢いをつけて立ちあがり、どう猛な戦士たちのほうを振りかえると——そこにはだれもいなかった。あるのは闇、ただの闇だけだ。ラッキーがとびこえた割れ目のように、どこまでもうつろな空間が広がっている。

どこか遠くのほうから、身の毛のよだつような遠吠えだけがかすかにきこえる。

✷

ラッキーははっと目を覚ました。スイート！

いや、スイートはもういない。

夢をみていたのだ。〈アルファの嵐〉もただの夢だ……だが、あまりにも生々しい夢だった。音もにおいも、現実のことのようだった。空腹のせいで幻覚をみたのだろうか。幻覚ならまだいいが、これから起こりうることの予兆だったとしたら……？

そんなはずはない。予兆のことなど考えている余裕はない。ラッキーは、疲れ、こわばり、痛む体で、自分は昨晩もぐりこんだ隠れ家の中にいるのだと思いだした。熱された金属となめした革のにおい、それに、ニンゲンがジドウシャに飲ませるあの変わったジュースのにおいがする。〈太陽の犬〉は明るく照っていたが、スイートのぬくもりを恋しく思った。さびしくて、腹の中に大きな石でも入っているような気分だ。一瞬、このみじめな思いを、晴れわたった青空に向かって叫びたくなった。

　自分がどこにいるのかも、どこへいこうとしているのかもわからない。〈孤独の犬〉でも、ときには旅の仲間が必要になるらしい。仲間がいればいっしょに狩りができるし、くっついて眠ることも、敵がいないか見張ってもらうこともできる。守ってあげることもできる。

　ラッキーは首を振った。自分は一匹で旅をする犬だし、それが性に合っているのだ。

　ジドウシャの中の暑さは息苦しいほどになり、空腹は耐えがたいほどだった。物音を立てないように外に出ると、左右に目を配り、ためらいがちにわき道へ入っていった。ちょうどそのとき、なにか黒いものが、羽音を響かせながら頭上を飛んでいった。

　ラッキーは立ちどまり、息を整えて乾いたくちびるをなめながら、カラスがいるほうをみあげた。カラスはあまり遠くへはいかなかった。翼をはためかせ、屋根から道路までのびている割れた金属のパイプにとまる。パイプには水がたまっているらしく、カラスは中に黒いくちばしをさしこんで飲みはじめた。頭をあげると首をかしげ、まっすぐにラッキーのほうをみた。

　このカラスは、昨日もみたような気がした。木からとびたち、ラッキーに注意を呼びかけてくれたあのカラスだ。同じカラスかもしれない。

　まさか。カラスはどれも似たようなものじゃないか！　ラッキーは自分を叱りつけた。それでも……。昨日のあのカラスは、ちょうどいいタイミングで現れてくれた。さもなければラッキーはやみくもに走っていき、フィアース・ドッグの牙にかかっていたにちがいない。もしかするとあの鳥は、ラッキーに警告するために〈天空の犬〉から送られてきたのかもしれない。たしかに、そばでみまもってくれているような気がする。ラッキーはカラスをみつめかえし、敬意をこめて高い声で鳴いた。

　カラスは首をかしげてひと声カアと鳴くと、けだるそうにとんでいった。

　ラッキーは少し残念な気持ちでカラスを見送りながら、それ以上見張られずにすんでほっとしてもいた。気を取りなおして歩きだし、細い路地をぬけて近道をすると、広々とした街路へ出た。ニンゲンたちの大きな家々は崩れ、道の片側に土や岩の小山を作っている。これほど強大な〈大地のうなり〉の力をみれば、どんな犬でも震えあがらずにはいられない。

　一軒の家からは屋根が外れ、まるで残飯のように地面に転がっていた。木が二本、大きくかたむいてたがいにもたれあい、取っ組みあいでもしているようにみえる。つぎの角を曲がってみると、一軒のニンゲンの家が完全につぶれていた。ラッキーは体をこわばらせてあとずさりした。首筋の毛が逆立ち、体が冷たくなる。あたりには濃厚な死のにおいがただよっていた。

　ラッキーは、においに気を取られて動揺していたせいで、地面に開いていた穴につまずいた。

けがをしていたほうの前足に痛みが走る。痛みを和（やわ）らげようと傷をなめていると、いきなり、それまで静かだった街から爆発音がきこえてきた。ラッキーは驚（おどろ）いて小さく叫（さけ）び、傷の痛みも忘れて物陰（ものかげ）に走りこんだ。ジドウシャの立てる音に似ていたが、それとはちがった――もっと低く、もっと遠くまで響（ひび）く音だ。ラッキーは、かたむいたふたつのゴミ箱のあいだから顔をのぞかせ、震（ふる）えながら街路をうかがった。ごろごろいう音はどんどん大きくなり、さらに大きくなり――そして止んだ。

これがジドウシャだとするなら、群れの王者（アルファ）にちがいない。こんなに大きく物騒（ぶっそう）なジドウシャはみたことがなかった。体はくすんだ緑の金属で、どんなものもはねかえしそうなほど頑丈（がんじょう）にみえた。

ドアがぎいと音を立てて開き、中からひとりのニンゲンが出てきた。

ラッキーの鼓動（こどう）が速くなっていった。〈大地のうなり〉は、ニンゲンさえ変えてしまったのだろうか。これまでみたどんなニンゲンともちがっている。たしかに、ニンゲンのように動き、においも――かすかだったが――ニンゲンのにおいだ。だが、頭からつま先まで、みたこともないほど奇妙（きみょう）な服におおわれている。鮮（あざ）やかな黄色の服で、みていると目が痛くなった。顔もなにかに隠（かく）され、のっぺらぼうのようにみえる。黒く、表情がない。

ラッキーはぶるっと身ぶるいしたが、それがニンゲンであることはほぼまちがいなかった。敵なのかどうかはまだわからない。ラッキーはとうのむかしに、ニンゲンを理解するのはあきらめていた。近づくときに油断してはならないし、その必要が出てきたときには、プライドは忘れて逃げたほうがいい。

隠れていたところからおずおず出ていくと、姿勢を低くして足のあいだに尾をはさみ、すがるような目つきでのっぺらぼうの顔をみあげた。けとばされないのを確認すると、ラッキーは期待をこめて口のはしから舌を垂らし、両耳をぴんと立てた。ニンゲンがラッキーをみおろす。服のようなもので厚くおおわれた手には、食糧のかわりにピーピー音を立てる奇妙な棒をにぎっている。見込みは薄そうだった――予想通り、ニンゲンはなにかつぶやくと、片方の腕をさっと振った。ラッキーもよく知る、失せろというしぐさだ。

このニンゲンは特別愛想がいいわけでもなかったが、かといって敵意を感じるほどでもない。長い棒で捕まえてこようとしないということは、保健所からきたニンゲンでないのはたしかだ。

ラッキーは、望みをこめてくーんと鳴いた。

ニンゲンはまた腕を振った。さっきよりも乱暴なしぐさだ。

これがニンゲンなのは、声をきけば明らかだ。だが、こんなふうに変わった服におおわれていては、しぐさの意図をくみとるのはむずかしい。目のない顔をみても表情は読みとれない。あきらめたほうがよさそうだった。ラッキーはそう考えるとあとずさり、急いで路地へ引きかえした。おかしな気分だった。ニンゲンから、好意も敵意も感じることができなかった――感じたのはただ、まぎれもない緊迫感だけだった。あれはいつものニンゲンではない。

ジドウシャがふたたび大きな音を立てると、ラッキーは恐怖で背筋が寒くなり、急いで街の中心部めがけて走っていった。いつもなら、そこにはたくさんのニンゲンがいる。ふだんは、できるだけ近づかない場所だ。ここには喧騒しかない――ジドウシャがたえまなくうなり、ニンゲンたちは耳に当てた小さな機械に向かって吠えている。ところがいま、中心部に近づいたラッキーにきこえたのは、ビルの谷間を吹きぬける風のうめき声や、水のしたたる音、屋根がきしむ音、たわんで折れる金属の音だけだった。

ラッキーは、目の前の道路がきらめくガラスの破片におおわれているのをみて足を止めた。もう片方の前足までけがをするわけにはいかない。ビルをみあげた。〈大地のうなり〉を受けてめちゃくちゃになっている。

このビルにはかつて大きなガラスが何枚もはめこまれていたが、いまはそれが割れてしまい、ビルの内部は外気にさらされていた。ラッキーは、地面に転がったニンゲンたちが自分のほうをみているのに気づいた。だが、それらはみな、にせもののニンゲンだ。においも体温もなく、動くこともない。ラッキーは用心深くにせもののニンゲンのあいだを進み、真新しい服のにおいをかいだ。だが、それは本物のニンゲンのにおいとはちがっている。中には服をはぎとられて横向きに倒れているものもあったが、けがはしていなかった。彼らはそろってうつろな目でラッキーをみつめていた。

ラッキーは、命を持たないニンゲンたちのあいだを、警戒しながらゆっくりと進んでいった。どのニンゲンもまばたきせず、なんのにおいもしない。この場所は、ニンゲンたちがデパートと呼んでいたところだ。ラッキーの覚えているニンゲンたちは——ほんもののニンゲンたちは——この建物からひっきりなしに出たり入ったりしていたものだった。食べ物を持っている者たちもいたが、立ちどまってラッキーに分けてくれることはまれだった。かといって、自力でショクドウをみつけてしのびこむと追いはらわれる。そこのニンゲンたちは、そろいの紺色の服を着ていた。いまでも、けってこようとする彼らの足をよけたことをはっきりと覚えている。

だがいまは、怒って通せんぼをしてくるニンゲンはひとりもいない！

ラッキーは鼻をくんくんいわせた。ここにはかつて、たくさんのにおいが混ざりあってただよっていた。建物中にたえまなく流れる、風のような涼しい空気のにおい。ニンゲンたちが体にふりかける不愉快な強いにおい。また、ニンゲンが長い木の棒の先についたぼろきれでなにかを床をこすりつけると、あとには鼻をつくにおいが残った。目を引くように並べられた真新しい品物は、新品特有のにおいを放っている。こうしたにおいもおおかたはすでに薄れ、よんだ熱い外気のにおいのほうが濃くなりつつある。街全体に死のにおいが充満していた。ラッキーは身ぶるいした。一か所でこれほど強い死のにおいをかいだのははじめてだ。〈大地の犬〉でさえ、こんなにたくさんの死者の数に心を痛めずにはいられないはずだ。

ラッキーは体を震わせて恐怖を振りはらった。そのとき、あるにおいに気づいた。食べ物のにおいだ！

古い、腐りかけた食べ物のにおいだったが、ラッキーは気にしなかった。紺色の服のニンゲンがいないか注意深く見張りながら、建物の奥へと進んでいく。なめらかにかがやく床の上にはガラスの破片が散らばっていた。踏まないように気をつけながら、それでも視線は、このデパートの中に並ぶニンゲンたちの〝家〟に引きよせられていた。元のままの家もあるが、品物が根こそぎなくなっている家もある。品物が小山になっているところもあった。ニンゲンと犬と両方のにおいがしたが、そのどちらも、恐怖と絶望の悪臭にほとんど消えそうになっていた。

ラッキーは首筋に寒気が走るのを感じた。

そうか！　ラッキーは足を止め、乱暴に積まれた袋のにおいをかいだ。袋は古い革のようなものでできている。よく手入れされてはいるが、においがはっきりと残っていた。ラッキーのよく知るにおいだ。ニンゲンたちは、品物をかばんや袋につめてここに運んできたのだ。もしかするとこの場所は、彼らが大切なものを隠しておくところなのかもしれない——犬たちが骨を埋めるのと同じように。まとめてここに置いていって、またあとでもどってくるつもりなのだろう。きっとそうだ。彼らは〈大地のうなり〉が起きてからここへきて、デパートの品物を運びだしているにちがいない。あたりの床に目をやると、引きずったような跡がみえる。ニンゲンの足をおおうカバーが残していったものだ。革袋や服を別にすると、見慣れないものばかりだった。食べ物のにおいが一段と強くなった。ラッキーはにおいのするほうめがけてまっすぐに駆けていきながら、ニンゲンたちのつけるきらきらした首輪や鋲、プラスチックのフックにかけられた服、紙や箱の山を横目でみた。小さな作り物の犬が並んだ棚もある。この犬たちは命を持たず、動くこともなく、建物の前に並んでいたニンゲンと同じ奇妙なにおいがする。

　食べ物の濃厚なにおいは、上のほうからただよっていた。ラッキーはけがをしていないほうの前足を、でこぼこした金属の坂道に置いた。乗ってもだいじょうぶだと確かめてから、一歩、二歩と上る。ふいに空腹感と食べ物への欲求が押しよせてきて、ラッキーは慎重さをかなぐり捨てた。深々と息を吸うと、せいいっぱい足を速めて坂道を駆けあがる。板には溝が刻まれていて、歩くたびに足の裏に奇妙な感触がした。けがをしているほうの前足が気になったが、すべりおちることもなく、ぶじにてっぺんまで上りきることができた。

ぴたりと足が止まった。

ただよってくるのは食べ物のにおいだけではない……どこかなつかしいにおいもする。汗と毛皮と息の混ざったジャコウのようなにおいだ。

オールドハンターのにおいだった！

心臓がどきんという。よく知る仲間がすでにここにきていたとは、にわかには信じられなかった。いま、オールドハンターほど会いたい犬はいない。ラッキーは、床に散乱したニンゲンのイスや小さなテーブルのあいだをすばやくすりぬけながら、においをたどって進んでいった。食べ物のにおいは濃くなっていた。ラッキーはニンゲンの食べていたものを思い出した。細かく刻んだ肉をつぶれたボールのような形にした食べ物や、円盤のような形で、上にトマトやチーズやぴりっとした薄い肉をたくさんのせた食べ物だ。悪くなりかけた古い食べ物のにおいだったが、食べ物にありつけるかもしれないと考えただけで、口の中につばがわいてきた。

積みかさなったイスの下からはいだすと、ラッキーは足を止めてにおいをかいだ。壁には出口がいくつかあるが、どれも金属のシャッターにふさがれている。だがひとつだけ、シャッターが割れてゆがんだ裂け目ができている部分があった。そこから強烈な肉のにおいがもれ出してきている。においをめがけてまっすぐに駆けていくこともできた――売り台の下から、低いうなり声がきこえてきさえしなければ。

だが、怖がる必要はなかった。なぜ肉のにおいがするのかはわからなかったが、うなり声の調子にははっきりとききおぼえがある。

ラッキーはいさんで売り台の上にとびのった。とたん、前足に痛みが走り、少しバランスを崩す。

「オールドハンター！」

ラッキーは前足に体重をかけて肩と頭を下げ、口を開けてはあはあ息をした。いくら相手が友だちだとはいえ、こちらに敵意はないのだとはっきり示したほうがいい。

オールドハンターは丸みをおびた鼻先をあげ、かすかに牙をむいた。体を起こし、がっしりした足でまっすぐに立ってうなる。

そしてつぎの瞬間、ラッキーののどめがけてとびかかってきた。

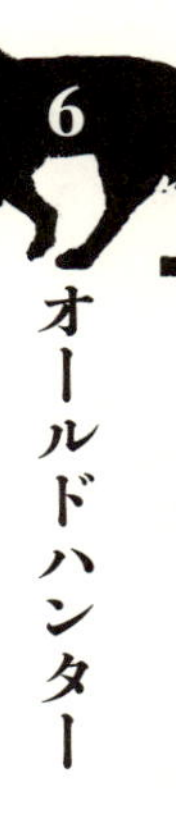

6 オールドハンター

ラッキーは驚いて悲鳴をあげ、大型犬の攻撃をよけきれずにうしろに倒れこんだ。オールドハンターはラッキーの上に立ち、うなり声をあげた。ラッキーはあおむけになったまま静かにして、抵抗するつもりはないと伝える姿勢を取った。オールドハンターの口からよだれが垂れ、ラッキーの鼻先にしたたりおちた。ラッキーはそっと鳴いた。ふいに、相手の目に、なにかに気づいたような光が浮かんだ。

「ラッキーか？」

体中に、さざ波のように安心感が広がっていく。ラッキーは勢いよく尾を振った。がっしりした大型犬はラッキーの上から横にどき、力をぬいて両耳をぴんと立てた。あらためてラッキーの顔のにおいをかぎ、にっと笑ってはっはっと息をはく。

「ラッキー！」オールドハンターは鼻をくんくんさせ、親しみをこめてラッキーの耳をなめた。

ラッキーは売り台の上からすべりおちないように苦心しながら、オールドハンターの足のあいだからはいだした。「おまえだとはわからなかった。ラッキーじゃないか！」

ラッキーはよろこびをこめて高い声で鳴いた。「食べ物を探してたんだ」

オールドハンターは鼻先にしわをよせた。「ゴミ箱ばかりあさってたんだろう。においでわかるぞ」

「しかたがなかったんだ」ラッキーは耳を垂れ、またすぐにぴんと立てた。「きみに会えてほんとうによかった！」心からそう思っていた。もちろん、仲間がほしくてたまらなかったわけではない。オールドハンターに会っていなければ、それはそれでよかった――だが、いまこうして会ってみると、そのよろこびは思っていた以上に大きかった。

「おれだってうれしい。久しぶりじゃないか」だがそういうあいだも、大型犬の目には緊張が浮かんでいた。オールドハンターは、肉の散らばる床にふたたびとびおりた。

「会ったのはずっと前だよ。また友だちに会いたいと思ってたんだ！」そういいながら、ラッキーは口ごもった。自立した年長の犬に、さびしがりやの弱い犬だとは思われたくなかった。

「だって、助けあうことができるだろ！　おかげでぼくも、落ちついてちょっとした食事にありつける」

友だちに会えた興奮――それに、オールドハンターの足元に散らばった肉とそのにおい――はいまのラッキーにとって刺激が強すぎた。売り台からとびおりようと姿勢を低くする。だが、ぴたりと動きを止めた。オールドハンターが体をこわばらせ、もういちどうなり声をあげたのだ。

「悪く思わないでくれ、ラッキー」威嚇するような低い声を出す。「だがこいつを手に入れるには苦労したんだ。おまえは仲間だが、これを分けてやるわけにはいかん」

ラッキーはオールドハンターをみつめて肩を落とした。仲間なのに、肉を分けてくれないのか？　心を決めかね、もういちど売り台の上にすわりなおす。「だけど――」

「〈大地のうなり〉が起こってからこっち、おれはこの食糧を守ってきた。どれだけ苦労したか想像がつくだろう？　ここへきたのはおまえだけじゃない。キツネどももいた」

ラッキーはあごから垂れたよだれをなめた。わき腹が震える。目の前に食べ物があるのにがまんしなければならないとは、とても耐えられそうにない。オールドハンターのうしろには大きな銀色の箱があり、扉がちょうつがいからはずれかけていた。肉は足元に散らばっているだけではなく、棚の上にも小山を作っている。あの金属の箱は肉を冷やしておくためのものにちがいない。ビニールでくるまれたステーキのまわりには水がたまっているし、中にはまだしっかり凍っているものもある――ラッキーが去年の冬みつけた、傷を負ったウサギの死体と同じだった。肉は凍って堅そうだが、食べられないことはないだろう。とけるのを待つ必要もない。ラッキーにはちゃんとわかっていた。それに量もたっぷりある……。

「だけど、ここにはたくさんあるじゃないか……」

オールドハンターはまたうなった。さっきよりも激しい。「あるにはあるが、これが最後の食糧かもしれん。少しずつ食べれば長持ちするだろうし、おれはそうするつもりなんだ」

ラッキーはショックで全身がこわばるのを感じた――オールドハンターはすっかり変わってしまった！　むかしはいつだってよろこんで食糧を分けてくれたし、どう猛な見た目とはうらはらに、めったに怒らないことでも知られていた。〈大地のうなり〉のせいで本来の自分をなくしてしまったようだ。

ラッキーは伏せの姿勢を取ってしっぽを垂れたが、顔はしっかりと上げていた。「ぼくたちはむかしからの友だちじゃないか。きみはいつだってぼくに食糧を分けてくれた」

「ラッキー、物事は変わるんだ」

「変える必要なんてない。ぼくたちも生きぬく者たちだ。いつだってそうだった！　ぼくたちは強い。そしてきみは、ぼくの知るどんな犬よりも強い」

オールドハンターはラッキーをみつめた。まだ牙をむいてはいるが、ラッキーへの不信感は薄れはじめたようだった。心を決めかねているらしく、しっぽの先がぴくぴく動いている。そのしっぽが、あるものに触れそうになっていた。そのあるものは、壊れた銀色の箱から垂れさがり、冷凍肉が作った水たまりに危険なほど近づいている。ラッキーは久しぶりに、ニンゲンの持つ、あの目にみえない力を感じとった。毛皮が、血管が、体中がぞわりとする。

「オールドハンター！」とっさに売り台からとびおりると、大型犬のわき腹に肩から体当たりした。オールドハンターがよろめく。その体が箱から垂れていたヘビのようなものから離れたとたん、先のちぎれた〝ヘビ〟が水たまりに落ち、激しい火花が散った。

ラッキーが不意を襲っていなければ、オールドハンターは反撃していただろう。大型犬はわきを下にして倒れたまま、ぞっとしたように目を見開いて、火花を散らしながらゆれるヘビのようなケーブルをみつめていた。

「オールドハンター、ごめん。ぼくは――」

「いいんだ」オールドハンターは静かにうなった。「いいんだ、ラッキー。助かった。おれとしたことが、気をつけておくべきだった。ニンゲンたちの光の力は、消えてしまったとばかり思っていた」

老いた犬はそろそろと起きあがり、注意深く水のにおいをかいだ。それから前足で肉をはじき、つついたり押したりしながら安全な床のほうへ移した。

「気をつけて」ラッキーはいった。

「ああ。もう少しでこの〝ヘビ〟にかみつかれるところだった。おまえがいてくれなければ、けがをするか死ぬかしていただろう」

ラッキーは胸の中でつぶやいた――いまはだまっておいたほうがいい。

「なあ」とうとう、オールドハンターはいった。「ラッキー、おまえのいうとおりだ。〈大地のうなり〉のせいで、なにもかも変わってしまった。だからといって、おれまで変わる必要がどこにある?」

オールドハンターは、守っていた食糧の前から一歩下がった。

ラッキーはほっとして吠え、水たまりとケーブルを大きく回りこんで肉に近づいた。だが、礼儀を忘れたわけではない。オールドハンターの顔を感謝と友情をこめてなめると、相手も同じしぐさを返しながら、さもうれしそうにのどをごろごろ鳴らした。二匹はそうして相手への敬意をきちんと示すと、いきおいよく肉にかぶりついた。

半分凍った肉は、ラッキーがこれまで食べたどんなものよりもおいしかった。大きな音を立て、口のまわりを盛大に汚しながら、飲みこむように食べる。ひどい空腹感がおさまるとようやく食べる速度を落とし、オールドハンターといっしょにゆっくりと食べ物を味わいはじめた。

友だちと食べるのは楽しかった。

「それで」少しすると、オールドハンターが骨をかみながらいった。「あれが起こったとき、どこにいたんだ？」

〝あれ〟がなにを意味しているのか、たずねる必要はない。「保健所にいたんだ」ラッキーは恐ろしい日々を思いだして、ぶるっと体を震わせた。「あの何日か前に捕まってしまった」

「それは災難だったな」オールドハンターは首を振った。

「そうでもないよ。〈大地のうなり〉のおかげで自由になることができたから。もしかすると、〈大地の犬〉がぼくをあわれんでくれたのかもしれない」ラッキーはおごそかな気分になり、少しのあいだ言葉を切った。「外に出たら忘れずに、〈大地の犬〉のために肉を埋めておこう」

「それがいい。だが、自分の分を取っておくんだぞ。〈大地の犬〉だって、そのあたりの事情はちゃんとわかってくれる」

「そうだね」ラッキーは心から感謝した。オールドハンターがそういうなら安心だ。この友だちは、苦労して培ってきた豊かな知識を持っている。「きみは？　あのときどこにいたんだい？」

オールドハンターは、楽しい記憶を呼びおこしてフーッとうなった。「公園でウサギ狩りをしていたんだ。ちなみにいっておくと、狩りの成果は上々だった」

ラッキーは舌なめずりをした。胃にかみついてくるような空腹感はおさまっていたが、それでも新鮮なウサギ肉の味はなつかしい。「ウサギを追いかけるのは楽しいけど、簡単に捕まえられるわけじゃないだろう？」

「頭を使うんだ」老練な犬は話を続けながら、骨に残っていた肉をなめとった。「まずは友好的にふるまって、怖がらなくてもいいと思いこませる。ウサギになんか興味がないという振りをする。すごく腹が減っていたとしてもがまんしろ。落ちついて、ウサギにそしてあと一歩というところまでウサギが近づいてきたら、迷うことなく襲いかかる！」

「それなら前に試したけど、体の下から逃げていかれたよ」

「全体重をかけて押さえこむのがコツだ。前足で捕まえようとすると、足と足のあいだからすりぬけて、気づかないうちにどこかへいってしまう」

「そうか、ありがとう」ラッキーはいつも、役に立つ狩りのヒントをオールドハンターに教えてもらってきた。「きみは子犬のころから狩りをしてきたんだろうなあ。ぼくもゴミ箱あさりや物乞いばかりしていないで、ちゃんとした狩りを練習するよ」

オールドハンターは考えこみながら、肉のなくなった骨をかんだり髄をなめたりしていた。

「ずっと野外で暮らしていたわけじゃない」つぶやくようにいう。すわりなおしてうしろ足で首をかき、その部分の毛を少しかき分けてみせた。「みえるだろう？」

ラッキーは友だちの首に目をこらした。こすれて毛のなくなった皮ふがみえた。だが、そんなはずはない。まさか。

「むかしおれは、〈囚われの犬〉だったんだ」

ラッキーは信じられなかった。「ニンゲンと暮らしてたってことかい？」

「ほんの子犬のころの話だ」オールドハンターは暗い声でいった。「ありがたいことに、あの生活は長くは続かなかったよ。あいつらは引っこしをすることが決まると、おれを連れていくのは手間だと考えたんだ。それ以来、おれは一匹で生きてきた。だが、ああ、そうだとも――その前は、おれは〈囚われの犬〉だった」

「あれはどうなったんだい？　その……」それは、口に出すのもためらわれる言葉だった。

「首輪か？　自分で取ったよ。簡単な仕事じゃなかった」オールドハンターは顔をくもらせた。

「ほかにどうしようもなかったんだ。成長するにつれておれの体はどんどん大きくなり、首輪が肉に食いこむようになった。放っておいたら殺されていたかもしれんが、自力でかみちぎった。丸一日と夜を半分費やして、どうにかやりとげた。誓って いう。おれは二度と、あんなものはつけない」

ラッキーの体が震えた。首輪は自然に反するものだ——犬たちはみなオールドハンターのことが好きだったし、そのオールドハンターだからこそ、自由な生き方をするべきだった。それこそ、正しい、あるべき姿だ。

首輪をつけるとどのような感じがするのだろう。のどがしまって息が詰まり、きゅうくつにちがいない。ラッキーは、その感覚に覚えがあるような気がした。記憶の底で、なにかが動く。だが、そんなはずは……。

かすかに、ごくかすかに、子犬だったころの記憶が呼びさまされてきた。まわりのきょうだいたちが首輪をつけていたのはたしかだ。それなら、ラッキーもつけていたのだろうか。あの忌まわしい囚われの印、ニンゲンの奴隷である印を。

あれから自分になにがあったのだろう。ラッキーはいぶかしんだ。いったいなにが、こんなにも過去をおぼろげに、あいまいにしているのだろう? ラッキーには思いだすことができなかった。なによりも思いだしたくなかった。想像上の首輪におびえていることだけが理由ではない。子犬時代について考えると、それだけで悲しくなってくる。なぜなのかはわからなかった。むかしの記憶は、ある感覚を呼びさました――きょうだいたちの温かい体、間近できこえる小さな心臓の音、こぢんまりしたかごの中で押しあっていたこと、ぬくもり、鳴き声。

ラッキーは体を振った。不安で毛が逆立っている。忘れかけていた記憶がもどってきたせいで、あの不快な感覚が呼びさまされていた――全身が冷たくなるようなさびしさだ。さびしさは、腹の中で石のように感じられた。ラッキーは、そのにぶい痛みを振りおとすようにして、立ちあがった。頭を下げて、オールドハンターの耳をなめる。

「食べ物を分けてくれてありがとう」

「ああ、たいしたことじゃない。幸運を祈っている」

ラッキーは口をつぐんだ。幸運……いまの自分たちに必要なのは、幸運だけではないのかもしれない。

「オールドハンター……じつは考えていたんだ。おかしなことをいうようだけど、ぼくたち、しばらくいっしょに行動してみないかい？」相手の目に静かな驚きが浮かぶのをみて、ラッキーはあわてて続けた。「しばらくといっても、少しのあいだだよ。この大きな変化に慣れるまででいいんだ」

オールドハンターはだまったまま、少し悲しげにラッキーをみていた。

その沈黙を賛成とも不賛成とも取りかねたまま、ラッキーはさらに早口で続けた。「ぼくたちが〈孤独の犬〉だということには変わりない。それはわかっているし、ほんとうは一匹で生きていくべきだということもわかってる。だけど、なにもかもがおかしな具合になって、まわりには危険があふれてる。〈大地のうなり〉がすべてを変えてしまったんだ。少しのあいだ、助けあってみるのもいいと思わないかい？　ぼくときみなら、きっとうまくいく……」

ラッキーの声はしだいに小さくなり、やがて止んだ。オールドハンターは立ちあがった。

「すまない、ラッキー」低い声だった。「それはできない。正しい選択だとは思えない。さっきもいっただろう。〈大地のうなり〉に屈するわけにはいかない。おれたちが自分の生き方を変えてはいけないんだ」

「だけど、〝ヘビ〟のことを思いだしてごらんよ。もう少しでかみつかれるところだっただろう？　いっしょにいれば、ぼくたちは――」

オールドハンターの目の光が強くなった。「たしかに、おまえはおれの命を救ってくれた。それでも、おれたちは独りで生きていかなくてはならない。これまでもそうだったように。わかるか？　犬というのは、だれにも頼ってはいけないんだ」

ラッキーは、しぶしぶではあったが、わかったというしるしに頭を下げた。最後にもういちど、親しみをこめてオールドハンターをなめる。「わかったよ。だけど、ほんとうにありがとう」

「こちらこそ礼をいう。ほら、これを」

オールドハンターはうしろを向いて大きな肉のかたまりをくわえると、それをラッキーの足元に落とした。ラッキーは驚き、前足で肉にふれた。

「持っていくといい。それくらい気にするな」

ラッキーは感謝をこめて鳴き、肉を口にくわえた。友情をこめたまなざしをオールドハンターに投げかけると、売り台をとびこえ、ふたたびがれきの散乱したデパートの中にもどっていった。

7 キツネとの戦い

少しするとラッキーは足をゆるめ、やがて立ちどまった。くわえた肉の位置を直す。腹が満たされてみると、今度は眠くなってきた。ラッキーの目の前には気持ちのよさそうなベッドがある。

この〝家〟には、ほかの〝家〟よりもずっと大きなものが並んでいた。低くて幅の広い、ふしぎにやわらかなイスもある。イスは、戦利品が入れられていた袋と同じような、なめした革でできていた。ラッキーはうっとりとイスをみつめ、数歩近づいた。くたくたに疲れていた。少し眠って、起きたら肉を食べて、それからまた動きはじめればいい……。

ふいに、強烈なジャコウのにおいが鼻をつき、魅力的なベッドのにおいをかき消した。

まさか……。

デパートの中に自分以外の生き物がいることには気づいていた。腹を空かせた獣も、ニンゲンもいる。だが、食べ物をみつけることだけに集中していたあいだは、とくに気にしていなかった。奪われて困るものもなかったからだ。

だが、いまはちがう。

ラッキーは肉をくわえたあごに力をこめ、静かにうなった。イスのうしろには木製の棚がいくつか並んでいる。その陰に、なにかがひそんでいた。とがった黒い鼻先がちらりとのぞき、ついで肉食動物の目と、大きくぴんと立った耳が現れた。ラッキーのうなり声が大きくなり、警戒するような響きが強くなった。ハイイロギツネと目が合ったのだ。

つぎの瞬間、さらに三匹のキツネが棚のうしろから出てきた。いかにもどう猛そうな、やせた体をしている。四匹はさっと視線を交わした。

キツネの群れの王者が黄色い目を光らせる。すると四匹は、威圧するようなうなり声をあげながら、いっせいにラッキーに詰めよってきた。

「肉をよこせ！　さっさとしろ！」

ラッキーは、肉のかたまりをくわえたままのどの奥でグルグルうなり、敵のようすをうかがった。どのキツネも体の大きさはラッキーの半分ほどしかない。だが、相手は四匹いる。目つきも鋭い。捨て身のキツネほど危険な敵はいない——群れになっていればなおさらだ。こうしてラッキーがみているあいだにも、キツネたちは牙をむき出してじりじりと迫ってくる。

キツネたちは自信にあふれ、そして賢かった――二匹ひと組になって左右に分かれている。

腹の中で、恐怖が冷たい石のように感じられた。敵は左右から攻めてくるつもりだ。戦って勝てるチャンスはほとんどない。肉を捨てさえすればいいのだ。肉を捨てて、逃げればいい――。

だめだ！

肉を渡すことはできなかった。いつまた食糧が手に入るかわからないのだ――なにより、相手はキツネだ！　ラッキーは犬だ。それも、強い〈孤独の犬〉だ。食べ物であれなんであれ、みすぼらしいキツネなんかに渡せるはずがない。

ラッキーは左右に視線を走らせてキツネたちの動きを把握しながら、小さなテーブルの下をくぐり、障害物をいくつか回りこんだ。敵は円をえがくようにして、ラッキーとの間合いをせばめつつある。ラッキーは、ぞっとして首の毛が逆立つのを感じた。

「ばかな犬、おろかな犬だ」アルファのキツネが鋭くいった。ききとりづらい、こもった声だ。

べつのキツネが口を開いた。「仲間もいない！　だれにも助けてもらえない！　みじめなやつだ！」

「大きなお仲間といっしょにいればよかったのになあ。臆病者め」三匹目があざけった。「ばかなやつ！」

ぼくは、肉をちゃんと食べた——ラッキーは自分にいいきかせた。せっぱつまったキツネたちに比べれば、たくわえたエネルギーは十分だ。なにより自分は〈大地のうなり〉を生きのびた犬だ。アライグマからだって、シャープクロウからだって、怒ったフィアース・ドッグからだって、うまく逃げてきた。

今度も逃げきれるはずだった！

ラッキーは群れのアルファに神経を集中させた。肉をくわえたまま牙をむき出し、相手をにらみつけてうなる。キツネはばかにしたような笑みを浮かべた。

ラッキーは前ぶれもなくいきなり駆けだし、アルファに体当たりした。ふいをつかれたアルファは悲鳴をあげ、壊れたイスにたたきつけられた。その腹をラッキーがうしろ足でけりつけると、アルファは苦しげな鳴き声をあげてあえいだ。ラッキーはぐずぐずしていなかった。キツネたちに背を向けると、デパートの中を全力で走っていった。

背後からきこえてくる音で、アルファがよろよろ立ちあがり、すぐに体勢を立てなおしたのがわかった。すでにほかのキツネたちはすぐうしろに迫り、怒りと不満をあらわにしてうなり、かん高い声で吠えたてた。ラッキーの走る速度は決して遅くなかったが、キツネたちのほうは、耐えがたい空腹に急きたてられるようにして走っていた。いっぽうラッキーは、口にくわえた肉のせいでうまく息ができなかった。柱のあいだをすりぬけ、開けた場所を全力で駆けていく。以前はそこで、ニンゲンたちがすわって食事をしていたものだ。テーブルやイスをなぎたおし、どこからかもれ出していた水の上をすべるようにして走ったが、キツネたちとの距離はいっこうに広がらなかった。

ラッキーは、ニンゲンの服を並べた棚を引きたおし、金属の坂道にたどりついた。大急ぎで駆けおりながら、まっさかさまに転がりおちてしまわないよう、爪を食いこませて必死で持ちこたえる。坂を下りると、行く手をはばんでいた大きなソファをとびこえた。

しまった！　ラッキーは声に出さずに叫んだ。とびこえたはずみに、はあはあ息をする口から肉のかたまりが落ちてしまったのだ。目のはしで肉のゆくえを追う。肉は大きな木のテーブルの下にすべりこんでいった。上にはゆったりした青い布がかけられている。

ラッキーは引きかえし、肉のあとを追ってテーブルの下にもぐりこんだ。テーブルにかかっていたやわらかい布が、ラッキーの姿を隠した。

わき腹を波うたせながら、ラッキーは耳をぴんと立ててできるだけ息をひそめた。キツネのにおいがする。土くさく鋭いにおいが、だんだん近づいてくる。もし物音をききつけられれば、あるいはにおいをかぎつけられれば――自分のパニックと恐怖が強いにおいを放っているのはわかっていた――死んだも同然だった。

低いうなり声や、とがった鼻先で空気のにおいをかぐ音がきこえてきた。ぶつぶつつぶやく声や、たがいにささやき交わす声もきこえる。ききとりづらいときも、はっきりきこえてくるときもあった。

「犬のにおいがする」一匹の声がきこえた。〝犬〟という言葉を、憎しみをこめて吐きすてた。キツネ特有の耳ざわりでかん高い声だ。

「肉のにおいもする」べつのキツネがいい、空腹にいらだった笑い声をあげた。

ラッキーは鼻先にしわを寄せた。このあさましいキツネたちが、自分と同じ肉食獣だとは！

じきにみつかってしまうことはわかっていた。恐怖で背すじが寒くなり、毛が逆立つ。おびえて鳴き声をもらしてしまわないよう、自分を抑えなければならなかった。テーブルのすぐそばに、キツネの一匹が近づいた。

「音がした！　あそこだ！」ふいに、べつの一匹が叫んだ。「いこう！　みえたか？」

心臓がどきどきいう。ラッキーはキツネたちが歩く音に耳を澄ませ、それがゆっくりと、ごくゆっくりと、自分の隠れているテーブルから遠ざかっていくのを待った。敵はすぐに、ききつけた音がまちがいだったことに気づき——あれはネズミか鳥が立てた音だ——そしてまた、もどってくるはずだ……。

ラッキーは肉をくわえたまま走りだし、デパートの中心へ向かって突進した。たちまちうしろから、キツネたちのかん高い叫び声と、追いかけてくる音がきこえてくる。だが少なくとも、テーブルの下からぬけだすことはできた。ラッキーはせいいっぱい駆けた。けがをしているほうの前足はうずき、肺は痛み、全身が重く、思うように動くことができなかった。はじめて、胸の奥に弱気がしのびよってきた。追いつかれてしまうかもしれない。

入り口に近づくと、並べられている商品がほかの場所より多いように思えた。ニンゲンのどろぼうも、ゴミあさりの犬たちも、鮮やかな色のネックレスや小瓶には興味を持たなかったらしい。ラッキーが通りすぎざまにぶつかったはずみに、棚のひとつが大きな音を立てて床に倒れた。ラッキーは背の高い売り台を回りこみ、壊れた棚をとびこえた。意図したわけではなかったが、床に倒れた棚がキツネたちを食いとめることになった。うしろから、よろめいたりすべったりする音がきこえてくる。

べつの棚が引っくりかえり、上に並んでいた小瓶が割れた。胸が悪くなるほど強烈なにおいが鼻をつく。とにかく高いところへいくんだ。ラッキーは考えた。高いところをみつけなければいけない。足場のしっかりした、安全なところを……。

あそこだ！　ラッキーは高さのある売り台にとびのった。紙が散らばり、奇妙な形の金属の機械がいくつか倒れる。中でもひときわ大きな機械が床に落ちた。付いていた引きだしがはずみで開き、紙や小さな金属の円盤があたり一面に散乱した。ラッキーはつるつるした売り台の上で足をすべらせ、危うく自分まで床に落ちそうになった。前足とうしろ足でどうにか踏んばり、急いで体勢を立てなおす。

息を切らしながら下をみると、キツネたちがにやにや笑いながらゆっくりと円をえがいていた。

「いずれ下りてくるさ」一匹が意地の悪い声でいった。「ばかな犬め。永遠にそこにいられるわけがない」

「そりゃそうだ」べつの一匹がいった。

「すぐに下りてくる。すぐだ」自信に満ちた鋭いうなり声をきいて、ラッキーはぞっとした。体が震え、冷たくなる。

キツネたちのいうとおりだった。永遠にここにいるわけにはいかない。もういちど売り台からとびおり、キツネたちの頭上をこえて逃げなければならない。だが、前足の痛みはいよいよ激しくなり、逃げることに意識を集中できなくなっていた。傷のうずきは耐えがたいほど強く、ラッキーはめまいさえ感じた。

重苦しい呼吸に合わせて、わき腹がせわしなく上下する。たったひとつの肉を守るために、ここまでする価値があるのだろうか？

たちまち、〈孤独の犬〉の誇りがその問いに答えた。強い怒りが体中を駆けめぐり、うなりをあげる。戦いに備えて筋肉に力が入った。もちろん、ここまでする価値はあるのだ。ラッキーはキツネたちよりも大きく、力がある。こんなケダモノたちに屈するのなら、もはや犬である資格はない。

そしてまた、〈大地のうなり〉が起こったあとの新しい世界では、臆病者は生きのびることができない。生きのびるのは勇敢な者、強い者、意志を貫く者だ。ラッキーは、正当な権利のある獲物を手放すつもりはなかった。

肉を前足のあいだに置き、命をかけてでも守ろうと心に誓った——オールドハンターならきっとそうしたはずだ。頭を低くして肩を上げ、牙をむき出し、近づけば命はないと示す。怒りと抵抗をこめた吠え声をあげようと、全身の力を奮いおこした。

だがそのとき、ラッキーはぴたりと動きを止めた。

どこからともなく、奇妙(きみょう)な音がきこえてきたのだ。音を立てているのは、ラッキーでもなければキツネたちでもない。にもかかわらず、音はしだいに大きくなり、デパートの中で反響(はんきょう)した。

それは、敵意のこもった低いうなり声だった。

キツネたちは急に落ちつきをなくし、左右にせわしなく目を配って耳をそばだてた。つぎの瞬間(しゅんかん)、四匹(ひき)は、崩(くず)れて吹(ふ)きさらしになった入り口のほうへ駆(か)けだした。

ラッキーは自分の目を疑った。キツネたちの頭ごしに、動物の群れが近づいてくるのがみえたのだ――犬の群れだ！

最初にみえたのは雑種の子犬だった。短い足と毛むくじゃらの顔をして、興奮ぎみにピンク色の舌をのぞかせている。なめらかな白黒まだらの毛皮をした牧羊犬は、革製のなにか大きなものを口にくわえている。長い鼻と硬(かた)い毛の闘犬(とうけん)は、目に警戒(けいかい)の色を浮(う)かべている。白く長い毛の小型犬もいる。やわらかそうな毛並みの黒い大型犬は幅広(はばひろ)の顔を持ち、真剣(しんけん)な目をしていた。

犬たちはラッキーのほうをほとんどみず、張りつめたまなざしを四匹(ひき)のキツネに向けている。

風変わりな群れだ。最後の一匹が入り口に現れた。美しい顔をしたメス犬で、すらりと長い足を持ち、毛皮は金と白のまだらもようだった。ラッキーはその犬をみて、自分をみているような気がした。〈大地のうなり〉が起こる前、ガラスに映った自分をみたことがあったのだ。そして、このにおいは……。

だが、考えにふけっている暇はない。すでに、犬の群れはキツネたちに向かいあっている。キツネのほうは不規則な横並びになり、小ばかにしたような態度でうなっていた。

「ギャングのおでましか――おお、おっかない！」一番小さなキツネがそういって鼻で笑った。アルファのキツネが、あざけるような短い笑い声をあげた。「おっかない？　おまえ本気か？」

ラッキーは思わず肩を落とした。自分以外の犬に会えてうれしかったのはほんとうだが、あらためてその顔ぶれをみてみると……キツネたちに笑われるのもしかたがないような気がした。キツネのほうは、少なくとも戦いの陣形を取っている。だが犬たちのほうは、母犬とはぐれた子犬とでもいったようすだった。小さな雑種犬は体の割に勇ましくみえたが、興奮してぐるぐる走りまわることくらいしかできないようだ。毛足の長い小型犬は、ヒステリックにきゃんきゃん吠えている。闘犬はキツネたちに攻撃をしかけようとしているが、残念ながら黒い大型犬がじゃまになって動けずにいた。

ラッキーは自分によく似たあの犬に目をとめた。整った顔をした金色の犬だ。ひるむことなく、まっすぐにキツネたちに向かって進んでいく。闘犬がそのうしろを追い、どうにかして黒い大型犬と牧羊犬の横をすりぬけた。牧羊犬は役に立ってはいないが、少なくとも詰め物をした革を口からはなした。

戦いは短く激しいものだった。かみつこうとする牙と、引っかこうとする爪がひらめく――ラッキーは売り台の上に立ったままようすをみまもっていた。闘犬がキツネの足にかみつき、すぐにはなした――が、しっかり傷は残っていた。かまれたキツネが驚きと痛みにきゃんと鳴く。キツネのアルファが、牙をむいた口からよだれを垂らしながら、白黒まだらの牧羊犬にとびかかった。だが牧羊犬は意外なほどのすばやさで攻撃をかわし、かさぶたにおおわれた敵の灰色の体を牙で引っかいた。キツネがバランスを崩して床に倒れる。長い毛足の愛らしい小型犬も、キツネに向かっていくことはなかったが、床に足を踏んばって激しく吠えていた。べつの犬が前足をさっと振りあげてキツネの鼻先に赤い傷を残し、またべつの犬が敵にかみつこうと間近に迫っていった。犬が牙をむいて襲いかかると、あとにはよだれが銀色の弧をえがいた。

四匹のキツネたちには、しぶとくしつこい残忍さも、戦いを続けたいという意志もあった。

だがこのキツネたちは頭がよかった。たとえ相手の統制が取れていないにしても、犬の群れとの戦いを長引かせるのは賢(かしこ)いことではない。数の上でも体格の上でも負けていることがはっきりすると、キツネのアルファはかん高く悪意に満ちた吠(ほ)え声をあげた。

「引きあげるぞ！　戦ってもむだだ！」

最後のキツネは、憎(にく)しみをこめて牙(きば)をむいてうなり、それから逃(に)げていく仲間たちのあとを追った。

「犬ってのは群れると勇ましい！」キツネはラッキーのそばを通りすぎながら、あざけるようににやにや笑った。「腰ぬけが！」

キツネたちが混沌(こんとん)としたデパートの奥に姿を消すのをみとどけると、ラッキーは、オールドハンターと別れて以来、はじめてほっと息をついた。深い感謝を示して尾(お)を振(ふ)りながら、新しくきた犬たちに向かって親しみをこめて吠(ほ)える。

「ありがとう。おかげで助かった！」

犬たちは息を切らしながら、いっせいにラッキーのほうをみた。その顔には、不安そうな表情が新たに浮(う)かんでいる。まるで、ラッキーがいたことをたったいま思いだしたかのようだった。闘犬(とうけん)が進みでてきて、においをかいだ。屈強(くっきょう)そうな見た目とはうらはらに、遠慮(えんりょ)がちなしぐさだった。

「気にするな」闘犬(とうけん)はしゃがれ声でいった。「まったく、キツネどもときたら！」

「きみたちがいなかったら、やられていたかもしれない」安堵(あんど)が洪水(こうずい)のように押(お)しよせてくる。ラッキーはこのちぐはぐな群れに感謝しながら、つい弱音をもらした。

「役に立ててよかったわ！」雑種犬がきいきい声で叫(さけ)びながらくるくる回り、危うく自分の足につまずきそうになった。ラッキーに似た犬は、なにもいわずに売り台の上にとびのってきた。ラッキーは食糧(しょくりょう)を守ろうと本能的に動いたが、相手は肉には目もくれなかった。かわりに、ためらいがちにラッキーのにおいをかぐ。二匹(ひき)の目が合った。そのとたん、ラッキーの鼓動(こどう)が速くなった。

　胸がざわつき、記憶(きおく)の中にある感覚が呼びさまされていく。頭の中で、さまざまなイメージが浮(う)かんでは消えた。ラッキーはこの犬を知っていた……。

　犬は黒く優しげな目でまばたきし、鼻先でラッキーの顔をそっとなでた。

「やっぱり！」犬はおだやかに吠(ほ)えた。「ああ、ヤップ！　久しぶりね、わたしのきょうだい！」

8 再会

ヤップ……！

記憶(きおく)が、胸の内にねじれるような痛みをもたらした。重い石のようだった孤独(こどく)が、腹の中でわずかに軽くなったようだった。ヤップ！　最後に子犬時代の名前をきいたのはいつのことだろう。目の前にいる犬の名が、音とイメージの渦(うず)の中から浮(う)かびあがってくる。ふんふん鼻を鳴らす音、高く細い鳴き声、となりでいごこち良さそうに丸まっていた体、押(お)しのけようとしてくる小さな前足、ぎゅっと押(お)しつけられた温かな金色の毛皮……そして、いまもむかしも変わらない、たえずきゅうきゅう鳴く癖(くせ)……。

「スクイーク！　きみなのか！」よろこびにわれを忘れて、ラッキーはスクイークの顔をなめた。スクイークは前足に体重をかけて姿勢を低くし、じゃれつくようにラッキーののどを軽くかんだ。

「もうスクイークじゃないわ」かん高い声で吠える。「新しい名前があるのよ。いまはベラっていうの！」

「ベラか」ラッキーはその響きに慣れようとくりかえした。「きれいな名前だ」

白い小型犬が鼻にかかった鳴き声をあげ、ついで、「静かにして！」というなり声がきこえてきた。となりにいた雑種犬が、小型犬の鼻を軽くかむ。ラッキーは、犬種のばらばらな犬たちがすぐそばにすわり、自分たちのほうを熱心にみているのに気づいた。どの犬も好奇心と期待がまじった顔をしているが、闘犬だけはどこか身構えているようにみえた。ちぐはぐな集まりだったが、どの犬もそれなりに美しかった。毛並みにはつやがあり、肉付きがよく、さっきのキツネたちが去り際に残した傷を別にすれば、ノミにかまれた痕や傷痕もない。愛らしい小型犬は三本足で立って前足を優美に上げている。長くつややかな毛並みは、まるで、今朝ニンゲンにブラッシングをしてもらったばかりのようにみえた。

小型犬はこましゃくれた態度を取っているが、ベラににらまれて、騒いだことが少し恥ずかしくなったようだった。「あたし、サンシャイン。お日様の光っていう意味なの。ぴったりでしょ。ベラは美しいっていう意味よ」

ラッキーは自分の鼻をベラの鼻先に押しつけた。愛情を示し、気持ちを落ちつかせてやりたかった。「ぼくにも新しい名前がある。いまはラッキーっていうんだ」

ベラはラッキーの耳をなめた。「ぴったりじゃない！　ちょうどいいタイミングでわたしたちがくるなんて、ほんとうにラッキーだったもの！」

「そのとおりだよ」ラッキーは一歩下がってベラの仲間をながめ、声をかけた。「こんにちは」

サンシャインは、はにかんでいるのか、三本足でバランスを取るのに忙しいのか、返事をしなかった。闘犬がなにか低い声で答えたが、よくききとれない。うしろ足で立って物ほしそうに鼻をふんふんいわせ、ラッキーが売り台に置いた肉をみつめている。

「ブルーノったら」ベラはからかうように叱ってみせ、鼻先で相手をつついた。「いつもおなかを空かせてるんだから。あなたって、世界が終わる瞬間にも、食べ物のことを考えてるんでしょうね」

ラッキーは考えこんだ。食べ物と、食べ物の手に入れ方を考えない犬なんているのだろうか。そしてこの状況では、世界が終わるという言い回しも冗談にはきこえない――世界はほんとうに終わりを迎えつつあるのだ。恐ろしい〈大地のうなり〉のこと、そして道路に走っていた底なしの裂け目のことを思いだす。食べ物をみつけてたくわえておくことは、冗談ではなく大切なことだ。ラッキーにはわかっていた。だがもしかすると、この栄養のゆきとどいた毛並みのいい犬たちには、それがわかっていないのかもしれない。

ラッキーの疑いを裏づけるかのように、サンシャインが丸い腹をぺたんと床(ゆか)につけてうつぶせになった。白い毛がふわりと床(ゆか)に広がる。くーんとひと声鳴いて、口を開いた。「ベラってば、そんな話やめてよ。世界が終わったかどうかなんてわからないでしょ」

ベラも応(こた)えて鳴いたが、いらだった声だった。それでも、サンシャインを元気づけるように、そのボタンのような黒い鼻をなめてやった。「サンシャイン、世界が終わっていないのだとしたら、わたしたちのニンゲンはどこにいったの?」

わたしたちのニンゲン? ラッキーは体をこわばらせた。信じられない思いで、目の前の犬たちをあらためてみつめる。一匹(ぴき)一匹(ぴき)は似ても似つかないが、ひとつだけ共通点があった。どの犬も、ニンゲンの所有物であるというしるしを身に着けているのだ。ラッキーはぞっとして、思わず大声をあげた。

「きみたちは〈囚(とら)われの犬〉なのか!」

犬の群れはいっせいにラッキーをみあげ、それから困ったように顔をみあわせた。

「ああ、そうだ」牧羊犬は物問いたげに首をかしげた。

「そうか――ううん、わかったんだ――きみたちがみんな――」ラッキーは頭が混乱して、だまりこんだ。〈囚(とら)われの犬〉。甘(あま)やかされた犬たち。飼いならされた、おろかで無気力な犬たち……。

　この犬たちはニンゲンに首輪を付けさせる。ニンゲンに食べ物をもらい、遊んでもらい、運動に連れていってもらい、寝床(ねどこ)を与(あた)えてもらう。ニンゲンがいなくなれば、なにもできない。絶望するしかない……ラッキーにとって、それは信じがたいほど恐(おそ)ろしいことだった。〈囚(とら)われの犬〉たちは、終わってしまったこの世界をどう生きぬいていくつもりなのだろう？

　ラッキーは寒気をまぎらわすように体を振(ふ)った。いまはまだ、そのことについて考える余裕(よゆう)がない。相手が〈囚(とら)われの犬〉だからといってなにが問題だろう？　とにかく、最高のタイミングで自分を助けにきてくれたのだ。

　ラッキーはブルーノをちらりとみた。あいかわらず、肉のにおいをかいでいる。「ほら、食糧(しょくりょう)を分けよう」ラッキーは売り台にとびのると肉をくわえてもどり、それを床(ゆか)の上に落とした。「きみたちは、ぼくとぼくの肉を守ってくれた。だから、分けあうのは当然だ。ぼくにできることはこれくらいしかない」

　ラッキーは胸の中で続けた。そして、きみたちが自力で獲物(えもの)をとることができないなら、これが最後の食事になる……。

しばらくあたりには、風変わりな群れの犬たちがラッキーの食糧を引きさいたりかんだりする音だけがきこえていた。自分の分をがつがつ食べてしまうと、ラッキーは小声でベラにいった。「きみの仲間は……なんというか、おもしろいね」

ベラは顔をあげ、目を細くしてラッキーをみた。「わたしたちとは全然似ていないでしょう？　小さいころは、犬といったらシェルティ・レトリバーしかいないと思ってたのに！」

ラッキーはまばたきをした。「ぼくたちはシェルティ・レトリバーなのか？」

「ええ、そうよ。お父さんとお母さんのことを覚えてない？」ベラの声には、さまざまな思いがにじんでいた――安心、深い幸福、長いあいだ離れ離れになっていたことへの後悔。だが、おもしろがるような響きがあることもたしかだった。「わたしたちみんな、ぴったりの名前をつけてもらっていたでしょう。ニンゲンたちがつけてくれたのよ」

ラッキーはとがめるようにうなった。「ニンゲンたちにもらったものが〝ぴったり〟だなんてことはありえないよ」

ベラはそれには答えずに、話を続けた。「あそこにいるブルーノの母犬はジャーマン・シェパード。ミッキーは、ニンゲンたちの言葉を借りるならボーダー・コリー。すごく頭がよくて、わたしたちのまとめ役をするのが好きなの！　デイジーのお父さんはウェスト・ハイランド・

ホワイト・テリアで、お母さんはジャック・ラッセル。サンシャインは――マルチーズよ。あの子、すごく繊細なの」

「あの犬は？」ラッキーは一番大きな黒い犬をあごで指した。

「マーサ？　マーサはニューファンドランド。サンシャインと並ぶとすごく大きくみえるわね」

　ラッキーは二匹をみくらべた。マーサはラッキーよりも大きく、そのひざの関節は、サンシャインの体よりも高いところにある。キツネたちは、ある一点に関しては正しかった――この群れは、ラッキーもみたことがないくらいばらばらだ。そもそも、これを群れと呼んでもいいのだろうか。アルファはだれだろう？　ベラはよく話すし、サンシャインをのぞけばみんなに優しいが、アルファらしいふるまいはしない。支配者としての風格をただよわせようともしていない――吠えたり軽くかんだりして、相手にいうことをきかせることもない。決断を下したときでさえ、賛成やアドバイスを乞うように仲間たちのほうをみる。ボーダー・コリーのミッキーは賢そうだし、ブルーノは、いざ戦いとなれば冷静に動くことができるらしい。それでも二匹は、キツネたちとの戦いのときに、アルファとしての務めをはたしてはいなかった。サンシャインは――もちろん、ちがう。デイジーは勇敢で向こう気が強く、元気いっぱいだが、まだ赤ちゃんといってもいい年だ。アルファになれるはずがない……。

群れを率いているのはだれなのだろう？

ラッキーのとまどいは、うろたえたような金切り声にさえぎられた。サンシャインが食べかけの肉を置いてとびあがり、小さな円をえがいてぐるぐる走りはじめたのだ。長い毛をふわふわなびかせながら、やみくもに足を動かしている。

「痛い！　痛い！」

「どうしたの――」ベラが口を開いた。

「キツネ！　かまれたの！」サンシャインはヒステリックにわめきながら、片方の前足を哀れっぽくあげてみせた。戦いのあとからずっとかばっていた足だ。ようやくラッキーにも、なぜそんなことをしていたのか理由がわかった――サンシャイン自身も、たったいま理解したらしい。サンシャインは前足を上下に振りながらそれでも走ろうとしたので、たちまち床に転がった。三本の足で立ちあがると、パニックを起こしたまま円をえがいて走りはじめる。

「あたしのニンゲンはどこ！　あたしのニンゲン！　獣医さんのところにいかなくちゃ！」

ラッキーは、目を見開いて心配そうな顔をしているベラに気づき、自分でもはっとするほど強い軽べつを感じた。ちがう、ベラがアルファであるはずがない。

だが、ほかの犬たちも似たり寄ったりだ。ミッキーははじかれたように立ちあがってサンシャインをみまもり、デイジーは同情してきゃんきゃん鳴いている。急に、ほかの犬たちもデイジーといっしょに騒ぎはじめた。

「ニンゲンの家へ帰ろう！」

「だめよ、獣医さんを探さなくちゃ！　獣医さんのところにいくのよ！」

「どこにいる？　どこにいけば獣医に会えるんだ？　みんな消えてしまったじゃないか！」

「ニンゲンはみんな消えちゃったわ！　わたしたちこれからどうすればいいの？」

ことのなりゆきをぼう然とながめていたラッキーは、はっと気を取りなおした。急いで立ちあがり、叱りつけるように短く吠える。

「落ちついてくれ！」

犬たちはしんとなってラッキーをみた。ラッキーは、鮮やかな黄色の服を着たニンゲンのことを思いだしていた。話してやったほうがいいだろうか？　だがあのニンゲンは、どこかとても……変だった。いや、話せば事態をもっとややこしくするだけだろう――この犬たちは、ニンゲンが近くにいて、自分たちを助けにきてくれると考えるかもしれない。

ラッキーは頭をまっすぐに起こした。「ぼくにはジュウイがなんなのかわからない。だけど、サンシャインにそんなものが必要ないことはわかる。傷をみせてごらん」

　サンシャインはわき腹を震わせながらおずおずと近づいてきて、恥ずかしそうに前足を差しだした。ラッキーは前足のにおいをかいだ。血が出ているのは確かだが、皮ふを少し切った程度の傷だ。舌の先で傷にそっと触れる。

「いいかい、こんなのはただのかすり傷だ。騒ぐほどのことじゃない。これをみてごらん」ラッキーは腹ばいになると、自分のけがをしているほうの前足をみんなの前に差しだし、裏がえしてみせた。いっせいにはっと息を飲む音がきこえた。

「ひどい傷！」サンシャインがきいきい声でいった。「獣医さんにみてもらわなくちゃいけないのはあなたよ！」

「そんな必要はない」ラッキーは怒りをこめていった。「傷が悪化したのは足を休めて治す時間がなかったからだ。ほら」ラッキーは、そっと自分の傷をなめた。すぐに痛みが和らぐ。もっと早くから大事にしていれば、キツネを追いはらうのにもあれほど苦労しなかっただろう。もういちど傷をなめる。「ほら、サンシャイン。やってみてごらん」

　サンシャインはおとなしく前足に鼻先を近づけ、こわごわ傷口をなめた。ひどいことはなにも起こらないとわかると、もういちどなめた。すぐに、一生懸命なめはじめた。

「ほんとだわ」サンシャインは目を丸くして小声でいった。「もうあんまり痛くない。よくなってきたみたい」舌を休め、うっとりとラッキーをみあげる。「みんな、このお友だちは正しかったわ！」

「わかったかい？」ラッキーは吠えた。「まぬけなジュウイなんていらないんだよ」

犬たちは静まりかえり、敬意をこめてラッキーをみつめた。ラッキーは犬たちの視線を浴びながら、いやな予感がさざなみのように全身に広がっていくのを感じていた。

「すごいのねえ」マーサがつぶやいた。大きな黒い頭をサンシャインの前足に近づけ、首をかしげてしげしげとみつめる。

「すばらしい。じつにすばらしい！」ブルーノが低い声でいった。「みごとなもんだ！」

「とっても賢いのね！」小さなデイジーがいった。「こんなこと知ってるなんて！」

ミッキーはなにもいわなかったが、感心しているようにみえた。ベラでさえ顔をかがやかせ、ラッキーとサンシャインを交互にみている。六匹はしっぽを大きく振った。

うそだろ、やめてくれ！　ラッキーは胸の中で叫んだ。ぼくはきみたちのアルファなんかじゃない！

あわてて立ちあがり、一歩あとずさる。「いいかい、その——ぼくは、助けてもらったことにはすごく感謝してる。きみたちがいなかったら大変なことになっていた！」首のまわりの毛を逆立てたまま、さらに数歩あとずさる。「だけど、もういかなきゃ。ほんとうにありがとう。幸運を祈ってるよ！」

ラッキーは相手が動くよりも早く、くるりと背を向け、デパートの出口をめざして大急ぎで走りはじめた。ベラたちがぽかんとして自分をみつめているのも、しっぽと耳をしょんぼり垂らしているのも、なんとなくわかった。だが、ラッキーはうしろを振りかえろうとはしなかった。決して――。

ふいに、ラッキーはぴたりと足を止めた。からっぽのショーウィンドウのむこうに、雨雲が重く垂れこめた灰色の空がみえたのだ。外に踏みだそうとためらいがちに前足をあげたその瞬間、まばゆいばかりの光が通りを照らしだし、耳をつんざくような音があたりをゆるがした。

ラッキーは凍りついた。

ライトニングだ！

すぐに雨が降りはじめるだろう。滝のようなどしゃぶりになるはずだ。雲のあいだから、なにかがぶつかり合うような激しい戦いの音がきこえてきた。〈天空の犬〉たちが命がけで戦い、伝説の英雄ライトニングは〈大地の犬〉をからかって空を駆けまわり、うしろに炎の軌跡を残していく。ラッキーは、恐怖はほとんど感じなかったが、どしゃぶりの雨の中を歩くのは気が進まなかった。

ためらう時間が長すぎたのだろう。ふと、ベラの体温を感じた。みると、すぐそばに立っている。ラッキーのほうはみないで、戦場と化した暗い空をみあげている。

「ラッキー、わたしたちといっしょにいて」とうとうベラは口を開いた。「少しのあいだでいいの」

長いあいだ、ラッキーはなにも答えられなかった。今朝起きたときに感じた、あのさびしさのことを考えていた。スイートがいないと気づいたときの、心に穴が開いたような感覚を。子犬のころの記憶がよみがえってくる。きょうだいたちともつれ合うようにして眠る温かさ、そして、ぴったり寄りそっていたスクイークのにおい。スクイークは、ベラになったいまも、となりにいる。むかしとはちがうが、むかしと変わっていないところもある……。

「わかった」ラッキーはついに口を開いた。「だけど、少しのあいだだけだ」

ベラはうれしそうにひと声吠えた。急に姿勢を低くしたかと思うととびあがり、ラッキーに体をぶつけてきた。ラッキーは、思いもかけないよろこびが体中にふつふつとわいてくるのを感じながらベラと床を転げまわった。いきおいよく立ちあがって円をえがき、ベラの先に立って群れのほうへ駆けていく。

犬たちは興奮しているようだった。デイジーがさっと駆けだし、きゃんきゃん鳴きながらベラにぶつかっていく。ブルーノが面白半分にデイジーを軽く押すと、ちょうどそばにいたサンシャインまでいっしょになって床に転がった。群れの犬たちは追いかけっこをし、吠え、遊びのけんかをはじめた。まるで、心配ごとなどなにひとつないかのように。

からっぽのデパートは世界一の遊び場だ――ラッキーはそう考えながら、ぎこちない動きで追いかけてくるマーサをかわした。ミッキーは大切な革製の道具を口からはなし、ニンゲンの服をくわえてネズミのように動かしていた。ブルーノがそのかたはしを捕まえる。ボーダー・コリーとジャーマン・シェパードは転げまわりながら、めちゃくちゃな綱引きをはじめた。

ラッキーはそのようすをしあわせな気分でながめていたが、それもベラに体当たりされるまでのことだった。二匹はもつれ合うようにして取っ組みあいをはじめた。

「だいじょうぶ？」ベラが息を切らしながらたずねる。

「もちろん！　さあいくぞ！」ラッキーはもういちどベラに飛びかかっていった。

サンシャインでさえ、大騒ぎの仲間に加わった。かん高い声で吠えながらぐるぐる回り、マーサの上にとびのろうとむちゃな気を起こして相手を転ばせてしまった。ラッキーはミッキーを追いかけて駆けまわるうちに、金属の鍋が積みかさなっているのに目をつけた。ショクドウのニンゲンは、これを使って料理をしていたものだ。ラッキーはいつだって、この鍋の音が大好きだった！ さっそく鍋の小山の真ん中に突進する。たくさんの鍋が床に転がり、ラッキーのねらいどおり、耳をつんざくような音を立てた。

やがて犬たちは、はあはあ息を切らしながら、一匹また一匹と床に横たわった。サンシャインが絹のクッションをみつけて寝ころぶと、ミッキーもそのとなりで長々と寝そべった。ラッキーは、ひんやりしたかたい床の上に腹ばいになり、犬たちをみまもった。デイジーがそばにきてころんと横になると、ラッキーはその耳をやさしくなめた。

「ラッキー、こっちにきて！」ベラが、ソファのふちから頭をのぞかせた。両耳をぴんと立てている。

ラッキーはふらつく足で立ちあがり、まずは片方の前足を、それからもう片方の前足を、やわらかい牛皮のソファに置いた。ベラの横にとびのり、体を丸くする。ベラはうれしそうに小さく鳴き、ラッキーの鼻をなめた。

ラッキーは目を閉じて天井をあおぎ、よく眠れますようにと祈った。〈月の犬〉、どうかぼくたちをみまもっていてください……。

「なにをしてるの？」ベラの驚いた声が、ラッキーの祈りをさえぎった。

「なにって――」ラッキーはぽかんとして口ごもった。「眠る準備だよ」

「眠る準備ですって？」ベラは、ラッキーをみつめた。

ラッキーは三度回って動きを止め、首をかしげてふしぎそうにベラをみかえした。ベラはまだ眠る準備をしないのだろうか。頭を低くして、確かめるようにソファのにおいをかぐ。もういちど、ベラと視線が合った。

「ラッキー、そわそわするのはやめて」ベラは静かにいった。

「しかたがないんだ」体の位置を動かしながら、ちょうどいい姿勢を取ろうとする。「これ、ふわふわしすぎて……」

「そんなことないわよ」ベラはあくびをした。「すぐに慣れるわ。だいじょうぶよ」

ラッキーはそれをきいて、少しのあいだ考えこんだ。「きみは、ニンゲンたちとしあわせに暮らしていたんだね」

「そうね……」

「きみのニンゲンはどこにいるんだい？　彼らになにがあった？」

ベラはそろえた前足の上に頭をのせ、記憶に耳を澄ましてでもいるかのように両耳をぴんと立てた。ため息をついて話しはじめる。「〈大地のうなり〉が起こると、ニンゲンたちは大あわてしていたわ。ひどい騒ぎだった。あっというまに家を出ていったのよ。持ち物をみんなジドウシャに積みこんで、そしていなくなった。なにもかも持っていったの」ベラは悲しげにつぶやいた。「わたしを置いて」

いったいベラは、なにを期待していたのだろう？　結局のところ、ニンゲンはニンゲンなのだ。あんなやつらに頼るべきではなかったし、囚われの生活の上に、幸福を築こうとするべきではなかった……。だがラッキーは鼻先をベラの頭におしつけ、耳をなめた。「残念だったね」

「いいのよ、ラッキー。もう会いたいなんて思わないもの。まあ、そんなには。さびしく思うほうが変よ――だって、わたしは置いていかれたんだから。ニンゲンはわたしを捨てたの」苦しげな声だった。ベラはぶるっと体を震わせた。

これでベラも少しはわかっただろう――ラッキーは声に出さずにつぶやいた。きょうだいが傷つけられたことには胸が痛んだが、こんなふうに思ってもいた。ニンゲンとの過去を早く忘れれば忘れるほど、ベラはしあわせになれるはずだ。希望はある。

「それに」ベラは続けた。「考えることはほかにもあるの。まずはわたしの仲間のこと。みんなには世話をしてくれるだれかが必要よ。だから、落ちこんでいる暇はないの」

「それをきいて安心したよ」ラッキーはいった。ベラが感傷に流されずに現実的に考えているのをみて、うれしく思った。そう、ちょうど自分のように。ベラはきっと、りっぱに自立した犬になるだろう。

「でもラッキー、あなたのほうはどうなの？」

「どういう意味だい？」

「子犬時代のあとの話をきかせてちょうだい」

「ああ……」ラッキーは目を閉じた。

記憶をあさることになんの意味があるというのだろう？　幸福な記憶ではない。だが、ベラは家族だ。話してきかせてもいいだろう。思いだすことができればだが……。

記憶はおぼろげで、なかばかすんでいた。小さな獲物を探して池をのぞきこんでいるときのような感覚だ。みえたと思うと、またすぐに消える。それでも、ゆっくりと、たえず途切れながら、記憶が像を結びはじめた。

「抱きあげられたときのことを覚えてるよ……ニンゲンたちに。ニンゲンはほほえんでいて、うれしそうだ……変だな。どうしてぼくはいやがっていないんだろう？」ラッキーは驚いて、閉じたまぶたをぴくりと動かした。「もがいてもいない。すごく変な感じだ。どうしてぼくは逃げなかったんだろう？」

「そうよ」ベラはいった。「そのころはまだ、そうなの。子犬のころはね。続けてちょうだい」

「ニンゲンの家のことも覚えてる」デパートの入り口をおおうガラスに目をやると、〈天空の犬〉が火花を散らし、一瞬、世界を照らしだすのがみえた。地を揺らすような雷の音が響きわたる。ふたたび戦いがはじまったのだ。その恐ろしい音は、ラッキーの暗い記憶と共鳴していた。ふいにラッキーは体を震わせた。「家の中では、ニンゲンたちはあまり笑わなかった。小さなニンゲンもいた。子犬みたいに。小さいニンゲンはぜったいにぼくを放っておかないんだ。ぼくを追いかけ、抱きあげ、からかった。くたくたに疲れたのを覚えてるよ。いつも、そっとしておいてくれればいいのにと思っていた……」

「小さいニンゲンたちはそうよね」ベラはうなずいた。「でも、あなたに慣れてからは、そんなにひどくはなかったでしょう？」

「ああ。だけど、大きいニンゲンはちがった。おかしかった。ときどき、古い木みたいにふらふらになることがあったんだ。そんなときは、すごく変なにおいがした。ニンゲンがジドウシャに飲ませるジュースみたいなにおいだけど、もっとくさかった。そのにおいがひどくなると、もう立っていられなくなる。そしてとても不機嫌になる。よく覚えてるよ……」ラッキーは閉じたまぶたに力をこめた。記憶をたどる作業は好きではない。「一番覚えているのは、あの足だ。ぼくをけろうと迫ってくる。ときどきは実際にけられた。ニンゲンはどなったりけったりするし、ジュースのにおいがしていないときも怒りっぽかった」

ベラは鼻先をラッキーに押しつけた。「わたしの知っているニンゲンとは全然ちがうわ」

「いいニンゲンだっている。それはほんとうだ」ラッキーはショクドウのニンゲンを思いだして、さびしさに胸が痛くなった。「だけど、このニンゲンはちがった。逃げたくて逃げたくてしかたがなかったよ。怖かったんだ。ある日、家の扉が開いていて――うっかりしていたんだと思う――ぼくは出口めがけて走りだした。走って、走って、そして……」

「そして？」

「そして、二度ともどらなかった」ラッキーは話が終わったことにほっとしてため息をついた。

「それからは、いろいろなことが楽になったよ。独りでいるのが好きだったし、独りで生きる術も身につけた。だれかにおびえる必要もなくなった。これからも二度とない。絶対にね」

ベラはラッキーに体をすり寄せた。

「子犬のころ、お母さんがしてくれたお話を覚えてる？」ベラがたずねる。

「もちろん」ラッキーはうなずきながら、少し前にみたライトニングの光のことを考えた。

「わたし、弱き者のウィンドと、〈森の犬〉のことを考えているの。覚えてる？」

「少しだけ」ラッキーは顔をしかめて答え、愛情をこめてベラの耳をなめた。「どんな話だった？」

「むかし、ウィンドという名の小さなメス犬がいたの。群れの地位は、一番低い弱き者だった。仲間たちはウィンドを名前では呼ばずにただオメガと呼んで、雑用をさせたり、命令をしたりしていた。群れのアルファは冷酷だったから、ウィンドが少しでもぐずぐずするといつもウィンドをかんだの。

でもウィンドは、いつか群れを離れて命令から解放される日を夢みていたから、こっそり森に出かけては小さな獲物を狩っていた。オメガは狩りをすることを許されないわ。だからウィンドは獲物を半分だけ食べて、残りは〈森の犬〉へのささげものとして残しておいたの。

やがて〈アルファの嵐〉が起こり、世界は変わった。ウィンドの群れは、真っ先に、山からおりてきた大きな犬たちの標的になったわ。ウィンドは森へ逃げこんだけど、すぐうしろから山犬たちが追いかけてきた。いまにも捕まって、ずたずたに引きさかれてしまいそうだった。

でも〈森の犬〉は、ウィンドが獲物をささげはじめて以来、ずっとウィンドのことをみていたし、そのぬけめのなさとしぶとさを愛してもいたの。ちょうど〈天空の犬〉たちが、ライトニングのすばやさを愛したように。〈森の犬〉の助けのおかげでウィンドは木の上にのぼり、追っ手の犬たちから逃げきることができた。こうしてウィンドは〈アルファの嵐〉を生きのびたのよ。

その日以来、ウィンドは〈孤独の犬〉になった。自分のいきたいところへいき、二度とアルファのいいなりにはならなかった。ウィンドに会うことはもうできないけど、森のずっと奥までいけばその声がきこえるわ。木々のあいだで、友だちの〈森の犬〉といっしょに遠吠えをしているのよ」

ベラはラッキーに鼻先を押しつけた。「あなたの話をきいて、この話を思いだしたの。あなたは逃げだし、そして、強く自由な〈孤独の犬〉になることができた。残酷なニンゲンのアルファに出会ってしまったことは残念に思うわ」

ラッキーはベラのそばで頭を横たえた。こんなふうになぐさめてもらう必要はない。それでも、久しぶりにベラのとなりで寝そべっているだけで、おだやかな気持ちになった。家族に再会したいま、今日の朝感じた恐怖と心細さは、どこか遠くのほうへかすんでいる。ベラの温かい体に身を寄せ、母犬の語った話をきいていると、心にかかっていた鍵が開けられたような気分になった。しあわせだったころの記憶が頭の中にひたひたと押しよせてくるのを感じながら、ラッキーは、きょうだいと過ごしていたころのことや、ぼんやり混ざりあったさまざまな感覚のことを考えていた――安心、愛情、満たされた腹、仲間がいるということ……。

幸福な日々だった。だが、それはずっと前のことだ。子犬が小さなきょうだいといっしょにいるのは当たり前のことだ――同様に、世話をして愛してくれる母犬を必要とするのも、当たり前のことだ。ラッキーはもう、子犬ではない。成犬で、〈孤独の犬〉だ。

こんなにやわらかいソファの上では眠れる気がしなかった。ラッキーは横たわったまま、ブルーノのいびきや、サンシャインとデイジーの小さな寝言や、となりのベラの静かな寝息に耳をかたむけていた。それでも、いつのまにかうとうとしていたらしい。はっと気づくと、デパートの割れた壁から、高くのぼった〈太陽の犬〉の光が差しこんでいた。ほかの犬たちも目を覚ましはじめ、伸びをしたりきゅうきゅう鳴いたりしている。

〈天空の犬〉たちが争う大きな音や衝突音は完全に静まり、しのつく雨の音もきこえなくなっていた。外からは、雨に洗われた新しい一日の清々しい香りがただよっている。ベラが顔をあげ、そのかたわらで、ラッキーは立ちあがって前足を伸ばした。

「〈天空の犬〉が雲を追いはらったんだ」ラッキーは考えこみながらいった。「よかった」

「ほんと！」デイジーが声をあげる。「おうちに帰る時間ね！」

「そうそう！」サンシャインがきゃんと鳴いた。「ほら、さっさとして。いきましょ！」

「ちょっと待って」ラッキーは混乱して仲間たちをみた。「家だって？　どこに家があるんだい？」

「もちろん、わたしたちがきたところにあるのよ！」ベラはラッキーの顔をなめた。

「いっしょにきて！」サンシャインはラッキーへの憧れで息を切らしながら跳ね、そのわき腹に体当たりしてきた。

「わたしたちのニンゲンはいなくなったわ」マーサは悲しげにいった。「でも、わたしたちの家はまだ残っているの」

ブルーノはわけしり顔でうなずいた。「そのとおり。自立したきみにとっては気の進まないことだろう。きみは強い犬だ。それは認める。だがきみだって、助けあう仲間が必要になることがあるかもしれん」ブルーノはがっしりした前足に体重をかけて、力こぶを作ってみせた。

「おれには戦士たる自覚が多少ある。自分でいうのもなんだが、窮地に追いこまれたときには役に立つ。どうだね」

群れをみわたしてみると、どの犬もそれぞれに訴えるような表情を浮かべていた。ブルーノは平静をよそおっていたが、それもあまりうまくいっていない。ミッキーは大切な宝物をくわえたまま、頼みこむような目でラッキーをみている。マーサも同じだ。二匹の子犬は、ひっきりなしにぴょんぴょんはねてラッキーにぶつかってくる。ラッキーは思わず、前足で押さえつけてやりたい気分になった。

ラッキーはため息をついてベラをみた。ベラは、思いやりと強い期待がいりまじったまなざしで、ラッキーのほうをみていた。ラッキーは、ベラのそばで目を覚ましたときのしあわせな気分を思いだした。

オールドハンターのいうことは正しい――〈大地のうなり〉のせいで自分たちを変える必要はない――だがこの奇妙な新しい世界の中では、〈孤独の犬〉も、少しくらいほかの犬たちに歩みよってもいいのかもしれない。仲間たちのいう家にニンゲンはいないだろうが、安らぎはあるかもしれない。そんなふうに考えてみると、答はすぐに出た。

「わかった。きみたちといっしょにいこう。だけど、少しのあいだだけだ！」

ベラはきゃんきゃん吠え、はしゃいだようにとびはねた。ほかの犬たちはうれしそうに吠え、デイジーはうしろ足で立ちあがり、転んでしまうまでくるくる回った。ラッキーは自分の返事に大よろこびする犬たちをみていると、照れくさくなった。

ラッキーは〈群れの犬〉ではないし、これからもそうなるつもりはない。そもそも、ちゃんとした犬であれば、この集まりを〝群れ〟と呼ぶはずはない。

9 ニンゲンの家

「ああ、おれたちは〈大地のうなり〉のずっと前から友だちだった」ブルーノは説明しながら、ほかの犬たちを押しのけてラッキーのとなりに並んだ。「みんな、そうだろう?」

一行はすでにデパートから遠く離れていた。時間がたつにつれて、あたりの景色はラッキーに見覚えのないものになっていった。これまでラッキーは、街の中でもとくににぎやかな地域で暮らしていた。ゴミがたくさん落ちていて、隠れる場所にもこと欠かない。そことくらべると、このあたりの景色はもっと開けていた。通りは幅が広く、緑も多い。昨日みつけた、肉を焼く箱のことや、それをニンゲンといっしょに守っていたフィアース・ドッグのことが思いだされる。ラッキーは警戒し、神経をとがらせた。

影が長くなっていた。廃墟となったいくつもの大きな建物が逆光を受けてそびえている。壊れた水道管からは水がほとばしり、しぶきが美しくかがやいていた。まわりの家々は、どれもかつてはりっぱだったのだろう。ここでニンゲンたちは暮らし、眠っていた。ラッキーは不安だった。ニンゲンたちはいつもどってくるのだろう——そもそも、もどってくるのだろうか。いや、死んだ仲間たちのためにもどってくるはずだ。ニンゲンは仲間が自然に土に還っていくのを好まず、土に埋めるのが好きなのだ。まるで、大切な骨を埋めるかのように。それなのに、なぜ帰ってきていないのだろう？

だが、考えこんでいる暇はない。ほかの犬たちがひっきりなしにしゃべりかけてきては、ラッキーの注意を引こうと競いあっているからだ。何度か、急に前に出てきた小さなデイジーにつまずきかけた。

「そうよ！」デイジーがまた前にきて叫んだので、ラッキーは踏んでしまわないように足をゆるめた。

「もうずっと友だちなの。同じ通りで暮らしてるんだもの」

「同じドッグパークで遊んでいたんだ。ベラ、あの砂場まだあると思うかい？」ミッキーがいった。

「砂場をなくす必要なんてないと思うわ」マーサがいった。「いつかまたニンゲンたちがもどってくるでしょう。そしたらまた、みんなでドッグパークにいけるわ。ラッキーもいっしょにね！」そういって、期待に満ちたまなざしでラッキーをみた。

　砂場だって？　ラッキーは、鼻にしわを寄せてしまわないようにがまんした。この犬たちは、まだ子犬の気分がぬけないらしい。とりあえず、マーサの視線には気づかなかった振りをする。

「じゃあ、きみたちは……友だちなんだ。そして、きみたちの――」ラッキーは口ごもった。ある考えが頭に浮かんだが、よく理解できなかった。「――きみたちのニンゲンたちも友だち同士なのか。だけど、それはなんだか――群れとは少しちがうみたいだ」

「ちがうわよ！　野生の群れなんかといっしょにしないで」サンシャインが身ぶるいしていった。

「でも、少し似てるわね」ベラが考えこみながらいった。「いっしょに遊ぶし、ときどきはいっしょにごはんも食べたし、おたがいのことをよく知ってるもの」

　群れの規律はそんなものじゃない、とラッキーは声に出さずにつぶやいた。

「ぼくたちのニンゲンも、自分たちなりに群れを作っていたんだ。いつもいっしょにいた。だから、とても楽しかったよ」ミッキーはそういって、なつかしそうな目をした。

「また楽しくなるわ。絶対よ！」サンシャインがかん高い声で鳴いた。「あたしのニンゲンは、あたしのためにもどってくる。わかるの。もどってきてフリスビーを投げてくれる――フリスビー、いつも持ってたもの。きっとあたしに会いにもどってくるわ」

ラッキーはベラと目を合わせた。サンシャインののんきなよろこびに水を差すようなことはいいたくない。ラッキーは、ベラもだまっているのをみてほっとした。だが、その目は悲しげで、その耳は少し垂れていた。ベラは、物事がどれだけ変わってしまったのか、理解しはじめているようだ。この犬たちが、〈大地の犬〉が語りかけてくる言葉に耳をかたむけてくれるといいのだが、そして、世界のさまざまなことに注意を向けてくれるといいのだが。その能力は失われてしまったのだろうか。

ラッキーはベラの顔を鼻先でなでた。ほかの犬は、ベラが未来を予知して一瞬(いっしゅん)だけ顔をくもらせたことに気づいていない。それどころか、たがいの顔をなめながら、さよならをいったり、よい夢をといいかわしたりしている。

なにをしているんだ？　ラッキーが犬たちのようすをうかがっていると、犬たちはラッキーにおやすみをいってばらばらに別れ、めいめいのニンゲンの家へ向かってうれしそうに駆(か)けていった。いったいぜんたい、なにをしている？　この犬たちはどうやら、群れの掟(おきて)をなにひとつ知らないらしい――いっしょに過ごし、アルファに従い、たがいの身を守りあうのが群れだ。この犬たちをみていると、ラッキーは自分が群れの生活を知りつくしているような気にさえなった。

不安の種は、群れがばらばらになったことだけではなかった。この通りにはまだニンゲンの家々が残っているが、いまにも倒れてしまいそうだった。〈大地のうなり〉の攻撃を受けて、壁が大きく崩れているものもある。窓の多くは割れ、戸口からもれだした水が通りの真ん中に水たまりを作っていた。地面の下からはゴミのにおいが立ちのぼっている。だが、ラッキーがなにより強く感じたのは、危険のにおいだった。

「ほんとうにここで眠るつもりかい？」ラッキーは足を止めた。ベラがふしぎそうに立ちどまる。

「なんですって？　ああ、ここは安全なの。心配しないで。〈大地のうなり〉はもう遠ざかってるもの」

「また起こるかもしれないじゃないか。それに、ニンゲンの家だって完ぺきじゃない。塀をごらん――かたむいてるだろう。壁からヘビみたいなものがつきだしているところもある――目にみえないあの力を感じないかい？　あの力がうなっているのがきこえないのかい？」ラッキーは、オールドハンターが〝ヘビ〟に襲われたときのことを思いだして身ぶるいした。あれほど荒々しい力から、もういちどだれかを守れるとは思えない。「ここはまだ危険だ。それに、

〈大地のうなり〉がまた襲ってくるかもしれない」

「ラッキーったら」ベラは愛情をこめてラッキーの顔をなめた。「不安になるのもしかたがないわ。あんな目にあわされたんだもの。でも、ここはわたしたちの家なの。本物の、ちゃんとしたニンゲンのすみかなのよ」

「ぼくにもわからないけど」ラッキーの首筋の毛はいまも逆立っていた。「外で寝たほうがいいと思う。それに、どうして別々の家に帰っていくんだい？　ぼくだって群れの規律はよくわかってないけど、一番大事なのはいっしょにいることじゃないのか？　そうすれば夜のあいだも温めあうことができるし、おたがいの身を守ることもできる」

　ベラは困ったような顔で仲間を振りかえった。「でも、わたしたちにはそれぞれの家があるもの。ニンゲンがもどってきたときに家にいなくちゃいけないのよ。それがどれだけ大事なことなのかわからないの？」

　わからないよ、とラッキーは胸の中でいった。ぼくにはちっともわからない。だが、ベラに向かってはっきりとそういうことはできなかった。なによりラッキーは、その目に浮かんだ決意の光をみて、思わずベラを尊敬したのだ。ラッキーはあきらめた。結局自分はベラを守り、いっしょにニンゲンの家にいくしかないのだろう。それくらいしか、ベラのためにできることはない。

ニンゲンの家に入ってみると、ベラが外で眠るのをためらったわけがわかった。たしかに、家具は引っくりかえって壊れ、壁には不吉なひびが床から天井まで走っている。それでも大部分は乾いていたし、おもての道路よりいごこちがいいのはまちがいなかった。

いいや——ラッキーは自分にいいきかせた——〈囚われの犬〉にとってはいごこちがいい、という意味だ。

家の中をみてまわりながら、ラッキーは、ニンゲンの家の大きさと造りの複雑さに驚いていた。保健所のケージとは似ていない。偵察を続けるうちに、自分の家にでもいるような気分になってきた。かたい床の上でかちかち爪の音を立てながら食糧部屋の中を歩き、戸棚のにおいをかいでまわる。かすかだったが、食べ物のにおいがした。生肉、やわらかいチーズ、古くなったパンのにおいだ。だがもどかしいことに、食べ物のにおいがする冷たい箱を前足でつついても、扉が開く気配はなかった。背後にベラのにおいを感じて振りかえると、入り口で恥ずかしそうに立っているのがみえた。頭を垂れている。

「わたしもその箱は開けられなかったわ。家の中にも食べ物が落ちてたんだけど、みんな食べてしまったの。残しておいたほうがいいとは思ったんだけど、おなかがぺこぺこだったから」

「気にしなくていいよ」だが、ベラのいうとおりだった。もちろん、残しておくべきだったのだ――初日に食糧をすべて食べてしまうべきではなかった。ラッキーは、〈囚われの犬〉はなにもわかっていないのだからしかたがないのだ、と自分にいいきかせた。そう、〈囚われの犬〉なのだからしかたがない。ベラのような犬たちは、この敵意に満ちた新しい世界でどうなってしまうのだろう。

「でも、ばかだったわ」ベラは耳を垂れたまま続けた。「もっと頭を使うべきだった。ほかの犬がそうじゃなかったとしても、わたしはちゃんとわかっていたのに」

「きみの仲間は、これからたくさんのことを学ばなきゃいけない」

「あの子たちのことをあまり悪く思わないでちょうだい」ベラは頼みこむような目をしていった。「みんなが知っているのは、気楽で心配ごとのない暮らしだけなの。わたしだって、食事の心配をしたことなんてなかった。でも、すべての犬がそうとはかぎらないってわかってるわ。すべてが変わってしまったこともわかってるの」ベラはラッキーに背を向け、キッチンから静かに出ていった。

　ラッキーは落ちつかない気分になり、すわりこむと、うしろ足で耳を軽くかいた。気をとりなおして、もういちど戸棚の扉のにおいをかいで前足で引っかき、冷たい箱を開けられるかどうか試してみた。扉を前足でつつき、かみついて引っぱる。だが歯がぬけそうになるほどがんばっても、扉はびくともしなかった。時間と体力をむだにしているだけだ。夜が明けるまで、体を休めたほうがいいかもしれない。ラッキーはそう考えて、ベラを探しにいった。

　みつけるのに時間はかからなかった。ベラはすぐとなりの部屋にいた。テーブルとランプ、そして、絵が映る箱がある。その箱には、目にはみえない光の力で絵が映しだされるのだ。だが、あの力が立てる、ぶーんという音はきこえてこない。ラッキーがデパートで体を休めたような、大きくてやわらかいイスもある。。だが、ベラは部屋のすみにうずくまり、前足のあいだにニンゲンの持ち物をはさんで悲しげににおいをかいでいた。

　ラッキーはベラに近づいた。ほとんど身動きもせずにやぶれたクッションのにおいをかぎ、くんくん鳴いている。クッションのほかに、汗のにおいがするニンゲンの服や、革ひももあった。ラッキーは、〈囚われの犬〉がその革ひもをつけているのをみたことがあった。嫌悪で震えが走ったが、ベラは鼻先で恋しそうにひもをつついていた。

　ベラは、持ち物のにおいが呼びさます思い出にすっかりひたっていたらしい。ラッキーがなぐさめようとして耳をなめると、びくっと体をこわばらせ、あわてて立ちあがった。目を合わさないよう顔をそむけている。

「疲れただけよ」ベラは暗い声でいった。「これがあると眠れるの。それだけ」

ラッキーはだまっていた。こんながらくたが眠る助けになるのだろうか？　ベラにとって、ニンゲンがいなくなったことは、ほんとうに辛い出来事だったのかもしれない。たとえそうだとしても、それを認めるのを恥ずかしく思っているようだった。

「ほら、おいで」ラッキーは鼻先でベラの鼻に触れた。「少し眠らなきゃ。朝になったらまた状況が変わるかもしれない」

ベラはふだんも、いごこちのいいこの部屋のすみで寝ていたようだった。宝物の小さな山と、つぶれたクッションが置かれている。クッションには、金色の毛と、ベラのにおいがついていた。ベラはクッションの上で弱々しく円をえがき、前足の上に頭を置いて寝る姿勢を取った。それが終わると、ラッキーはそっとひと声鳴き、ていねいに三度円をえがいた。目を閉じ、〈天空の犬〉に静かな祈りをささげる。ベラのそばに寝そべると、その背中に頭をあずけた。

部屋のすみは暖かく、クッションもちょうどよく体になじんでいたが、ベラは落ちつかないようすだった。不安はラッキーにまで伝染した。

ラッキーは顔をあげ、口を少し開けて空気の味を確かめた。ベラは心配そうに、小さくきゅうきゅう鳴いている。この空気の感じにはどこか覚えがあった。胸騒ぎがする。ふいに、ラッキーはあることに思いいたってぞっとした。あの日、地面が激しくゆれる直前、空気はこれと同じ味、同じ感じがしていた。〈大地のうなり〉が起きる前だ。体がぞくぞくし、危険を知らせる金属質のにおいが鼻をついた。

「ベラ、ここじゃ眠れない。むりだ」ラッキーは、あたりにせわしなく目を配った。「家が崩れてきたらどうする?」

「そんなこと起こりっこないわ。〈大地のうなり〉はもう消えてしまったもの」ベラはむりやり眠ろうとするかのように、クッションに体を押しつけた。「ばかなこといわないで。だいじょうぶだから」

それでも、ラッキーには、ベラが完全に目を覚ましているのがわかった。ベラはしばらくそわそわ動いていたが、とうとう立ちあがり、頭を低くして耳をそばだてた。

「でも、もしかしたら……」ベラはつぶやいた。

ラッキーは心を決めて立ちあがった。骨のあいだでうずくこの感覚には覚えがある。腹の底の切迫感にも覚えがある。「ベラ、ここにいたらつぶされてしまう」

「ああ、やっぱりそうなのね。ええ、いきましょう」

その言葉が終わらないうちに、足の下で床が震えはじめた。それは毛皮の下の皮ふに走る震え程度のゆれだったが、二匹はいっせいに駆けだした。クッションからとんだはずみに体がぶつかり、そろって床の上に転がる。ラッキーは一瞬立ちどまり、ベラが立ちあがるのを確かめた。ろうかを全力で駆け、開いた扉からとびだすと、安全な場所を求めておもてへ走りでた。〈大地のうなり〉のせいで、扉のほとんどがななめにかたむいて開いていた。ニンゲンたちはいやがるだろうが、ありがたいことに犬にとってはこのほうが動きやすかった。

「みんなに教えなくちゃ！」ベラが叫んだ。

ところが、二匹が吠えはじめるのと同時に、ほかの犬たちも家からとびだし、町の中心にある緑地に駆けこんできた。どの犬も、ただうろたえるばかりだった。危険から遠ざかることもできず、くるくる円をえがいて鳴きながら地面を引っかいている。マーサは低い吠え声をひとつあげると、自分のニンゲンの家に引きかえそうとした。デイジーもパニックを起こしてきゃんきゃん鳴き、自分の家へむかって駆けだそうとしている。

「やめろ！」ラッキーはどなった。「みんなここにいるんだ！　動いちゃいけない！」

はっきりした計画があるわけではなかったが、ラッキーには、この緑地にいるのが一番いいような気がしていた。今度も犬たちは、信頼しきった目で、すがるようにラッキーをみた。その目をみると、ラッキーはぞっとした。だが、いまはそんなことを気にしている場合ではない……。

「みんな集まれ！　ほら早く！」ラッキーはできるだけアルファらしい吠え声を出した。反抗しようとする者はいなかった。犬たちはラッキーのまわりで体を寄せあい、助けとなぐさめを得ようとしていた——仲間たちから……

……群れの仲間たちから。ラッキーはそのことに気づいて、ショックを受けた。

足の裏に、激しい地面のゆれが伝わってくる。波打ち、震え、ラッキーたちを放りだそうとでもしているかのようだ。〈大地の犬〉も〈大地のうなり〉を怖がっているのだろうか。それとも、ふたつはたがいの一部なのだろうか。ラッキーにはわからなかった。おねがいです。胸の中で叫ぶ。〈大地の犬〉よ、おねがいです。ぼくたちを守ってください……。

ねがいが届いたのか、〈大地のうなり〉はもどってこなかった——あの恐ろしい夜がくりかえされることはなかった。今回の〈うなり〉は小さな弟のようなもので、さっきのベラのように、ただ落ちつきをなくしていただけなのかもしれない。そしていま、地面のはるか下にある小さな部屋で、ふたたび眠りについたのだろう。大地はうめくのを止め、空気のざわめくような感じも消えた。ようやくラッキーはふつうに呼吸ができるようになった。ほかの犬たちも、恐怖を払いおとすかのように体を振って落ちつきを取りもどし、ふたたび起こるかもしれない危険にそなえてあたりをみまわした。まだ油断できないことをちゃんとわかっている。だからといって、あわててニンゲンの家に逃げかえることもない。パニックを起こすこともない。ラッキーは、自分でもおかしくなるほど誇らしくなった。なぜなら、これは自分の……。

いいや、そんなふうに考えるんじゃない。ラッキーは自分にいいきかせた。これはぼくの群れなんかじゃない。

そのとき、ラッキーははっとわれに返った。ふたたび、すさまじい地響きがあたりにとどろいたのだ。身を寄せ、たがいになぐさめあっている場合ではなかった。地響きはたちまち、なにかがぶつかりあう音、石が落ちる音、金属がきしむ音に取ってかわられ、視界は一面厚い砂ぼこりにおおわれた。

ラッキーは凍りつき、地面にはいつくばるように体を低くした。ほかの犬たちもそれにならう。ラッキーは前方に目をこらし、そして、ぽかんと口を開けた。ベラの家のとなりにも、ニンゲンの家が一軒建っていたはずだ。ところがいま、そこには渦まく煙しかない。

雷鳴のような音は永遠に止みそうになかった。犬たちがみじろぎもせずにみまもる前で、煙はしだいに薄くなり、視界が晴れていった。サンシャインが不安そうにくうくう鳴く。ミッキーのうなり声にも恐怖がにじんでいた。

けがをした犬は一匹もいなかった――ラッキーがみんなを導いた場所は正しかったということだ。ラッキーは誇らしい気持ちになった。とっさの判断が功を奏した。

しかし、満足感はすぐに消え、首と肩の毛がぞわりと逆立った。崩れた家のほうから、恐ろしい声がきこえてきた――恐怖と痛みと悲しみを訴える、この世のものとは思えない遠吠えだ。少しのあいだ、ラッキーはほかの犬たちとともに立ちつくしていた。なにが起こったのかわからない。腹に寒気が走る。〈大地の犬〉が、この惨事を悲しんで吠えているのだろうか。この〈うなり〉は最後の一撃だろうか、崩壊はこれで終わるのだろうか。

ふいに、ラッキーのとなりにいたベラが天をあおぎ、気がふれたような遠吠えをはじめた。ラッキーはぎょっとしてベラをみた。ベラは体を震わせて吠え、ほかの犬たちもいっせいに苦痛に満ちた吠え声をあげた。

「どうした？」ラッキーは鋭い声でたずねた。「ベラ！　どうしたんだ！」

「アルフィーよ！」ベラは鳴いた。「アルフィーがあの家の下敷きに！」

10 アルフィーを救え

「アルフィー！　アルフィー！」サンシャインは、ぐるぐる円をえがいてやみくもに走った。

「ラッキー、どうにかして！　おねがい、おねがい！」

ラッキーは犬たちの顔を一匹ずつ順番にみた。また、デイジーにつまずきそうになる。ほかの犬は、その場に凍りついたようになっていた。「アルフィーって？」

ベラは絶望したように首を振った。「小さいけど勇敢な犬なの。あなたをみつけたときにはいっしょじゃなかったわ。ニンゲンの家を守るために残ったから」

「あたし、アルフィーを置いていっちゃだめだって思ってたわ」デイジーはつぶやき、うなだれて鼻先を土につけた。

「わたしたちにはどうしようもない」ミッキーの声は暗くうつろだった。

「あそこへいけば、わたしたちまで死んでしまうわ」ベラは家の残がいに目をすえたまま、震える足で一歩あとずさった。弱い風が白い砂ぼこりを巻きあげる。木材のひとつがぎいという音を立てて落ち、地面に当たって砕けた。がれきの中から、ふたたび遠吠えがきこえてきた。声をきくかぎり、アルフィーは小型犬だった。この遠吠えには、心細さ、絶望、そして恐怖がにじんでいた。

　マーサは仲間から顔をそむけ、がっしりした前足で地面を引っかいていた。「かわいそうなアルフィー。あの子はあまり打ちとけてくれなかった。いつも自分のからにこもっていて」

「そうね」ベラは地面に腹ばいになり、ほこりの入った目を前足でこすった。「ラッキー、アルフィーはわたしたちの仲間ではないの。厳密な意味ではちがう。ああ、かわいそうに。わたしたちといっしょにいればよかったのに……でも、そんなことめったになかったわ……」

　ラッキーは崩れた家からほかの犬たちに視線を移し、また家に向きなおった。どうしてこの犬たちは、アルフィーがすでに死んでしまったような話し方をするのだろう？

　悲痛な吠え声にかき消されてしまわないように、ラッキーは大声を出した。「なにをいってる？　身動きできない仲間がそこにいるじゃないか！　まだ生きてるんだぞ！」

「でも、わたしたちには助けられないわ」ベラは寝かせていた耳をさらに平らにして、怒りをこめてうなった。「どうしようもないのよ！」

「やってみなきゃわからないだろ！」

デイジーは目を丸くしてラッキーをみあげた。

サンシャインはかん高い声で鳴きながら、ぐるぐる円をえがいて走っていた。「アルフィーを見捨てたりなんてできないわ。ベラ、そうよね？」耳を垂らしてくりかえす。「そうよね？」

すぐそばで低く激しい吠え声があがり、ラッキーははっとして振りかえった。声の主は闘犬のブルーノだった。

「ラッキーのいうとおりだ」ブルーノは、厳しい目つきでベラとほかの犬たちをみた。「アルフィーだって、この群れの一員だろう。むこうが気づいているかどうかはわからんが。おれはあいつを助けにいく！」

「ありがとう」ラッキーはいった。少なくともブルーノだけは、仲間を持つことの意味をわかっているようだった。「きみはきっと、優秀な群れの一員になる。さあ、いこう」

二匹が急ぎ足で家のほうへ向かっていくと、うしろからサンシャインの鳴き声がきこえてきた。おびえたようなか細い声だ。「あたしもいく。あたしもいくわ。でも……」

ラッキーは首を振った。あの犬たちはこの自分を群れのアルファのようにあつかっているが、それでいて自分たちのほうは、群れの一員でいることの意味さえわかっていない。

だが、そう望むなら、アルファのようにふるまおう。この一度きりを最後にして、終わったらここを去ればいい。この先どんなことが待っていようと、切りぬける術は〈囚われの犬〉たちが自力で苦しみながらみつけなくてはならない。頼みをきいれるのはこれが最後だ。なぜなら、どんな犬でも見殺しにするべきではないからだ。アルフィーを救いだしたら出発する――あとは自分たちでどうにかすればいい。

「家の正面をみてくれ」ブルーノがしゃがれ声でいった。「アルフィーがあそこにいるなら、とっくに死んでいる。裏手のほうにいるにちがいない。たぶん、キッチンだ。涼しいから、アルフィーの眠るかごもそこにある」

「わかった。ブルーノ、きみは賢いな」ラッキーは崩れた家を観察し、がれきのあいだを注意深く歩いていった。前面と両わきの壁は崩れ、屋根は完全に落ちている。「うしろの壁はまだ残ってる。いってみよう」

ラッキーは傷ついた足をかばいながら、家の裏手へ向かった。がれきの下のどこかから、アルフィーのあわれっぽい鳴き声がきこえてくる。

「アルフィー！　きこえるか？」ブルーノが吠えたが、その呼びかけは届かなかったらしい。アルフィーのかん高い鳴き声は止まらなかった。

二匹はレンガの小山やねじれた金属をまたいで、ニンゲンの家の裏庭に入っていった。

ラッキーは地面のにおいをかいだ。ここには、目にみえない光の力は流れていない。力の源が破壊されてしまったにちがいない。大きな老木が、ぎいぎいきしみながら庭に影を落としている。ラッキーは落ちつかない気分で木をみあげた。木はななめにかたむき、下のほうには裂け目ができている。なにより気になるのは、こもったうめき声のような音だった。木が苦しんでいるような音だ。

ラッキーは、地面に散らばっていたガラスの破片を踏みそうになり、危ういところで気づいた。ブルーノのあとについて細い小道をたどっていく。家の背面の壁をみると、窓が一枚外れて落ちていた。ぽっかり空いた穴には、十字に交差した針金の網が張られている。破れたりたわんだりしてはいるが、ほぼ完ぺきな状態で残っていた。

「ここから入ろう」ラッキーは窓をあごで指した。

片方の前足を網にあてがい、とっさに引っこめた。足のうらに刺すような痛みが走り、保健所のケージを思いだしたのだ。またけがをするわけにはいかない――だが、アルフィーの遠吠えは、きいているのが辛くなるほど激しくなっていた。ラッキーは骨が痛み、血管が脈打つのを感じた。あきらめるわけにはいかなかった。

ラッキーががれきの小山によじのぼると、ブルーノもとなりでそれにならった。二匹は歯を使って網を引っぱり、前足の爪をかけてわきに押しのけようとした。だが、うまくいかない。たわんだ網に前足をかけたとたん、網がはね返って鼻をちくりと刺した。ラッキーはとびすさり、いらだちながら首をかしげた。

「これじゃだめだ。どうすればいい？」ブルーノは顔をしかめた。

誇り高い年長の犬が自分の知恵をあおごうとしている。ラッキーはそれに気づいて、自信がわいてくるのを感じた。自分ならきっとやりとげられる。

「わかった！」ラッキーはうしろを向き、がれきの小山からとびおりた。「どうすればいいかわかったぞ！」

「ラッキー、気をつけろ！」

ブルーノが鋭く吠えた。驚いて上をみたそのとき、ぎいぎいきしんでいた老木が、びしっという音を立てた。〈天空の犬〉たちの戦いできいたような音だ。

ぐずぐずしている暇はなかった。さっと駆けだし、頭の上に落ちてきた大きな枝をよける。落ちた枝が尾をかすめ、風が尻に当たるのがわかった。

木の葉や小枝が激しくあたりにとびちり、やがてしずまった。ラッキーは息を整えながらブルーノを振りかえり、ひと声吠えて警告してくれたことに感謝した。それからベラの家をめざして走りだした。

表ではベラとサンシャインがなにか叫んでいたが、なにをいっているのかはききとれなかった。ほかの犬たちは家々のあいだの緑地でひとつにかたまっている。ベラたちは、自分をはげまそうとしているのだろうか。それとも止めようとしているのだろうか。考えている時間はない。すぐにベラの家の戸口に着いた。心臓をどきどきいわせながら、一瞬立ちどまる。

この家も崩れるかもしれない。緊張で足が震える。ラッキーはひび割れた壁をちらりとみた。

急ごう……。

戸口を駆けぬけてベラの寝床に向かうと、やわらかなクッションをくわえた。大きくて厚く、運ぶのはひと苦労だったが、考えていることを実行するにはちょうどいい。クッションを戸口から引きずりだしながら、ふたたび表にもどったときには、ほっとするあまり体が震えた。少し足を止め、胸の鼓動をしずめる。〈大地の犬〉の寛大さに感謝し、急いで祈りをささげた。

それから、ブルーノの待つ場所へ駆けていった。アルフィーはいまも、助けを求めて悲しげな鳴き声をあげている。

「アルフィー、いまいくからな」ブルーノがはげました。「もう少しだから落ちつくんだ！」

〈大地の犬〉よ、おねがいです。ラッキーは胸の中で祈った。ベラの家でぼくを助けてくれたように、もういちど助けてください。どうか〈大地のうなり〉を起こさないでください……。

ラッキーとブルーノは、クッションをくわえて鋭い針金から口の中を守ると、網に牙をかけ、ありったけの力をこめて引っぱった。しばらくするとだしぬけに網がゆるみ、ラッキーは大きくうしろによろめいた。最後にもういちどひっぱると――とうとう網は、勢いよく窓枠からはがれた。

成功だ！　これで中に入ることができる！

木の窓枠からはぎざぎざになったガラスが飛びだしていたが、二匹はクッションに守られて穴をすりぬけ、家の中に入った。

ブルーノはがれきの散乱する床に立って息を切らしていた。「アルフィー！　どこにいる？」

積みかさなったイスの下から、弱々しい鳴き声がきこえてきた。ラッキーは両方の前足を使って、木片や金属の小山からイスのひとつを引っぱりだした。すると、閉じこめられていた犬の姿がみえた。ブルーノはイスのあいだにもぐりこむと、アルフィーの首輪をくわえて外へ引きずりだした。

小型犬はしばらく震えて横たわっていたが、じきにおぼつかない足取りで立ちあがり、不安そうな顔でラッキーをみた。小さくがっしりした体つきで、顔はしわくちゃで怒っているようにみえる。毛皮は茶色と白のまだらだった。

「助かったよ、ありがとう」アルフィーは弱々しい声で礼をいい、めちゃくちゃになった家の中を暗い顔でみまわした。

「ほら、いくぞ」ブルーノがうなる。「仲間たちのところへもどろう」

ラッキーは注意深く床を横切り、割れた窓を通りぬけた。小さなアルフィーは、ブルーノに頭で押しあげてもらわないと窓に届かなかった。

「アルフィー、おれたちといっしょにきたほうがいい」ブルーノは、ぶじに外に出るといった。

「うん、そうするよ……ああ、だけど、ニンゲンたちがかわいそうだなあ」アルフィーは苦しげに鳴き、崩れた家をみつめた。「みんなどこにいったんだろう。どこにいるんだい？　家はこんなにめちゃくちゃになってしまった。ニンゲンたちはどうすればいいんだ？」

ラッキーは目をしばたたかせた。なぜ〈囚われの犬〉たちは、これほどニンゲンたちのことを気にかけるのだろう。逃げていった彼らが、犬たちのことをちゃんと考えていたとは思えない。「そんなことは気にしなくていいじゃないか。いまは自分の心配をしたほうがいい」ラッキーはうなった。

アルフィーは首をすくめるようにしてラッキーをみあげ、不安そうにまばたきした。「きみはだれだい?」

「ラッキーだ」ブルーノが横からいった。「おまえも〝ラッキー〟だったよ。家に押しつぶされずにすんだんだからな。ほら、いこう」

ほかの犬たちは顔をこわばらせて耳をぴんと立てたまま、ラッキーたちが街路の中心にある緑地にもどってくるのを待っていた。ラッキーは一匹一匹の顔を、あきれたようにながめた——ぼくたちはアルフィーを助けた。だけど、きみたちは手伝おうともしなかった……。

ベラが近づいてきて、ラッキーの耳をそっとなめた。「ぶじでよかったわ」うしろめたそうな声だった。

ラッキーはのどの奥を鳴らした。ベラをすぐに許す気にはなれない。ほかの犬たちはラッキーの視線を避けて、家々のかたむいた塀のほうに目をやっていた。弱い風が土ぼこりを舞いあげる。あたりの景色は、犬たちと同じくらいみじめにみえた。

はじめに気を取りなおしたのはサンシャインだった。アルフィーに駆けよってその体をぺろぺろなめ、すまなそうな顔でおかえりなさいを伝える。すぐにほかの者たちもあとに続き、一度はひるんで見捨てようとした仲間を鼻先でなでた。

「ベラ、だからいったでしょ？」サンシャインがくんくん鳴いた。「ラッキーならアルフィーを助けてくれるって！　ぜったいやりとげるって！」

「おれを忘れてないか」ブルーノが不機嫌そうにいった。

「もちろんよ！　ブルーノもすごく勇敢だった！」サンシャインは、すっかりはしゃいで二匹をほめたたえた。「ねえベラってば、これは正しいことだったのよ！　あなたは二匹のことを引きとめようとしてたけど」

「やめなさいよ！」マーサが割って入った。「サンシャインだって、ラッキーたちを手伝おうとしなかったでしょ！」

「ちょっと待ってくれ」アルフィーは騒ぐ犬たちを押しのけて踏みだし、首をかしげた。信じられないといいたげに、かん高い声を出す。「ベラ、きみはぼくを置いていこうとしたのか？」

犬たちのうれしそうなうなり声や鳴き声が止み、気まずい沈黙が広がった。ベラはうなだれた。

「アルフィー、責めちゃいけない。ベラが慎重になったのは正しい判断だったんだ」ミッキーはベラのそばにいき、鼻先をその首筋に押しつけた。「ニンゲンの家がどれだけ危険なのかわからなかったし、なにが起こってもおかしくない状況だった。ブルーノとラッキーだって死んでいたかもしれないんだ。簡単な選択ではなかったし、ベラはみんなのことを考えてそうしたんだよ。いまはただ、すべてがうまくいったことと、きみがぶじだったことをよろこぼうじゃないか」

ベラは感謝をこめてミッキーの顔をなめ、アルフィーはしぶしぶうなずいた。ラッキーだけは、だまって考えこんでいた。

ミッキーのいうことは正しい。ベラの取った行動には一理あった。しかし……。

アルフィーが助けを求めて鳴いているのをきいたとき、ラッキーにはその鳴き声を無視することはできなかった――自分と同じ犬が苦しんでいると思うと、切迫感のようなものが骨と血管の中にわきおこり、あらがおうとしてもあらがうことができなかったのだ。ラッキーの体の奥深くには、犬としての本能が、犬の誇りがあった。ラッキーは少しずつ確信を深めていた。自分は窮地に立たされたとき、その本能に頼って行動するのだ。

ということは、ベラはその本能を失ってしまったのだろうか……？

ラッキーは腹ばいになって、そろえた前足に頭をのせ、悲しい気持ちでベラをながめた。ベラの中にある犬の誇りは小さくなり、抑えつけられ、ずっと深いところに埋もれてしまったのだろう。はるかむかしのことで、もう覚えてさえいないのだ。かつて、すべての犬が内なる誇りに従って、取るべき行動を決めていた時代があった――だがベラはニンゲンのような考え方をする。

ラッキーは不安を感じ、立ちあがってベラのそばへいった。ベラは落ちつきをなくしているようにみえたが、いまはどの犬もそうだった。ミッキーは前足でグローブをついている。ラッキーにはようやく革の正体がわかった。ニンゲンの子どもたちがそれを使ってボール遊びをしているのを、道路でみたことがある。マーサは枯(か)れ木の下にすわって耳を垂れ、サンシャインはゆううつそうな顔で草をかんでいた。デイジーはあたりをいったりきたりしながら、きしむ自分の家をみつめ、せわしなく鼻を鳴らしていた。アルフィーは前足に顔をのせてじっとしていた。なにか真剣(しんけん)に考えこんでいるようだった。

ラッキーは考えた。この犬たちは群れの一員になるための最初の試験に落ちた。そして、自分たちでもそのことに気づいているのだ。

静かにうなり、ベラに近づく。

ベラはラッキーをちらりとみて、しっぽを垂らしたまま振(ふ)った。

「なにもいわないでいいわ、ラッキー」鋭(するど)い声だった。「いわれたって気にしないもの。わたしはアルフィーが危険な目にあえばいいと思ったわけじゃない。仲間を心配したの。あなたを心配したのよ」

「ベラ、ぼくに言い訳をする必要はないよ」優しい口調になるように気をつけたつもりだったが、ベラは毛を逆立てた。

「言い訳なんてしてないわ！　わたしは完ぺきに正しい判断をしたのに、あなたがそれを無視したんでしょう。あなたがニンゲンの家で死んでいたら、悪いのはあなた自身なのよ」

「ぼくの心配なんてしなくていい！　ぼくは自分のめんどうくらい自分でみられる——ずっとそうしてきたんだ」

「でもブルーノはちがうわ。わたしたちはみんな、あなたとはちがう！」ベラはぴしゃりといった。

「ラッキー、そのことをわかってちょうだい。わたしたちはあなたみたいには動けない。わたしはわたしなりの判断をくださなくてはならないの。あなたのくだした判断は、結果的にはアルフィーにとって正しいものだった。でも、まちがっていた可能性だってあるのよ！　最悪の結末になっていたかもしれない。だから、わたしがまちがっていたなんていわないでちょうだい」

ラッキーは怒りをこめてベラをみつめた。「わかってるよ。つまりこういうことだろう。大切なのは——」

悲鳴のような鳴き声が宙を切りさき、犬たちはいっせいにサンシャインのほうを振りかえった。

「デイジーは⁉」サンシャインは叫びながらくるっと回り、すぐに逆向きに回った。また、パニックを起こしかけている。「デイジーはどこ？　いないわ！」

11 旅立ち

　デイジーになにがあったのだろう？　ラッキーには見当もつかなかった。

　サンシャインは円をえがいてぐるぐる走り、マーサはいったりきたりをくりかえし、ミッキーはラッキーのまわりに仲間たちを集めようとした。だが犬たちはうろたえるばかりで、ミッキーに従おうとしない。

「デイジーをさがそう」ブルーノがいった。「急ぐんだ。だが、どこにいけばいい？」

「だまってみてるだけじゃだめよ！」サンシャインはそう叫(さけ)んだとたん、恥(は)ずかしそうに耳を寝(ね)かせて小さな声でつけ加えた。「さっきみたいに」

「ブルーノのいうとおりだわ！」ベラが吠(ほ)えた。「考えましょう！」

　そうだ、考えなきゃいけないんだ。ラッキーはいらいらしながら胸の中でつぶやいた。だけど、きみたちは考える努力さえしないじゃないか！　レンガの小山にとびのり、注意を集めるためにひと声吠えた。

「落ちつけ！」犬たちがいっせいに自分のほうを向くと、ラッキーは首を振った。「静かにしてくれ——騒いだってデイジーはみつからない！　ぼくがにおいをたどってみる。そう遠くへはいっていないはずだ」

左手に並ぶニンゲンの家々は、どれも低くこぎれいで、前の芝もきれいに刈られていた。ほかの家とくらべると被害は軽いが、窓にはひびが入り、壁もところどころ崩れている。ラッキーは家並みに数歩近づき、デイジーの気配をとらえようと、においをかぎながら耳を澄ました。自分とベラがいい争っているとき、デイジーが家のひとつを切なそうにみていたことを覚えている。家の前には壊れたブランコがあり、玄関前の階段には、片耳の折れた石造りのウサギが置かれていた。

ベラとミッキーはラッキーの真うしろにひかえていた。今度は、ひるんでいると思われたくなかったのだ。

ほかの犬たちはうしろにかたまったまま、すがるような目でラッキーのほうをみていた。みつめられても集中する助けにはならない——だが、ラッキーのじゃまをするものはほかにもあった。強く奇妙なにおいが宙にただよっている。めまいと吐き気を引きおこすようなにおいだ。

かすかにデイジーのにおいがするが、正確な位置はわからない。そればかりか、鼻をつく悪臭が頭をふらつかせ、胃をかきまわした。ラッキーはぴたりと動きを止め、上を向いてかすかな風のにおいをかいだ。みつけた、このにおいだ。ただよってくるのは――

――デイジーの家のほうからだ！

「下がっててくれ！」ラッキーは鋭く吠え、首の毛を逆立てた。むかつくようなこのにおいには、どこか危険な感じがする。死のにおいではないが、本能が、近づいてはいけないと警告していた。まるでこれが、死を予感させるにおいでもあるかのように。

警戒しながらデイジーの家に近づいていくと、においは耐えがたいほど強くなった。目に涙がうかび、胃がむかむかする。一瞬意識が遠のき、危うく倒れそうになった。

だが、はっきりとデイジーのにおいがする――いまにも、悪臭にかき消されそうになっている……。

そのとき、デイジーの姿が目にとびこんできた。ふらつきながら懸命に立ち、ひび割れたポーチが落とすゆがんだ影の中から、驚いたようにラッキーをみている。目がぼんやりとして、いまにも倒れそうだ。

ラッキーは駆けより、デイジーの首輪をくわえた。目からは涙がこぼれ、鼻は悪臭でまひしたようになっていた。体を持ちあげると、デイジーは小さく鳴いた。家に背を向け、ほかの犬たちのもとへ急ぐ。走っているあいだも体がぐらぐらゆれるのを感じた。それでも、心配そうな犬たちのそばへふらふら近づいていくころには、悪臭(あくしゅう)はごくかすかになり、デイジーを草の上に寝かせたときには、完全に消えていた。息が切れ、めまいで足元がふらつく。

デイジーは気を失い、草の上で静かに横たわっていた。わき腹がほとんど動いていない。ラッキーはデイジーを懸命(けんめい)になめ、ベラもそれにならった。ほかの者たちは、おびえたようにようすをみまもっている。

「どうして眠(ねむ)ってるの？」サンシャインが声をあげた。「なにから逃(に)げてきたの？」

「デイジー、おねがい」ベラが鳴いた。「目を覚まして」

デイジーは死んだように動かなかった。呼吸に合わせて腹がかすかに上下しているが、その動きはしだいに弱くなっているようだった。完全に止まるのは時間の問題かもしれない。白目をむき、口のはしには白い泡(あわ)が浮(う)いている。マーサが大きな前足を片方伸(の)ばし、その大きな姿からは想像もつかないほど優しく、デイジーの口のはしから泡(あわ)をぬぐい取った。

「死んじゃだめ！」ベラがせっぱつまった声を出し、前足でデイジーの体をそっと押(お)した。だが、目を覚ます気配はない。

「離れたほうがいい」ラッキーがいった。「いまはそっとしておいたほうがいい」デイジーの中にどれほどの闘志があったとしても、それはいま消えてしまっていた。ラッキーは顔をそむけ、頭を垂れた。そのとき……。

「待って！」ベラが叫び、デイジーのそばに近づいた。「目を覚ましたわ！」

ベラは正しかった。子犬が体を震わせながら意識を取りもどしたのだ。まぶたが開き、全身がぶるっと震える。片方の前足をぴくぴく動かし、しっぽを弱々しく振った。黒い目に光がもどりはじめた。まだ完全には焦点が合っていないが、ラッキーは安堵が押しよせるのを感じた。すわりこみ、ベラがデイジーの顔をなめるのをみまもる。

「ああデイジー、ぶじでよかった！」ベラは鼻先をそっとデイジーに押しつけた。「なにがあったの？　どこにいったの？」

デイジーはふらふら起きあがり、首を左右にかたむけながらバランスを取りもどそうとした。

「ごめんなさい。みんなのけんかをみていたくなくて」

ミッキーはデイジーに近づき、鼻をなめた。「こんなときに消えちゃだめじゃないか！」

「ただこう思ったの。ちょっとだけ、あたしのニンゲンの家がぶじかどうか確かめてみよう、って。そしたら……変なにおいがして……」デイジーは身ぶるいし、気後れしたような顔になった。だが目のかがやきは強くなり、耳はぴんと立ち、さっきよりも元気になってきたようだった。「あんなにいやなにおい、かいだこともなかったわ——前に一度、スカンクにガスをかけられてガレージで寝るはめになったことがあったけど、あのときのにおいよりひどかった。においの元がわからなかったけど、つきとめられると思ったの。みんなに教えようと思って」デイジーは恥ずかしそうにいった。「においはキッチンからただよってきてた。だから、近づいていってしっかりかいでみたの……そしたら、すごく気持ちが悪くなってくらくらしたわ。逃げるのがあたりまえだと思うでしょ——でも、まっすぐ歩けなかった。とっても気分が悪かったの」

〈太陽の犬〉が、崩れかけた屋根のむこうから姿を現した。ラッキーは頭をめぐらせ、ひび割れたり倒れたりした家並みや、亀裂の入った道路をみまわした。毛を逆立たせ、まっすぐに立つ。

「みんな、いいかい」ラッキーは犬たちの顔をみまわしながら、その目をまっすぐにのぞきこんだ。

「きみたちはここを離れなきゃいけない。いますぐに。そして、永遠に」

「なにをいってるの？」ベラが激しく吠えた。「そんなことできるわけないわ！」

ラッキーは一歩あとずさった。「ベラ――」

「ここはわたしたちの町よ！」ベラは牙をむいた。「ニンゲンの帰りを待たなくてはいけないの。あなたには理解できないと思うけど、でも、わたしたちはここを出ることはできないの。いまはまだ」

ラッキーはすぐには返事ができなかった。理解できないのは確かだ。だがなによりも、ベラの刺すような口調に胃がしめつけられるような気がした。

ほかの犬たちはしっぽを垂れて耳を寝かせ、ベラとラッキーを交互にみていた。ベラは首の毛を逆立たせ、敵意に満ちているようにみえた。

「でも、ベラ……」デイジーが小さな声でいった。

「いいえデイジー、ラッキーの話に耳をかさないでちょうだい！　ラッキーは賢いけど、〈孤独の犬〉よ。ニンゲンのことは理解できないの――わたしたちが町を出ない理由も、理解できないのよ！」ベラは自分のきょうだいに向かって牙をむき出した。「あなたが反対なのはわかってるわ。でも、わたしたちは自分のニンゲンに忠誠を誓っているし、家を捨てていくこともできないの」

「ベラ！」ラッキーは怒りにまかせて吠えた。「ぼくは〈天空の犬〉の名にかけていっているんだ。きみにはわからないのか？　ここは危険だ――あのにおいのせいで、デイジーは命を落とすところだった。アルフィーの家は崩れた。いや、あれはアルフィーの家じゃない」ラッキーは吐きすてるようにいった。「あれはアルフィーのニンゲンの家だ。そしてアルフィーのニンゲンは、アルフィーを捨てていった――きみたちのニンゲンが、きみたちみんなを捨てたように！」

ベラはいらだたしげにひと声鳴いたが、ラッキーの前から一歩も退かなかった。「捨てるつもりなんてなかったのよ！」

ラッキーは大きく一歩進みだし、鼻先にしわをよせた。「いいや、捨てるつもりで置いていったんだ。ベラ、このあたりの家はじきに崩れる」ラッキーは、嫌悪と恐怖が入りまじった目で家々を振りかえった。うす暗い空を背にして、家々はさっきよりもぶきみにみえた。かたむいたままぼんやりとそびえ、いまにも倒れそうだ。「ニンゲンたちはしばらく帰ってこないだろうし、このにおいは死のにおいだ。〈大地の犬〉の息のにおいに似ている！」

マーサはおびえて体を震わせ、サンシャインはあわれっぽく鳴いた。ベラが、だまってちょうだいといいたげに、爪で地面を引っかいた。「ラッキー、どうしてそんなに迷信深いの！このにおいは――わからないけど、〈大地の犬〉のにおいなんかじゃないわ」

ラッキーは首を振り、毛を逆立たせた。「どうしてわかる？　地面のずっと下の暗がりでなにかが起こっていたとしても、ぼくたちにそれを知る術はないんだ。運がよければ〈大地の犬〉は、ぼくたちを〈大地のうなり〉から守ってくれる。だけど、守る価値のない犬たちだと思われたらどうだろう――危険を感知することもできない、ばかな犬だと思われたら？　それっきり見捨ててしまうかもしれない！」

「ばかみたいなこといわないで！」ベラはぴしゃりといった。

ラッキーはうなった。「ここにいれば命が危ない。ここにいちゃいけないんだ。ぼくがいたからいろいろなことを切りぬけられたじゃないか。それなのに、ぼくを信頼しないのか？　きみたちを危険から救っただろう？　ニンゲンたちがそんなことをしてくれたかい？」

静寂の中に、だれかの鳴き声が響いた。七匹の犬たちはそろって頭を垂れ、しっぽを足のあいだにはさんだ。ベラでさえうつむき、はじめてその顔に迷いを浮かべていた。

「だが、どこへいけばいい？」ブルーノがたずねた。

「わからない」ラッキーはしゃがみ、怒りをまぎらわそうと耳のうしろをかいた。「少しのあいだなら、ぼくといっしょにきてもいい。ベラ、きみがみんなをほかの場所に連れていくこともできる。きみならできると思う」

「むりよ」ベラはつぶやくようにいった。

「とにかく、きみたちは新しい家をみつけなきゃいけないんだ。わかるかい？」

デイジーは、肩を落として草の上でゆっくりとしっぽを振り、土ぼこりを小さく巻きあげた。

「でも、いってしまうのなら――ここを出ていくのなら――ニンゲンたちはどうやってあたしたちをさがすの？　もどってきたとき、あたしたちをみつけられる？」

ラッキーは鋭いうなり声をあげた。「ニンゲンのことはいいかげんに――」

にらみつけようと振りかえると――そこには、黒い目をいっぱいに見開いたデイジーの顔があった。そのそばで、サンシャインがまったく同じ表情を浮かべている――打ちひしがれ、安心させてもらいたくて必死になっている。ラッキーは、気持ちを落ちつけるために息を吐いた。

結局、自分は多くを求めすぎていたのかもしれない。この犬たちは、快適な生活のせいでだめになってしまったのだ。ただの〈囚われの犬〉ではない――犬としての誇りを失った犬だ。

迷える犬だ。

ラッキーは静かにうなった。「もし〈大地の犬〉がいまも怒っていて、〈大地のうなり〉をふたたび起こそうとしているなら、ここにいることはできないんだ。きみたちだってわかっているだろう――体の奥深くで感じているはずだ。ニンゲンのように頭を使うのはやめろ――犬の本能に従って動け。本能はきみたちの中にある。うそじゃない」ラッキーはそっとデイジーの顔をなめ、わざと確信のこもった力強い声を出した。「きみたちはだいじょうぶだ。ぼくには、きみたちが強い犬だってことがわかる。いつか、ニンゲンたちもここへもどってくるかもしれない。それを確かめて、この町がふたたび安全だと思えたら、そのときはまた帰ってくればいい」

うそをついた罪悪感が胃を刺した。ニンゲンがもどってくるわけがない――なぜもどってくる？　家は崩れ、持ち物は壊れてしまった。それでもいま、この犬たちには、彼らがもどってくると信じる必要があった。ラッキーは自信たっぷりに耳を立て、犬たちをみつめた。

一匹また一匹と、彼らは鳴き、わかったというしるしに頭を低くした。さびしげにしっぽを振っている。

「そうね」とうとうベラがいった。「あなたは正しい。ここは危険だわ。あなたについていくことにする。でも、まずはやらなくてはいけないことがあるの。荷物を取ってこなくては」

ベラがうなずいてみせると、犬たちはいっせいに向きを変え、自分のニンゲンの家へもどっていった。ミッキーだけがラッキーのそばに残り、しんぼう強くだまっていた。

ラッキーは犬たちのようすをみまもっていた。まだわかってもらえないのだろうか？　いったいなにをするつもりだろう？

「デイジー！」ラッキーは吠えた。子犬が悪臭の充満した庭に入っていくのがみえたのだ。

「なにをしてる？　そんなところに入っちゃだめだ！」

「取ってきたいものがあるの」デイジーはかん高い声で返した。ラッキーが驚いてみている前で、デイジーは大きく息を吸い、芝地を走りぬけてニンゲンの家に飛びこんでいった。ラッキーが息を詰めて待っていると、ふたたびデイジーは表にもどってきた。口になにかくわえている。


　ほかの犬たちも、それぞれになにかをくわえてニンゲンの家から出てきた。役に立ちそうな物はひとつもない。マーサは、がんじょうなあごに赤い正方形の布をくわえている。サンシャインが持ってきたのは黄色い革ひもで、きらきらした石が埋めこまれている。デイジーが持っているのは、ぼろぼろになった革の袋だ。昨日のデパートにも、似たような革袋が品物を詰めこまれて小山になっていた。アルフィーは崩れた家に入ることができなかったので、しかたなく、がれきの散らばる前庭からゴムボールをひろってきていた。ブルーノはしっかりしたあごからよだれを垂らしながら、ひさしのついた帽子をくわえている。ラッキーには、ミッキーがみんなといっしょにいかなかった理由がわかった。すでにグローブを持っていたからだ。

ベラは挑むようにラッキーをみながら、その足元にぼろぼろのクマのぬいぐるみを置いた。「これ、まだニンゲンのにおいがついてるの」低い声でいう。「ニンゲンのことを思いだせるように、持っておきたいのよ」

ラッキーは、犬たちの宝物をとまどったようにながめ、そしてうなずいた。この犬たちは正しい行動を取ろうとしている。ラッキーもまた、この犬たちに、〈囚われの犬〉たちの悲しい過去に、もう少し理解を示すべきなのかもしれない。

「もちろん」ラッキーはわかっているよと伝えるためにベラの鼻をなめた。「もちろん、持っていくといい。さあ、ついてきてくれ。ミッキー、列の一番うしろを守ってくれないかな。きみがいてくれると安心だ。これから山のほうへ向かう」

郊外の通りをだまって進みながら、ラッキーは、自由に走りまわっていた街を振りかえらないようにしていた。残念ながらほかの犬たちはときどき立ちどまり、慣れしたしんだ街を振りかえっていた。にぎやかで活気に満ちたニンゲンの町はすでに破壊され、この犬たちがここにもどってくることは二度とないのだ。遠くでジドウシャの遠吠えがきこえた。離れた通りからは、鉄がきしむ音や、壁が崩れて窓が割れる音がきこえる。ほかにはただ、静寂と死のにおいだけがあった。

思いのこすことはなにもない。思いのこすことはなにひとつ……。

12
毒の川

あたりの景色から街らしさが薄れていくにつれ、ニンゲンの家はまばらになり、家と家の間隔が広くなっていった。ラッキーはしだいに興奮してきた。自分が、自然の解放感と広さをどれだけ愛していたか忘れていたのだ――しょっちゅうではなかったが、これまでにもときどき、街を離れて荒野へ冒険に出かけることがあった。

街と荒野の境をこえたことはほとんどない――ウサギ狩りをするときや、保健所のニンゲンたちが街にくる数日のあいだ、姿を隠すときに限られた。いまラッキーは、腹の底で血が騒ぎ、背中がぞくぞくするのを感じていた。また、狩りができるかもしれない――ウサギやリスや野ネズミを捕まえられるかもしれない！

まだ荒野には着いていなかったが、だんだん近づいているのはわかった。みすぼらしい木々の生えた原っぱには草が茂り、ところどころに立つフェンスは金網がやぶれている。原野ではないが、かといってニンゲンの公園でもない。ハリエニシダと雑草の茂みをぬけると、細くゆるやかな小川が流れていた。川幅は犬の体ふたつ分ほどで、川面は静かでなめらかだった。ラッキーはうずうずして、耳を立ててあえいだ。ほかの犬たちもそばに近づいてくる。

「水だ！」声をあげ、川に突進した。

だがラッキーは、川のずっと手前であわてて止まり、全身の毛を逆立てた。川からただよってきた悪臭が鼻をついたのだ。のどの奥からうなり声がもれる。

ベラも足をゆるめ、片方の前足をあげたままラッキーのそばで立ちどまった。いぶかしげに空気のにおいをかぐ。ほかの犬たちもまわりに集まってきた。

「なにか変よ」ベラが鳴いた。

「すごく変だ」ラッキーはうなずき、きらきら光る小川からゆっくりとあとずさった。

「変なもんか！」アルフィーは、楽しげに吠えて仲間たちのそばを勢いよく駆けていき、もう少しでサンシャインをつきとばしそうになった。「ほら、いこう！」

「アルフィー、だめだ！」ラッキーはずんぐりした小型犬のあとを追った。相手は全速力で走っていたが、それでもラッキーのほうが速かった。

足の短い犬でよかったよ——ラッキーは険しい顔をして胸の中でつぶやくと、とびのるようにしてアルフィーを押さえつけ、首の毛皮をくわえた。

アルフィーは驚いてもがき、川に近づこうとして前足をばたつかせた。「はなせ！　はなしてくれ！」

ラッキーは怖い顔をしたまま向きを変え、おびえたようすの犬たちのもとへもどった。犬たちはアルフィーのようすをみようとして、少しだけ川のほうに近づいていた。どの犬も空気のにおいをかぎながらぶるぶる震え、首筋の毛を大きく逆立てている。ラッキーはアルフィーの体を乱暴に投げだした。アルフィーはあわてて立ちあがり、恥ずかしさを払いおとすかのように体をぶるっと振った。

「アルフィー、あのにおいがわからないの？」マーサは首を振りながらいった。「あの水は悪い水よ」

「悪い水なんかあるもんか！」アルフィーは腹立たしげにいった。「ぼくのニンゲンが飲ませてくれるのは、いつもいい水だった！」

「それは、パイプで運ばれてくる安全な水だ」ラッキーは厳しい声でいった。「こっちへきてみろ。だけど、水にさわっちゃいけない」

ラッキーは鼻先でアルフィーを押して、川べりまで連れていった。ほかの犬たちもついてきたが、あまり近くには寄ってこなかった。水の異様なにおいにおびえているのだ。「わかるだろう？　ほら、みてみろ！」

ラッキーには、アルフィーが震えるのがわかった。「なんだこれ！」

近くでみてみると、川はよどんでいて、流れも遅いことがわかった。遠目からは澄んでいるようにみえた水も、そばに寄ってみると、底がみえないほど灰色がかった緑に濁っている。最も目につくのは、膜が張っていることだった。奇妙な色の丸い膜がいくつも浮かんでいる。膜の色はちょうど、どしゃぶりのあとの空に現れるしまもようの線と同じ色をしていた。ラッキーはこの川と似た水をみたことがあった――ジドウシャが傷を負ったときにその血が水たまりに流れこむと、水面に同じしまもようを作るのだ。だが、この川のほうがもっとひどい。ジドウシャの血のにおいも好きではなかったが、これほどひどくはなかった。むかつくような強烈な悪臭に、鼻の奥が痛くなるほどだった。

「これ、川なんかじゃないわ」マーサが身ぶるいしていった。

ラッキーは驚いて大きなニューファンドランド犬をみつめ、もういちど川をみた。マーサのいうとおりだ。

「〈大地のうなり〉が地面に残した傷かもしれない。少し前に、傷のひとつに落ちそうになったことがある」ラッキーはそのときのことを思いだしてぞっとした。「どこかから水がもれてきて、この傷口に流れこんだんだ。川みたいにみえるけど、本物じゃない」

ベラはおびえたうなり声をあげた。「ここを離れましょう。アルフィー、二度と軽はずみなまねをしないで！　ほかの犬の注意に耳をかたむけてちょうだい」

アルフィーはすなおに反省しているようだった。「わかったよ、ベラ。ごめん」

犬たちは川に背を向け、急ぎ足で野原を歩きはじめた。ところが、倒れたフェンスがあるほうへ向かって半分ほど進んだとき、ブルーノがぴくりと耳を立てて足を止めた。

「ニンゲンだ！」声をあげる。

ほかの犬たちはぴたりと立ちどまり、ブルーノが気づいた声を拾おうとして耳をそばだてた。ラッキーにもニンゲンの声がきこえた。低木がまばらに生えた原っぱのどこかにニンゲンがいる。かなりの数だ。毒の川のそばに集まっているとは、いったいどのようなニンゲンなのだろう。

ラッキーは鼓動が速くなるのを感じ、ニンゲンがいるほうとは逆方向へ逃げたくてたまらなくなった。だが、ほかの犬たちはなんの心配もしていないようだった。声のするほうに鼻先を向け、熱心ににおいをかいでいる。

サンシャインはうれしそうにきゃんと鳴いた。「あいさつをしにいきましょう！」

「どこにいるの？　どこ？」デイジーはすっかりはしゃいで、ぐるぐる回っている。

「落ちつくんだ」ラッキーは不安になって吠えた。「むこうの注意を引いちゃいけない。慎重に動くんだ。頼むから落ちついてくれ！」

しかし、犬たちは耳をかそうとしなかった。マーサとミッキーとブルーノはうれしそうに大声で吠え、ベラはうっとりした目で野原のむこうをみていた。気持ちが高ぶっているのか、はあはあ息を切らしながら、耳を前にかたむけている。

「いたわ！　あそこにいる！　大きい塔のそばよ！」

ラッキーは凍りついた。たしかに、それはニンゲンだった――全身を黄色い服におおわれた、黒い顔のニンゲンだ！　街で彼らのひとりに出くわしたことを思いだす。あの冷ややかな態度も、奇妙な服も、表情のない顔も、ラッキーの胸をざわつかせた。「待て――」

だが、遅かった。

「ああ、よかった！」デイジーははしゃいで吠え、ニンゲンたちのもとへまっすぐに走っていった。

「デイジー、だめよ！」マーサがあわてて叫ぶ。

ほかの犬は、デイジーのあとを追って走りはじめた。ベラが先頭にいたが、デイジーのスタートのほうがはるかに早い。興奮も手伝って、短い足で驚くほど速く走っている。仲間たちがニンゲンのいる場所まであと半分というところまできたとき、デイジーはすでにたどりついていた。せわしなくはね、きゃんきゃん鳴きながら長靴をはいた足にまとわりつく。

ニンゲンたちがデイジーに目もくれないのをみて、ラッキーは走りながらほっと息をついた。デイジーも、なにかがおかしいと気づいてもどってくるだろう……。

ところが、デイジーは無視されたままではいなかった。親しみをこめて鳴いても相手にされないとわかると、ニンゲンのつるつるした黄色い服のはしをくわえ、ふざけ半分に引っぱったり振ったりしはじめた。

ニンゲンはぎょっとしてとびすさった――ラッキーが気をつけろと声をあげるよりも早く、ニンゲンは子犬の体を乱暴にけりとばした。デイジーはひと声悲鳴をあげ、地面に転がった。

「デイジー！」サンシャインが悲鳴をあげる。

ニンゲンのやつめ！　ラッキーはうなり声をこらえ、全速力で駆けだした。デイジーは体を震わせながら立ちあがろうとしていた。

黄色い服のニンゲンたちはすでに犬たちに背を向け、深刻な口調で話しながら、それぞれが持っている音の鳴る棒をたがいに比べていた。ラッキーが走りよったとき、デイジーはふらつく足で立ちあがっていた。

「あたし……どうして……ニンゲン、どうして……」デイジーは一歩踏みだし、離れていくニンゲンの背中をみつめた。ラッキーは、デイジーがまだ彼らにすがろうとしているのに気づいて、暗い気分になった。

「だめだ！」ラッキーはデイジーの前に立ちはだかり、通すまいとした。

デイジーはけられた痛みよりもショックのほうが大きいようだった。「ニンゲン、どうしてあんなことしたの？　あたし――」

「追いかけちゃだめ！」ベラが追いつき、ニンゲンにけられたデイジーのわき腹をなめた。

「放っておくの！」

ほかの犬たちも近づいてきてデイジーを取りかこみ、ぼう然として顔をみあわせた。

「ニンゲンはあんなんじゃないのに！」マーサが声をあげた。

「どうしてなの？」サンシャインが悲しげに鳴く。

「ニンゲンが犬をいじめるところなんて、みたことがなかった」ミッキーはショックを受けていた。

ラッキーは、犬たちのむじゃきさが信じられずに首を振った。「ぼくはある」低いうなり声を出す。

ベラは思いやりをこめてラッキーをみたが、いまはデイジーのほうが気がかりなようだった。デイジーはすわってくんくん鳴いている。「だいじょうぶよ、デイジー。あれはわたしたちのニンゲンとはちがうわ。ちっとも似ていなかったもの。あんな服、みたことある？　顔もおかしかったわ」

「ここから離れましょう」マーサが鼻先でそっとデイジーを押した。

ラッキーはしょんぼりと引きかえす犬たちに続こうとしたが、ふと、ミッキーが立ちどまっているのに気づいた。「ミッキー、いこう！」

ミッキーが振りかえった。「ニンゲンたちがここに集まっていたのは、なにか目的があったんだと思う。そんな気がしてならない」ミッキーは近づいてきて、低い声で続けた。「なにをしていたんだろう？」

「わからない」ラッキーは首を振った。「街でいろいろなニンゲンをみてきたけど、音の鳴る棒なんてみたことがなかった。あいつらは、あのおかしな川を調べているみたいだった——さもないと、あんな危険な水に近づくわけがない」

「いやな予感がする」牧羊犬は首を振った。「〈大地のうなり〉が起こってから、はじめてニンゲンをみたよ！　ほかのニンゲンはどこにいるんだ？」

「避難したんだろう……」

「だけど、もどってこないじゃないか。いまのニンゲンたちはもどってきた。だけど、あいつらだけだ。ラッキー、ものすごく変だ。いやな予感がする」

たしかに胸騒ぎがする――ラッキーは声に出さずにつぶやいた。だが、自分たちにニンゲンの考えていることがわかるはずがない。ほかの犬たちがどう考えているにせよ、犬とニンゲンはちがうのだ。

「ぼくにもわからないよ」ラッキーはしばらくして答えた。「わかっていることはひとつだ――できるだけここから遠ざからなくちゃいけない。いこう、ミッキー。できるだけ早く街から離れて、できるだけ早く荒野へいくんだ」

13 マーサと〈川の犬〉

いまはこの荒野がぼくの居場所だ。ラッキーはそう考えながら迷いのない足どりで進みつづけ、ひたすら街から遠ざかっていた。

毒の川が流れる野原でニンゲンをみてから、長い時間がたっていた。

ラッキーは小さな丘の頂上につくと、息を切らしながらはじめてうしろを振りかえり、変わりはてた街の姿をみた。かつてのすみかをこれほど遠くからながめたことはない。街に以前の面影はなかった――残った建物は危険なほどかたむき、大きな割れ目からは水が噴きだし、壁からつきだしたぎらぎら光る金属が空を貫いている。地面にはいくつも裂け目が走り、街を飲みこもうと口を開けているようにみえた。ほかの〈囚われの犬〉たちはまだあそこにいて、廃墟の中で生きのびようとしているのだろうか。ニンゲンたちがいなければ生きる望みはない。なにもかも変わってしまった。

丘のてっぺんで足を止めたのは、ほかの意味でも都合がよかった。まとまりのない群れの犬たちはラッキーになかなか追いつけず、ばらばらについてきていた。ずっとうしろのほうにいるサンシャインが、すがるような目でラッキーをみている。サンシャインがその長く白い毛を――すでに真っ白とはいえなくなっていた――いばらの茂みに引っかけたのは、これでおそらく六回目だ。ラッキーはいらいらしながら駆けもどり、歯で枝を引っぱって毛をほどいてやった。長い毛の一本が引っぱられ、サンシャインは悲鳴をあげた。

「痛いわ！」

「騒ぐんじゃない。世界の終わりじゃあるまいし！」

「じゃあラッキーは、あたしの毛がぬけてうれしいの？　みてよあたしの毛皮！」

ラッキーはその言葉を無視して、先頭の位置に駆けもどった。足手まといはサンシャインだけではない。この犬たちは文句ばかりこぼしている。

「みんなよくがんばってるぞ！」ラッキーはそう声をかけたが、うそつきで有名な山犬も顔負けの大うそだった。「その調子だ。あきらめるな」

ラッキーは一行をはげまそうと吠えた。この〈囚われの犬〉たちは、こんな荒野に連れてこられて、完全に途方に暮れてしまうのではないだろうか。この中に一匹でも、自分の食糧を自力で手に入れたことがある者はいるのだろうか。安全な寝床を探したことがある者はいるのだろうか？　ラッキーがいなくなれば、数時間も生きていられないだろう。雨雲が出てきた瞬間、崩れかけたニンゲンの家に逃げかえってしまうかもしれない。

　ためらいがちにうしろのようすをうかがっているあいだにも、アルフィーがふらつく足で立ちどまり、ぺたんと地面にしゃがみこんだ。

「そろそろ休憩の時間じゃないのか？」アルフィーはきゃんきゃん鳴いた。

「みてよ、あたしの毛皮！」サンシャインがあわれっぽく鳴き、やけになったように自分の腹を引っかいた。

「サンシャイン、だまって！」ベラが鋭くいった。「泣き言いってる場合じゃないでしょ！」

「ほらほら」ミッキーが重い足取りで近づいてきて、グローブを地面に落とすと、鼻先でほかの犬たちを押してひとつにまとめた。「さあ、みんないるね。いち、に、さん……よしよし……それからデイジーも。いいぞ！　ラッキー、もう少し休憩を増やしてもらえるかい？　みんなをひとつにまとめておくのは骨が折れるんだ……わたしの肉球も痛んできた……」

　ラッキーはすわって犬たちをにらみつけた。ミッキーが力を貸してくれるのはうれしかった――しんがりを守り、ばらばらになる仲間たちをまとめてくれている。ところが、そのミッキーまでが不平をこぼしはじめた。

「休んでる暇なんかないんだ！」ラッキーは吠えた。

「だけど、なぜだい？」アルフィーがくんくん鳴いた。

ラッキーは立ちあがり、失望を隠そうとしてぶるっと体を震わせた。本能が、進みつづけろと叫んでいた。「そんな理由で休むわけにはいかない——足が痛いとか、少し息が上がったとか！　これはニンゲンに連れていってもらう散歩じゃないんだぞ——できるだけ危険から遠ざかろうとしているんだ。生きたいのか？　死にたいのか？　休憩のために足を止めれば、たちまち〈大地の犬〉につかまる。うそじゃない」

群れのあいだから、低い鳴き声がいくつかあがった。

「ラッキーのいうとおりだ」ブルーノが仲間をはげますようにいった。「ほら、いこう」

こうして一行はふたたび出発したが、犬たちはあいかわらずニンゲンの形見をくわえたまま、小声でくんくん鳴いていた。ラッキーはみんなの泣き言を気にしないように努めた。だんだん、同情するのもむずかしくなってくる。ベラに対してさえそうだった。ベラは全員にいらだちをぶつけていた。ラッキーにはとげとげしい物言いをしてすぐに腹を立て、ミッキーやマーサにはきつい口調で命令し、年少の犬たちを容赦のない言葉で叱りつけた。

「サンシャイン！　毛を引っかけてばっかりじゃない。いばらから離れて歩きなさいよ。いいかげんにして！」

ラッキーはサンシャインをかばうこともできたが、本心ではこの子犬にうんざりしていた。そこで、ベラとサンシャインのことは放っておくことに決めた。ゆいいつの救いは、前足のけがよくなってきたことだ。速いペースで歩き、犬たちに手本を示すことができる。ラッキーまで苦戦していれば、群れの犬たちは永遠に街から出られなかっただろう。

ベラが怒りにまかせてどんどん進んでいくので、ラッキーは少しのあいだ先頭を任せることにした。速足で歩くベラのうしろについてみると、もうれつに足を動かしているのがみえた。頭の中から、不満げなつぶやきがもれてくるような気さえした。ラッキーは列のうしろに下がって犬たちを見張りながら、ミッキーと並んで歩きはじめた。

「みんなをまとめてくれて助かるよ」ラッキーはいった。「だれかがはぐれたら大変だから」

「心配ない。わたしがみているからね」ミッキーはグローブをくわえたまま、もごもご答えた。話がしやすいように、グローブの位置を少し調整する。「こっちこそ、きみがこうやってわたしたちを導いてくれて助かる」

「いまだけだよ」ラッキーは急いでいった。不安が体の奥をちくちく刺す――自分のことを群れのアルファとして考えられては困るのだ。自分がいなくてもだいじょうぶなくらい強くなってほしかった。「ニンゲンの形見を捨てたら、もっと動きやすくなると思うけど」

ミッキーはうなずいたが、グローブはしっかりくわえたままだった。「わかっている。だが、これを置いてはいけない。わたしの幼いニンゲンは……あの少年は……」

ミッキーの黒い瞳（ひとみ）は、深い悲しみをたたえていた。ラッキーは自分まで悲しい気分になりながら、首を振（ふ）り、静かな声で年長の牧羊犬にいった。「ぼくはニンゲンから逃（に）げだせてよかったと思ってる。きみたちみたいな暮らしをせずにすんだから。きみたちはニンゲンのせいですごく傷ついたじゃないか」厳しいことをいっているのはわかっていたが、ラッキーは、みんなは真実を知るべきだと考えていた。

「ラッキー、ニンゲンたちはわざとあんなことをしたんじゃない。ニンゲンがわたしを置いていったのは、そうするよりほかにしかたがなかったからだよ。わたしにはわかっているんだ」

ラッキーはため息をついた。「どっちでも同じだよ。ぼくは、ニンゲンになつかずにすんでよかったと思ってる」

ミッキーは同情をこめてラッキーをみた。「きみになにがあったのかはベラにきいているよ。きみの知っているニンゲンとわたしの知っているニンゲンはちがうようだ」

「どうかな」ラッキーはうなった。

「いいや、ほんとうだ。たいていのニンゲンは親切なんだ。わたしのニンゲンは、わたしが病気になると看病してくれたし、テーブルからおやつを投げてくれたし、毎日ドッグパークで遊んでくれた。一番幼いニンゲンとは、子犬だった時分から毎晩同じベッドで眠っていた。あの子が悪夢をみないようにそばにいたんだよ。わたしも悪い夢をみるほうだったが、やがて、わたしたちはふたりとも悪夢をみないようになった。いっしょにいたおかげでね。ふつうのニンゲンはそんなふうなんだ。犬の友だちなんだよ」

「運がよかったんだね」ラッキーは低い声でいいながら、べつのことを考えていた。すてきな生活じゃないか――そういう生活がお気に召すなら。じゃあ、どうしてニンゲンはきみたちを捨てたんだ？

一行のうしろで、すでに街は影のようにかすみ、崩れた建物や割れた金属はみえなくなっていた。ラッキーは、さんざん不平不満をきかされたにもかかわらず、満足していた。どうにかして、街から十分な距離を取ることができたのだ。〈大地のうなり〉が起こったとしても、光の力が流れる危険な〝ヘビ〟や、落ちてきて骨を砕いてしまう石のブロックにおびやかされることはない。〈太陽の犬〉が明るく照りつけ、まわりからはコオロギの鳴き声がきこえていた。

ずっと先のほうに、木立が影を作っているのがみえる。ふとラッキーは鼻先をあげ、弱い風のにおいをかいだ。

もしかすると――？

思ったとおりだった！　この新鮮なにおい、悩ましいほどおいしそうなこのにおいは、水のにおいだ！　灰色がかった緑の水の鼻をつく悪臭などではない。ラッキーは急にのどが渇き、こぽこぽわきでる泉を思いえがいてがまんできなくなった。駆けだして吠え声をあげる。

「ほらいこう！　急げ！　むこうに川がある！」

群れの犬たちは、〈天空の犬〉に翼を授けられでもしたかのようにいっせいにとびだし、一匹また一匹と、全速力で走りはじめた。ラッキーはベラと並んで走りながら、小高い丘をこえた――するとそこには、澄んだ小川が日の光を受けてかがやきながら、ごつごつした石の上を流れていた。

「この水は安全なのか？」アルフィーが心配そうにたずねた。「毒じゃないだろうな？」

「だいじょうぶだ」ラッキーは大きな声でうけあった。「鼻を使うんだ！　新鮮なにおいがするだろう？」

「ほんとだわ。泳いでる魚のにおいがするもの」サンシャインがいった。ラッキーは驚いてサンシャインをみて、目をしばたたかせた。ラッキーも魚のにおいをかぎつけていたが、室内犬がそれに気づくとは思いもしなかったのだ。サンシャインには、ラッキーが思っていた以上に鋭い嗅覚がそなわっているのかもしれない……。

「いくぞ！」ラッキーは吠え、深いよどみをめがけてうれしそうにとびこむと、水の中から顔を出した。ほかの犬たちに声をかける。「とびこんでごらん！　気持ちがいいから！」

ベラは不機嫌だったことも忘れてラッキーのそばにとびこんだ。大きい犬たちは腹まで川につかり、うれしそうにぴちゃぴちゃ水を飲んだり、体をゆすってほこりを洗いながしたり、肉球を冷やして痛みを和らげたりした。アルフィーは水の深いほうめがけてとびこみ、まわりに盛大な水しぶきをはねかけたが、気にする者はいなかった。小さなデイジーとサンシャインは、ためらいがちにおたがいの顔にしずくをかけあい、ちゃぷちゃぷ音を立てながら少しずつ浅瀬に入っていった。しばらく、せわしなくあえぎながら水を飲み、あごから水滴を垂らして気持ちよさそうにじっとしていた。だが、しばらくすると、もっと深いほうをめざして進みはじめた。とうとうサンシャインは肩まで川の中につかり、汚れた毛皮を流れる水に洗わせた。「あ、すてき！　あんな毒の川よりずっといいわ！」

「気をつけて」ラッキーが警告した。「〈川の犬〉はおいしい澄んだ水を与えてくれるけど、油断ならない。中心のほうへいくと水は深くなって、流れも速くなってる」

　街からはもう十分に離れていた。少しくらい旅を中断して休んでもいいだろう、とラッキーは考えた。水からあがると、ベラのいる小石の多い岸にもどり、冷たい水を体から振るいおとした。それから、木漏れ日を浴びて毛皮をあたためた。

　サンシャインは水をはねちらかしながら水からあがり、心配そうな顔で、けがをした前足の具合を調べた。ラッキーは子犬に近づき、その前足のにおいをかいだ。

「もう少しで治りそう」サンシャインは驚いていった。

「もういちどきれいに洗ってごらん」ラッキーがいった。「ねんのためになめておくんだ。ぼくもずっとそうしてる」

　サンシャインはよろこんで小さなすり傷をなめはじめた。そのそばでアルフィーは、毛足の短い黒い体から水を振るいおとし、ものめずらしそうにサンシャインをみていた。

「サンシャインが戦いで傷を負うなんて！」アルフィーは声をあげた。「ぼくはすごい冒険をみのがしたんだな！」

「すごい冒険ならあなただってしたでしょ」ベラがいった。

「だからこんなにおなかが空いたのか！」アルフィーは大きな尻をぺたんとつけてすわり、しつぽを振りながらものほしそうな目でラッキーをみた。

ラッキーはいやな予感がして大きく見開いた目をかがやかせているアルフィーから顔をそむけた。ところがほかの犬たちまで、川からあがってくるなり、期待に満ちた目でラッキーをみつめて舌をだらりと垂らした。

うそだろ……ラッキーは声に出さずにつぶやいた。「ぼくだって食べ物なんて持ってないよ！　そんな目でみないでくれ！」

「もちろんだ！」ミッキーは、はあはあいいながら首をかしげてほほえんだ。「だが、きみは狩りができる！」

「そうよ！」デイジーがきいきい声で叫んだ。「あなたは猟犬だもの！　あたしたちに狩りを教えて！」

犬たちはそれをきいて、そうだそうだといっせいに吠えた。ラッキーは胃が縮むような気分になった。「ぼくは――だれかに教えるなんてむりだ！　どうやればいいかわからないよ……」

「お手本をみせてくれればいい！」ミッキーがうれしそうにいった。「わたしたちはきみの真似をする！」

「そうよ！」サンシャインがかん高い声でいった。「やってみせてちょうだい。なにか捕まえて！」

ラッキーはなにもいえなくなり、だまって口のまわりをなめた。空腹なのは自分も同じだし、熟練の猟犬ではないとはいえ、ほかの犬たちよりは知識もある。オールドハンターに教わったことを思いだせばいい。いざとなれば、適当にでっちあげることもできる――〈囚われの犬〉がまちがいに気づくわけはない。

ラッキーは大きく息を吸った。「いいかいサンシャイン、狩りは遊びじゃない。だけどやってみよう……」犬たちをみまわし、なるべく狩りのできそうな者を選ぼうとした。ミッキーとベラ、それから……。「ブルーノはどこだ？」

そのとき、水しぶきの音がきこえた。犬が遊んでいるような軽い音ではない。必死で暴れているような、大きな音だ。

「ブルーノ！」

犬たちはいっせいに水辺に駆けつけた。デイジーがパニックを起こしてきゃんきゃん鳴く。

「あそこは深いっていったのに！　ブルーノは体が大きくて重いから近づいちゃだめだって！」

ラッキーは流れに数歩踏みこんだ。とたん、前足を引っぱられるような感覚に襲われる。ブルーノは川の中ほどに浮かび、すでにかなり下流のほうまで流されていた。顔をどうにか水の上に出し、前足をばたつかせながら、押しながそうとしてくる流れに必死であらがっている。すがるような目でラッキーたちのほうをみると、つぎの瞬間水の中に姿を消し、すぐに浮かびあがってきてあわてて空気を吸った。

「ブルーノ！」ラッキーは吠え、流れの深いほうへ進んでいった。激しい流れがぶつかってきて、前足を持っていかれそうになる。ラッキーは凍りつき、つるつるすべる小石の上で四肢を踏んばった。もがくブルーノをながめながら、途方に暮れていた。二匹ともおぼれてしまう可能性がある。そうなったら群れはどうなるだろう？

〈川の犬〉、おねがいだから助けてください！　こんなふうにブルーノの命を奪わないでください！

川の中心にとびこもうと心を決めたそのとき、大きな黒い影がわきを駆けぬけていった。影が小石をけちらして水にとびこむと、かがやくしぶきが扇のようにぱっと散った。水中から黒い体が浮かびあがってくる。

マーサだった！

犬たちはいっせいに吠え、もどってこいと呼びかけた。だがマーサはすでに中心の流れにたどりつき、ブルーノのほうをめざして泳ぎはじめていた。速い流れがマーサの体を下流へと押しながしていったが、あわてるようすもみせず、さかまく波のあいだを力強く進んでいく。とうとうマーサは、ブルーノと並んだ。ラッキーはあっけにとられてみまもっていた。

ブルーノはマーサに気づいたようすはなく、頭を水の上に出して、どうにか息をしようと必死になっていた。そのあいだも、水がブルーノの体を激しくゆらした。だがマーサは、ブルーノの首の毛皮をくわえ、岸へ向かって泳いでいった。

ブルーノははっとして目を見開いたが、すでに暴れる気力は残っていなかった。わずかに身もだえしただけで、あとはマーサの大きなあごにくわえられたまま、ぐったりと身を任せていた。マーサは流れに逆らいながら力強く泳ぎ、下流の岸にたどりつくと、ブルーノを乾いた岸に引っぱりあげた。

犬たちは丸太や茂みをとびこえながら小石の多い岸を駆けていき、びしょぬれの仲間のもとへ急いだ。ブルーノは横たわったままあえぎ、くしゃみをし、せきこんでいた。頭を小石の上に寝かせ、両方の前足を体の前に投げだしている。だがマーサは、疲れたようすをまったくみせなかった。立ちあがり、しきりにブルーノのようすを気にしている。毛皮から水滴を振るいおとすと、ブルーノの体を乾かそうとなめはじめた。

マーサは生まれついての戦士なんだ——ラッキーは胸を打たれた。

「マーサ！」ベラが小石に足をすべらせながら駆けよった。「だいじょうぶ？」

「もちろん、だいじょうぶよ」マーサは大きな声で答えた。「ブルーノはだいじょうぶかしら？　けがをしていない？」

「ああ、心配ない」ラッキーは鼻をふんふん鳴らしながらブルーノの鼻をなめ、それからもういちど、驚きを浮かべた目で大きな黒い犬をみた。「きみは泳げるんだね。とても上手に泳げる」

「ほんと、すごかったわ！」デイジーもいった。犬たちは口を開けたまま、マーサをみつめていた。

マーサはしっぽを振り、舌を垂らして前足に視線を落とした。ラッキーはマーサの前足をみて、目を丸くした。前足はふぞろいな石が転がる地面に置かれ、指と指のあいだが広がっていた。するとマーサの指のあいだには――

――たしかに水かきがあった！　ラッキーは、水かきのついた生き物は水鳥しか知らなかった。ニンゲンの公園の池にいる鳥たちだ。顔をみあげたが、マーサに驚いたようすはない。きまりわるそうに前足に目を落としたまま、みんなから感謝されてもじもじしている。

ブルーノは立ちあがり、感謝をこめてマーサの足をなめ、頭を低く下げた。

ああ、〈川の犬〉――ラッキーは、こぽこぽ音を立てて流れる川に頭の中で語りかけた。あなたは、ぼくに力を貸してはくれなかった。だけど、マーサのことをよくわかっていたんですね……。

ラッキーは胸に明かりが灯ったような気分になった。マーサは〈川の犬〉のことを理解していた。ラッキーには思いも及ばないことまで知っていた。そして明らかに、〈川の犬〉に敬意を払っていた。だからこそ、生きて陸にもどってこられたのだ。おそらくほかの犬たちも、〈自然の犬〉との内なるつながりを持っているにちがいない。まだ、その絆が明らかになっていないだけかもしれない……。

街を離れて以来はじめて、ラッキーは明るい気分になった。この犬たちのもとに永遠にしばられることにはならないだろう。いつかかならず、自分を必要としないときがくる。まにあわせで作ったような風変わりな群れだが、きっとこの犬たちなら生きのびることができる――世界がどれだけ変わってしまったとしても。群れが自分を必要としないときがくれば、そのときラッキーはふたたび自由を手にするだろう。真の自由を。

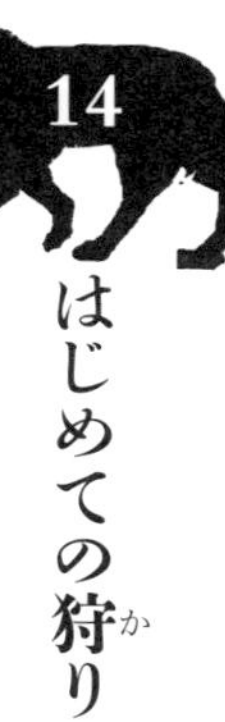

14 はじめての狩り

だれかが鳴いている。鳴きつづけている。どうしてこんなに何度も……？　ラッキーは耐えられなかった。

そうだ、ぼくは臆病者だ！　〈天空の犬〉たちに許しを乞うべきだ。だけど、ぼくになにができただろう？　まさか命を犠牲にしろとでもいうのだろうか？　〈川の犬〉は、ラッキーが命を差しだすことを期待していたのだろうか？　あのとき、ブルーノが――

――ちがう！　あのときのことではない……。

ブルーノは関係ない。鳴いている犬たちは、おぼれかけているわけではない。水の中にさえいない。囚われているのだ。保健所の建物が倒れてきたとき、がれきの下敷きになり、押しつぶされてしまった。ラッキーにできることはなにもない。ラッキーもスイートも無力だった。仲間のためにもどれば、自分たちまで死んでいただろう。

――ラッキー、早く！

スイートの声だった！　ラッキーはやみくもに声のするほうへ走った。とぶように大地を駆け、心臓は激しく脈打っている。鳴き声から耳をふさぎたかった。死につつある仲間たちの鳴き声から……。

だが、恐ろしいのはそれだけではなかった。三つ目の足音がきこえている。背後からラッキーに迫り、追いつこうとしている。怒りと執念を感じさせる、容赦のない追い方だ。いまにもとびかかってきそうだった。

こんなのうそだ！

ラッキーは走りつづけながら、思いきって背後を振りかえった。肺は酸素を求めて痛み、筋肉はこれ以上動けないと悲鳴をあげていた。

うしろにはだれもいなかった。あるのは街の路地の闇だけだ。影と壊れた信号、荒廃だけだった。

そのとき、目のはしがぎらぎら光る目と牙をとらえた。何匹もの凶暴な犬たちが、群れをなしてラッキーを追っていた。遠吠えをし、吠え、すぐうしろに迫っている。あごをがちがち鳴らし、ラッキーにかみついてずたずたに引きさいてやろうと、牙をむき出しにしている――。

〈アルファの嵐〉がやってきたのだ。

✷

ラッキーは恐怖のあまりはじかれたように立ちあがり、勢いあまって転びそうになった。波打つように胸を動かしてぜえぜえあえぐ。のどはからからに渇いていた。頭の中にはまだ、嫌悪に満ちた激しい吠え声が響いている。異様に生々しい夢だった——あんな出来事が実際に起こったわけではないというのに！

あれは記憶ではない。それなら、なんだろう？　ふつうの夢ではない。あまりにも生々しかった。

恐怖が引いていくにつれて体の震えもおさまりはじめた。ラッキーは眠っている〈囚われの犬〉たちをながめた。寝床は川べりの地面にできた深いくぼみの中だった——傾斜の陰になってうまく隠れているうえに、そばには大きな岩や小さな谷間がないので、敵がこっそりしのびよってくる心配もない。川からは十分に安全な距離があるが、気持ちを落ちつけるおだやかな水の音はちゃんときこえた。夜明けの光が川面を真珠色にかがやかせていた。ラッキーがみていると、魚が一匹はね、さざ波のあいだにぱしゃんと落ちた。あわい光が木々のあいだを照らし、遠くの地平線を灰色とピンクとオレンジ色に染めはじめた。

呼吸がだんだんおだやかになってくると、ラッキーは恥ずかしくなって口のまわりをなめた。あわてて立ちあがったことも、頭に浮かんだ映像におびえたことも恥ずかしい。ほかの犬たちはすやすや眠り、幽霊の遠吠えにも悪魔のような犬にも悩まされていない。ラッキーだけだった。ラッキーだけが、自分のみた夢にからかわれていた。恥ずかしさが体中を駆けめぐる。なにも食べずに寝たのがまちがいだったのだ。ゆうべは狩りをする気力も食事をする気力もないくらい疲れていた。犬たちはくぼみの中で折りかさなるようにして眠り、その中でラッキーだけが、空腹のせいで悪い夢をみてしまった。

　結局、あの思い出の品は――ニンゲンたちの形見は――犬たちの役に立っているのかもしれない。あの形見がみんなの夢を守っているのだろう。あるいは、あの犬たちがまったく夢をみないのだとしても、そう意外ではない。犬の本能を忘れて久しいのだから。

　たしかに、ラッキー自身も、自然界のことをすべて知っているわけではない。生活の多くを、街で食糧をあさることに費やしてきた。それでもほかの犬に比べれば、犬の本能に従って動く機会ははるかに多かった。そして、野生の生活にもどったいま、しだいに本能が研ぎすまされていくのが感じられる。腹が、骨が、ざわつくのを感じる。注意をうながし、ラッキーの身を守ってくれているのだ。

ラッキーは身ぶるいした。マーサと〈川の犬〉の絆を知ったときに抱いた楽観的な考え方は、夢から覚めると同時に薄れていった。どうして、あの犬たちが自力で生きていけるなどと思ったのだろう?

暗い気持ちになりながら、それでもラッキーは、あるひとつの決心をした。自分は最初の〈大地のうなり〉が起こったとき、保健所の犬たちを守ることができなかった。しかし、この犬たちを守ることはできる。自分で生きていく術を教えることができる。もしかすると、〈精霊たち〉はラッキーにそう伝えようとしているのかもしれない。だから、あんな夢をみせたのだ。ベラとその仲間を助けることができれば、悪夢をみることもなくなるだろう。

やってみる価値はあった。それが幻を消す方法なら。だがそう考えているそばから、ラッキーは、自分の下した結論があまりにも単純すぎることに気づいていた。あの夢にはまだほかの意味がある。

あの夢はメッセージだ。

なにか不吉なことが起ころうとしている——ラッキーはそれを骨の髄で感じていた。全身に震えが走り、その震えが、あの異様な夢に抱いていた不信感をぬぐい去っていった。あれはただの夢ではない——ラッキーには、あの夢が予言だという確信があった。なにか恐ろしいことが起こるという警告だ。ラッキーに対してだけではなく、すべての犬に対してだ。〈アルファの嵐〉が近づいている……。

はるかむかしにきいた母犬の声が、ふたたびよみがえってくる。「世界の天と地が逆さになり、毒の川が流れるとき……」

ラッキーはまた身ぶるいし、〈囚われの犬〉のほうをみた。この犬たちがこの荒野で生きのびる可能性はとても低い。もし〈アルファの嵐〉がほんとうに迫りつつあるのなら、生きぬける可能性は万にひとつもない。ラッキーがその生きる術を教えなくてはならない。それも、すぐに！

ラッキーは犬たちを寝かせておいた。つかのまの平和を乱してはかわいそうだ。だが〈太陽の犬〉がのぼり、雑木の枝のあいだからかがやきはじめると、もう待っていられなかった。犬たちを鼻先でつついてそっと鳴き、一匹ずつ起こしていった。

「起きるんだ！　狩りのしかたを学びたいなら、早起きに慣れなくちゃいけないぞ」

サンシャインはいやいやをするように前足を目に当て、マーサのおなかの下にもぐりこもうとした。だが黒い大型犬は立ちあがり、白い子犬がきゅうきゅう鳴きながら起きるまで、その体をなめてやった。デイジーは元気よく目を覚まし、起きあがると同時に、はしゃいで息を切らしながらくるくるかけ回った。ブルーノは痛むところがないか確かめるようにおそるおそる伸びをしていたが、おぼれかけただけでけがはしていないようだった。ミッキーとアルフィーは体を振って眠気を払いおとし、ベラは愛情をこめてラッキーの鼻先をそっとつついた。

「おなかがへったわ」サンシャインはまばたきしながら不機嫌そうにぼやいた。

「朝食にありつきたいなら」ラッキーはあっさりいった。「自分たちで取りにいかなきゃ」

すると驚いたことに、犬たちは不平もこぼさずにうなずき、しっかりした足取りで出発した。出かける前に、ニンゲンの形見を岩や茂みの陰に大事そうに置いていくのを忘れなかった。川を背にゆるい坂をのぼっていくと木々はまばらになり、尾根にたどりつくと、急に目の前が開けてかすかに起伏した草地が現れた。平たい岩や石が点々と転がり、獲物が隠れていそうな穴があちこちに開いている。

　このながめも、土の中に逃げていくすばしこい生き物の影も心強い。ラッキーは小さなよろこびがわいてくるのを感じた。今日は、果たすべき目的がある。犬たちに狩りを教えるのは簡単な仕事ではない。ニンゲンに甘やかされて軟弱になった犬たちだ。だがこの仕事に没頭すれば、いまもなお残っている悪夢の余韻を追いはらえるかもしれない。

「さて」ラッキーは、期待に満ちた顔で風のにおいをかいでいる犬たちに向かって、低い声でいった。「これからは静かにゆっくり行動するように――急に動いちゃいけない。サンシャイン、きみにいってるんだぞ！　できるだけ巣穴をみないようにしてくれ。野ネズミたちを油断させて、巣から出てくるように仕向けるんだ」

「それはいい考えだ！」ミッキーが感心したようにいった。

「食べられそうなものを逃さないように、鼻に神経を集中させておくこと。野ネズミ、ウサギ、ハツカネズミ、なんでもいい。かぎつけたら、獲物にたどりつくまでにおいを失わないように気をつけて。鼻の穴をちゃんと開いておくんだ――こんなふうに。いいかい？」ラッキーは鼻孔をふくらませて深く息を吸うと、鼻先をあちこちに向けて風のにおいをかいだ。「やってみれば簡単だよ。さあ、いこう」

ラッキーは生まれついての猟犬などではない。だが、こうして一行を導きながら獲物を探していると、〈森の犬〉の庇護を受けているような気分になった。あれほど釘を刺したにもかかわらず、サンシャインはなにをするにつけても騒ぎ、小枝に毛皮を引っかけるたびに、きゃんきゃん鳴いた。アルフィーは先に立って駆けだした。小さな白い前足がちらちらひらめくのがみえる。

ミッキーとベラとブルーノは努力していた――姿勢を低くしてそっと進み、小枝やかさこそ音を立てる茂み(しげ)をさけながら、手がかりを求めて空気のにおいをかいでいる。だが、身を隠(かく)すのには慣れていなかった。あまり厳しいこともいいたくなかったが、ラッキーはこう考えずにはいられなかった——あんなやり方で、ねらった小動物に気づかれないわけがない。マーサはどうかというと、そもそも体が大きくがっしりしているので、いやでも目立ってしまう。しかし、マーサの昨日の働きを考えれば、責めるわけにはいかなかった。これほどばらばらな犬の集まりなのだ。能力もばらばらだと考えて納得するしかない。

だが、ウサギやリスや、巣穴から出てきた野ネズミを捕(つか)まえるのはむずかしかった。とっくに逃(に)げてしまったにきまっている。目の前の野原からは、ネズミのはう音さえきこえてこない。きこえるのは、風が草のあいだを吹(ふ)きぬける音ばかりだ。

時間のむだだ。ラッキーはそっとため息をついた。全員を呼びあつめ、計画を変更(へんこう)することにした。

「小さい獲物(えもの)からはじめよう」ラッキーはいった。「ミミズや昆虫(こんちゅう)で練習するんだ」

「ミミズと昆虫(こんちゅう)？」サンシャインはぞっとしたようにきゃんと鳴いた。獲物(えもの)が残っていたとしても、いまの鳴き声で一匹(ぴき)残らず逃(に)げていったにちがいない。ラッキーは深呼吸をして、こらえるんだと自分にいいきかせた。

「ああ。そんなに腹がへってなければ、むりに食べる必要はないよ」

これをきいてサンシャインはおとなしくなった。

「みてごらん」ラッキーが大きな石を前足でつつき、爪をかけて引っくりかえすと、ぬれた土があらわになった。「マーサ、捕まえろ！」

マーサはさっと飛びだし、がっしりした前足でぴしゃりと土の上をたたいて、昆虫が驚いて草の中に逃げこもうとしていたところを捕まえた。こわごわと前足をあげ、うれしそうにきゃんと鳴く。土の上でもがく二匹の昆虫がみえたのだ。マーサは急いでもういちど前足を押しつけた。

「二匹！」ラッキーは声をあげた。「マーサ、すごいぞ！」

それでも、マーサはうたがわしそうな目で虫をみていた。「ほんとうに食べられるのかしら」

デイジーが元気よく飛びだしてきた。「マーサが食べるならあたしも食べてみる！」

ラッキーは、大型犬と子犬が昆虫を食べるのをみまもった。二匹はしばらく不安そうな顔をしていたが、やがて目をかがやかせて耳をぴんと立てた。

「そんなにひどくないわ！」デイジーがいう。

「思ってたよりずっとおいしいわね」マーサは、声にひかえめな驚きをこめていった。

それをきいて、群れの犬たちはたちまちやる気を取りもどした。いっせいに駆けだし、岩や丸太や木の根をみつけてその下をあさりはじめる。

しばらくしてラッキーは、アルフィーがうれしそうに緑の昆虫を捕まえるのをながめながら考えた。この計画変更は、思っていた以上にいい考えだった。犬たちにとっては獲物にしのびよる訓練になるし、成功すれば食べ物にありつくというごほうびが待っている――サンシャインだけは小さな黒い鼻にしわを寄せていたが。だがそのサンシャインさえ、空腹には勝てず、しまいにはクモや昆虫の味や歯ざわりをがまんするようになった。なかでもミッキーは、狩りのコツをしっかりつかんでいた。体を低くしてすばやく進み、雑草の茂みをふんふんかぎ、そしてすばやく飛びかかる。

「ねえブルーノ」マーサは、ブルーノが太ったクモをもぐもぐかんでいるそばで、楽しげにいった。「自分が虫を捕まえるようになるなんて、考えたことあった?」

「いいや、まったく」ブルーノはくすくす笑ってクモを飲みこんだ。「まったく!」

虫を捕まえているうちに、一行は細長くのびた林の入り口に近づいていた。ラッキーは風のにおいをかいだ。ここには巣穴を持たない大きな獲物がいるだろう。リスや小鳥――運がよければ卵のある鳥の巣もみつかるかもしれない。さっきよりもむずかしい挑戦をしてみてもいい。

すでに〈太陽の犬〉は空高くにのぼっているし、虫だけではからっぽの胃は満たされない。

ミッキーが、驚くほど静かにラッキーのそばにきて、ためらいがちに口を開いた。

「ラッキー……ちょっと考えていたんだが」

「なんだい？」

ミッキーは、少しきまりわるそうな顔をしていた。「きみが狩りが得意だというのはわかる。だが……ウサギというのは、とても足が速い。わたしはこんなふうに思ったんだが、どうだろう……」前足に視線を落とし、ミッキーは話を続けた。「まず、ブルーノとアルフィーに木立のむこうへいってもらうんだ。風下のほうへ。それからきみとわたしとほかの仲間たちがここから獲物を追いたてる……わざと、わたしたちのにおいに気づかせるんだ。獲物が走っていったら、その先には——」

「ブルーノとアルフィーが待ってるのか！」すばらしい計画だった！　ラッキーはすっかり感心した。「やってみる価値があると思う。さっそくみんなに話してみよう」

群れの中にはうたがわしそうな顔をしている者もいたが、ブルーノとアルフィーはよろこんで計画に乗り、慎重に遠回りをして木立のむこうへ駆けていった。二匹は、そのがっしりした姿には不似合いなほど、ほとんど音を立てずに移動した。甘やかされているとばかり思っていたが、この犬たちは飲みこみが早かった。鳥が三羽ほど驚いてとびたち、木の枝のあいだでばさばさ音を立てながら空に舞いあがっていった。ネズミが一匹、木の幹に開いた穴の中に逃げこんでいった。だが、獲物がいっせいに逃げだすことはなかった。すでに〈太陽の犬〉は空のてっぺんに駆けあがっている――小動物たちは、日の光に温められて、そろそろ昼寝をはじめるころだろう。

ミッキーは狩りの才能を発揮しつつあった。下生えに身を隠して獲物のにおいを探し、最初にみつけたリスが松の木にのぼってしまうと、すぐにあきらめた。やみくもに深追いして、時間と体力をむだにすることはない。デイジーは肉を食べられると思ってすっかりはしゃぎ、両方の前足を松の幹に当ててきゃんきゃん鳴いた。だが、それほどひどいことにはならなかった――そそっかしいウサギが一羽、びっくりして草のあいだからとびだしてきたのだ。

ミッキーとデイジーはすぐにウサギのあとを追った。ラッキーは駆けだしたいのをぐっとこらえた――これは〈囚われの犬〉たちの挑戦であって、自分の挑戦ではない。木立のはしに平たい岩があったので、その上から狩りのようすをみまもることにした。デイジーが驚かしたウサギは巣穴に逃げこんでしまったが、べつの一羽がパニックを起こして逃げだした――ブルーノとアルフィーが待ちかまえているほうへむかって、まっしぐらに走っていく。ラッキーは血が騒ぐのを感じた。うまくいくかもしれない！

　ベラとミッキーがウサギを追いかけはじめると、サンシャインまでそこに加わった。小さなデイジーは興奮してやみくもに吠えている——またデイジーか！　ラッキーはうんざりした。少しは落ちつけないのだろうか。

　だが、茂みからとびだしたブルーノとアルフィーをみて、ウサギがくるりと向きをかえたとき、その真正面にいたのはデイジーだった。ウサギが足のあいだをくぐりぬけようとしているのをみてとると、デイジーは前足を振りかざしてすばやくとびかかり——そして捕まえた！

　ウサギが激しく暴れたのでデイジーはすぐに逃がしてしまったが、ほかの犬たちがすぐさま襲いかかった。マーサが頑丈な前足でウサギの背中をしっかりおさえつけると、デイジーがうしろ足に思いきりかみついた。ウサギが動けなくなったところをブルーノが引きうけ、力強いあごでひとかみしてとどめを刺した。

　少しのあいだ、犬たちはその場に立ってはあはあ息を切らし、うれしそうに顔をみあわせた。

「やったわ！」サンシャインがきゃんきゃん鳴いた。

「デイジー、おみごと」ブルーノがしゃがれ声でいいながら、死んだウサギを地面に落とした。

「おみごと！」

これっぽっちじゃ、全員分の腹を満たすことはできない。ラッキーは考えながら、まだ温かいウサギを前足でおさえ、小さくかみちぎりはじめた。これははじまりにすぎない。なによりもこの成功によって、ラッキーはもう一度明るい見通しを抱(いだ)くことができた。ミッキーは、生まれもった本能を取りもどしつつある。それは〈囚(とら)われの犬〉にも、いまなお本能が残っていることのさらなる証(あかし)だ。その本能に頼(たよ)れば、生きのびることができるかもしれない。ミッキーは体の奥で目覚めはじめたみずからの本能の声に耳をかたむけている。ほかの犬たちがミッキーの例に続くことができれば、真の群れを作ることができるかもしれない——自由な野生の群れを！

15 完ぺきな場所

川辺のくぼみは、体を落ちつけて野宿をするにはもってこいの場所だった。前の日も眠ったこのくぼみは、たしかにひと晩を明かすだけなら問題ない。だが、ラッキーは、もっとしっかりした基地が必要だと考えていた。身を守るための場所をみつけなくてはいけない。

くぼみのうしろには広めの草地がある。川を背にしてのびる傾斜の陰になり、厚く茂ったいばらが屋根のかわりになっていた。この茂みがあれば雨をしのげるだろう。

ウサギと虫で少し空腹がおさまった犬たちは、しゃがんで、石の上を流れるここちのいい川の音に耳を澄ましたり、日の光がさざ波の立つ水面できらめくのをながめたりしていた。

「すてきだわ」サンシャインはしあわせそうにため息をついた。「新しいおうちをこんなにすぐにみつけられるなんて」

「ニンゲンたちからもあまり離れていない」ミッキーがいった。「ニンゲンがもどってきたら、すぐに街へもどれる」

ラッキーはがっかりして思わずうなり声をもらしそうになったが、のどの奥を小さく鳴らすだけにとどめておいた。「あんまり気をぬいちゃだめだ」ラッキーは釘を刺した。「油断しちゃいけない」

「そんな必要ないよ」アルフィーがきゃんきゃん鳴いた。「ここでのんびりしてればいい。こんな場所をみつけられるなんて、きみはすごいよ」

だまっているのが一番だ。ラッキーはそう考えて、わざと明るい声を出した。「ここは快適だけど、じきに小石が体に当たるのが気になりはじめる。葉っぱを集めてこよう。草の上にじかに寝るよりずっと気持ちがいいぞ」

犬たちは乗り気になって、文句もいわずに仕事に取りかかった。元気よく木立の中に入っていくと、やわらかい落ち葉を口いっぱいにくわえてもどり、茂みにおおわれた地面にばらまいた。やがて十分な量の落ち葉が集まった。ベラとマーサは前足で落ち葉をかきあつめてふわふわしたベッドを作り、体を寄せあえば全員が寝られるくらいの広さにならしていった。

ベラが一歩下がって満足そうに仕事の成果を確かめていると、さっそくサンシャインが落ち葉のベッドにとびこんではあはあ息をした。

「野生の暮らしって大変なのね」

ベラはサンシャインの耳をなめた。「これで終わりじゃないわ」

「ベラのいうとおりだ」ラッキーがうなずく。「これからは自分の頭で考えて動かなくちゃいけない。ぼくたちにはそれぞれちがった才能がある。その才能を役に立てるんだ」

「あたしには才能なんてないわ」サンシャインが悲しげにいって、耳を垂れた。

「そんなことはないよ」ラッキーは心からいった。「きみにはよくみえる目と鋭い鼻がある。だから、危険が迫っていないか確かめるためにパトロールをしてもらえないかな。デイジーといっしょに！」

デイジーははしゃいできゃんと鳴いた。「するわ！　あたしパトロールする！」

「あたし、できるかしら？」サンシャインは、自信がなさそうに耳を立てた。「いいわ、ラッキー！　一生懸命やってみる。ついでにもう少し葉っぱを集めてきてもいいし……」

ラッキーは愉快そうに目をかがやかせた。「いまのところ葉っぱは十分だと思うよ。だけど、気をつけてみていたら、ほかにも役に立つものがみつかるかもしれない。アルフィーも、使えそうなものがないか探しにいってくれるかい？　ミッキー、きみには食糧を探す責任者になってもらいたい」

「そうよ」ベラがいった。「ミッキーは狩りが一番上手だもの。わたしもいっしょにいくわ」

　ミッキーは誇らしげに大きく胸を張り、グローブをくわえたままきゃんきゃん鳴いた。

「ブルーノとマーサにはここで番をしてもらったらどう？」ベラは首をかしげてラッキーをみた。

「そうしよう！　マーサ、きみは川辺にいてもらうのが一番だ。問題がないかどうか目を光らせていてくれ」

　犬たちはラッキーのまわりで半円をえがいてすわり、その顔に誇らしさとよろこびを浮かべていた。ラッキーは自分でも意外だったが、犬たちが自分に寄せた信頼に胸を動かされた。はげますようにひと声鳴き、前足で地面を引っかく。「さあ、取りかかろう！」

　サンシャインはラッキーのあとをついて駆け、デイジーとアルフィーもそれに続いた。一行は急ごしらえの野営地を出た。

「ニンゲンたちをみかけた原っぱにもどってみるかい？」アルフィーがいった。「ラッキー、どう思う？」

　ラッキーのとなりで、デイジーが不安そうに体を震わせた。「あそこをまっすぐめざさなくてもいいんじゃないかな」ラッキーは、だいじょうぶだよというしるしに、鼻先でデイジーの頭をそっとつついた。「だけど、遠回りしながら近くまでいってみる価値はあるかもしれない。黄色い服のニンゲンたちと鉢合わせするのは避けたいけど、なにか使えるものを残していったかもしれないからね」

「いい考えだ！」アルフィーはきゃんと鳴き、さっそく駆けだした。草深い尾根をめざしてゆるい坂道をのぼっていく。

このあたりはラッキーが望むほどには街から離れていなかったが、ニンゲンたちが住んでいた家々が残っているという利点があった。いくらもいかないうちに、小さな木造の家がみえてきた。生き物の気配はなく、両側を荒れた野原とみすぼらしい木立にはさまれている。これもニンゲンの家なのだろうか――それとも、なにかべつの建物なのだろうか。

ラッキーは注意深く地面のにおいをかいでみたが、新しいにおいはみつからなかった。「サンシャイン、手伝ってくれるかい？」

サンシャインは黄色い革ひもを地面に置くと、ラッキーといっしょにあたりのにおいをかいだ。だが、土のすぐ近くに鼻先を近づけてみても、手がかりはみつからなかった。「まわりのようすをみてみよう」ラッキーは小声でいった。

四匹はぼろぼろになったフェンスのまわりを慎重に進みながら、調査を続けていった。みすぼらしい建物がひとつ、家のほうにかたむいて建っていた。あのいやなにおいの液体を飲んだときのニンゲンのように、危なっかしげにゆれている。ラッキーが割れた木の扉に前足を当てると、扉はいきなりたわんだ。ラッキーがあわててとびのくと、扉はうめき声のような音を立ててきしみ、内側に倒れこんだ。

犬たちは首の毛を逆立てて、空気のよどんだ建物に入っていった。中には、ニンゲンがジドウシャを走らせるために飲ませるジュースのにおいが充満していた。だが、この小屋にいるジドウシャは、じっとうずくまって眠っているようだった。最後に動いたのはずっと前のようだ。体はあちこちへこみ、さび、ゴム製の丸い足は石の床の上でぺしゃんこになっている。大きな丸い目からは光が消えていて、ラッキーがドアのひとつに前足で触れても、なんの反応もみせなかった。窓のひとつは割れていて、下に鋭い破片が散乱していた。

「このジドウシャはもうずっと使われてないのよ」デイジーは得意げに知っていることを披露した。

「吠えそうにはみえないな……」ラッキーはうたがわしそうにいった。

「もちろん、吠えないわ」サンシャインがいった。「もう死んでるもの」

この犬たちは、ぼくよりずっとニンゲンのことを知ってるんだ……ラッキーはそう考えながら、おずおずとジドウシャのドアをつついてみた。だが、街でみつけたジドウシャとはちがって、ドアは開いてくれなかった。街のジドウシャはラッキーを中に入れて、ひと晩泊めてくれたのだが。

アルフィーは、ドアに取りつけられた小さな金属の棒に向かって吠えた。

「これだ。ラッキー、この棒を引っぱるんだ！」

ラッキーはためらいを捨て、金属のレバーを前足で引っかいた。そのうち、なにかをつかんだような感じとともに、かちっという大きな音がした。デイジーはさっそくドアのはしをくわえ、思いきり引っぱった。

ラッキーはデイジーを尊敬したようにみつめ、それからジドウシャの中のにおいをかいだ。

「デイジー、すごいじゃないか」

デイジーはうれしそうに茶色いしっぽを振った。「中をみてみましょ！」

ジドウシャの中は、ニンゲンが吸う煙のにおいが濃く残っていた。日に焼けたシートはやぶれ、かびくさい。ラッキーは鼻先にしわをよせた。だがアルフィーはラッキーのそばをすりぬけて中に入り、シートを包む革を牙で引っぱりはじめた。

やっぱりこのジドウシャは死んでるんだ。ラッキーは考えた。生きていれば、痛がって悲鳴をあげたにきまっている。

　そう確信すると、ラッキーはアルフィーといっしょになって革を引っぱった。すると革は、ぞくぞくするほど痛快な音を立ててやぶれた。「だけど、これは食べられないよ」ラッキーはけげんそうにいった。

「ぼくは食べたことがあるよ」アルフィーはいたずらっぽい顔でいった。「なんども食べた。おいしくはないけど楽しいんだ」

　サンシャインは、わかるわといいたげに笑った。「あたしのニンゲンは、シートをかむとすごく怒ったの！」

「でも、ぶたれたりはしなかったでしょ」デイジーがいった。

「あたりまえよ」サンシャインは澄ましていった。「ぶたれたことなんて一度もないわ。おやすみの前のおやつはもらえなくなったけど、そんなこと気にならないくらい楽しいんだもの」

「大事なのはね」デイジーはラッキーにいった。「この革のうえに寝転がるとすごく気持ちがいいってこと」

　ラッキーは耳をぴんと立て、大きくしっぽを振りながら犬たちの顔を一匹ずつみまわした。

「さすがじゃないか！」ラッキーは、三匹の賢さが誇らしかった。それから、さっきよりもいっそう熱心に革を引きさきはじめた。

「こっちにはクッションもあるわ」サンシャインはシートの背に前足をかけて立ち、はあはあ
あえぎながらうしろをのぞきこんだ。「あんまりきれいじゃないけど、寝床に置けば気持ちがいいでしょ」

小屋をあとにするころには、一行は口いっぱいにジドウシャのやわらかい革をくわえ、やぶれたクッションもひとつくわえていた。全部を運んで野営地へもどるのは大変だったが、サンシャインでさえ不平をもらさなかった。群れの仲間たちに出迎えられると、サンシャインは頭をしゃんとあげ、得意そうに駆けていった。

「デイジー！」ベラが声をあげた。「みんな！　どこでみつけたの？」

デイジーとサンシャインははしゃいで息を切らしていたので、一部始終を話してきかせるには長い時間がかかった。二匹が冒険の話をしているあいだ、ラッキーとアルフィーはクッションと革を木の葉の寝床まで運んでいかなければならなかった。だが、ラッキーは気にしなかった。デイジーとサンシャインは、自分たちの中に芽生えた犬の本能を誇らしく思っているのだ。

ベラはりっぱになった寝床をうっとりながめながら、ラッキーに話しかけた。「わたしたちのほうもいいことがあったのよ。ミッキーがリスをみつけたし、いっしょにウサギも捕まえた

んだから！」

「すごいじゃないか」ラッキーはベラの鼻をなめた。「ぼくたちの分も残しておいてくれたかい？」

「まだ口もつけてないわ」ベラはふざけて怒ったようにいった。「先に食べるわけないでしょう？」

それは――ラッキーは心の中で思った――きみたちが、ほんとうの空腹を知らないからだよ。だが、実際にはこう答えただけだった。「ベラ、ありがとう！　すごいチームワークだ」

「それだけじゃないわ」ベラはラッキーの鼻をそっとかんだ。「いっしょにきて。マーサがいいものをみつけたの」

ベラはラッキーを連れて川のほうへ向かった。マーサとミッキーは土手の上の大きな岩を、熱心に前足でつついている。ラッキーとベラは二匹のしていることを正面からみるために、川の中へ入っていかなければならなかった。

「みてちょうだい！」マーサはあはあいいながらラッキーを振りかえった。「すごいでしょう？」

ラッキーは大きく平たい岩をみつめていたが、すぐに、二匹が石に穴を開けようとしているわけではないことに気づいた。岩の下には太い木の根が作った小さな空洞があり、ミッキーとマーサはその空洞をさらに大きくしようとしているのだ。穴はすでに深くなり、川の水はそのふちのすぐそばを流れていた。マーサは期待をこめた目で、鼻先で空洞を調べるラッキーをみまもっていた。

「食糧があまったら、ここにしまっておけばいいと思うの——あまるかどうかはわからないけど。ここに入れておけば冷たいまま保てるし、味も悪くならないし、すぐに腐ってしまうこともないわ。ニンゲンのレイゾウコみたいに！」

ラッキーは一歩下がって小川の中にもどった。すっかり感心していた。「マーサ、すごいじゃないか」

「そうでしょう？　これはマーサとミッキーの思いつきなの」ベラは仲間たちのことが心から誇らしいようだった。内心、保存できるほどの食糧を確保できるかどうか不安だったが、それでもマーサたちのアイデアは、ニンゲンのもとにいた二匹ならではの実用的なものだった。ラッキーには決して思いつくことができない。

ベラはラッキーの考えを読みとったかのようにつけくわえた。「少しでいいから、できるだけ食糧を残しておいたほうがいいと思うの。むずかしいとは思うけど、そうしておけば、もしものことがあっても助かるでしょう。そうね——たとえば、もし食べ物がまったく手に入らない日があったとしても」

「いい考えだ」ラッキーは賛成した。「とにかく、いまはみんなおなかがぺこぺこだと思う。きみたちの獲物をみんなで分けよう」

それはすてきな提案だった。犬たちはうっとりした顔で、ラッキーがウサギとリスを分けるのをながめていた。牙を使って肉を小さく分け、それぞれを仲間たちのほうへ押しやる。作業をしながら、ラッキーは空をちらりとみた。みあげたとたん、背中の毛が逆立った。空は灰色にどんよりとくもっていた。〈天空の犬〉たちがなにかをはじめようとしているのかもしれない。ささげものをして、急いで食事を終えてしまったほうがいい。そのとき、ラッキーはふと思いいたった。

「〈大地の犬〉に食糧をささげたのは、ずいぶん前だ」ラッキーは、恥ずかしそうに声をあげた。「自分を守るのにせいいっぱいで、ひと切れだって分ける余裕がなかった。〈大地の犬〉のおかげでここまでこられたっていうのに。お礼にささげものをしなくちゃいけない」

「だけど——」ブルーノは、地面を掘りはじめたラッキーになにかいおうと口を開いたが、すぐに、マーサがだまっていなさいといいたげに自分をにらんでいることに気づいた。

ラッキーはウサギの足をくわえていくと、うやうやしい仕草で穴の中に落とした。目を閉じて〈大地の犬〉に感謝の祈りをささげると、肉の上に土をかけた。

顔をあげると、犬たちがじっと自分をみつめていた。だが、余計な口をはさまないほうがいいとわかっているようだった。いずれみんなにも、理解できるときがくるだろう。

「さあ」ラッキーはいった。「食べよう！」

犬たちは顔をみあわせて、ほっとしたように肩の力をぬくと、口のまわりをぺろぺろなめながら、ラッキーが肉をすべて分けてしまうのを待った。全員にひとつずつ肉がわたっても、まだ肉片がふたつ残っていた。ミッキーが肉の上に前足を置いた。

「これはレイゾウコに入れておくことにしよう。明日のために」

「そうだね」ラッキーは、やわらかいウサギの腹肉をかむ口を休めて答えた。ミッキーの案には賛成だったが、それでもどうしてもその言葉が引っかかった。「だけど、獲物の箱と呼ぶことにしないか？　レイゾウコじゃなくて」

ベラはおもしろがるような声で吠え、ラッキーの耳をやさしくなめた。「もちろん、そうしましょう。そっちのほうがすてきだもの。すごく……すごく犬らしいわ」

「よかった」ラッキーはほっとしてうなずいた。ちょうどそのとき、ラッキーは耳に冷たいものを感じた。首を振ると今度は、頭ともう片方の耳に同じものが当たった。「雨が――」

思ったとおりだった。犬たちがそろって顔をあげた瞬間、遠くのほうから〈天空の犬〉がうなるごろごろという音がきこえ、だしぬけに激しい雨が降りはじめた。サンシャインはマーサの腹の下にもぐりこんで、くんくん鳴いた。

「雷はいや！」

「〈天空の犬〉がまた戦いをはじめたんだ」ラッキーは身ぶるいした。「ぼくらの野営地を試すときがきた」

犬たちは厚いいばらの茂みの陰になった寝床へもぐりこみ、温かな体を寄せあった。真ん中にはサンシャインとデイジーがうずくまっている。どの犬も、ニンゲンの形見をそばに引きよせていた――ミッキーはグローブにくっついて横になり、デイジーは革の袋に片方の前足をのせている。ラッキーはわき腹に押しつけられたサンシャインの震える体と、自分の肩に頭をのせたベラの体温を感じていた。ほかの犬たちと体を寄せあいながらその鼓動をきいていると、子犬時代の思い出が頭の中によみがえってくる。だが、不安は感じない。いま、記憶は安らぎだけを運んできた。

嵐はすぐにおさまった。ラッキーが顔をあげると、明るくなっていく空と、黒い雷雲が雷鳴を響かせながら海のほうへ流れていくのがみえた。

「なにが起こったかわかるかい？」ラッキーは独り言のようにいった。

「わからないわ」サンシャインが弱々しい声でいう。ラッキーは、お話をきかせれば、子犬の気分も少しは晴れるだろうと考えた。サンシャインは仲間のあいだから少しだけ前に出て、まっすぐにラッキーの顔をみあげた。

「〈天空の犬〉たちが、〈大地の犬〉をからかおうとしてライトニングという名の犬を下界に送りこんだんだ。だけど〈太陽の犬〉はそのいたずらに感心しないで、怒りをこめてうなった――それがごろごろいう音の正体だ――そしてライトニングを〈天空の犬〉のいるところへ追いかえした。ほら、〈太陽の犬〉がまたかがやきだしたから、ぬれた葉っぱがきらきら光ってるだろう。みえるかい？」

ラッキーは犬たちの震える体をそっとまたいでこえると、空気のにおいをかいだ。あたりにはまだ戦いと雷の気配が残っているが、空は澄みわたっていた。

ラッキーが振りかえると、犬たちは不安とも期待ともつかない表情を浮かべていた。寝床にはわずかに雨が降りこんでいたが、頭上をおおう茂みは十分に屋根の役割を果たしていた。ラッキーはしあわせそうに吠えた。

「ほら！　〈天空の犬〉たちが新鮮な水を与えてくれた！」

茂みの外にとびだしてみると、くぼみに新しい雨水がたまってかがやいていた。ラッキーは勢いよく水たまりにとびこんだ。ブルーノとミッキーがうれしそうに吠えながらあとに続き、ほかの犬たちもすぐに仲間にくわわった。

澄んだ水たまりはたちまち泥水に変わり、犬たちの足や腹を黒く染めた。最初に水たまりをぬけたのはサンシャインだった。川のほうへとことこ歩いていくと、岸近くでおだやかに渦をえがく水の中にそっとつかり、白い毛皮についた汚れを洗いながした。犬たちは川の中で体を洗ってから――ブルーノだけは、不安そうにマーサのそばから離れなかった――岸にもどり、体を振って乾かした。だがラッキーがみているかぎり、犬たちは体を振りながら、たがいの体をびしょぬれにしているようだった。飛びちる水しぶきが、明るい日の光を浴びてかがやいていた。

ラッキーはあえぎながら川べりの平らな岩に腹ばいになり、ミッキーが乾いた砂の上で満足そうに転がるのをながめた。〈太陽の犬〉の光を受けたわき腹が、ゆったり上下している。ベラがそのとなりに寝そべると、すぐにほかの犬たちもそれをまねた。マーサだけは川の中に残り、水面をぴちゃぴちゃなめながら、足のあいだを水が流れていく感触を楽しんでいた。

サンシャインのいうとおりだ。ラッキーは考えた。ここは完ぺきな場所だった。

ラッキーは、念入りに足をなめた。きっとすぐに、この足を使って平野を駆(か)けていくときがやってくる……。

だが、この犬たちを見捨てていく気にはなれなかった。いまはまだ。みんな少しずつ、内なる本能の声に耳をかたむけるのがうまくなっている——どんどん上達している——それでも先はまだ長い。自分たちのめんどうをみられるようになったら、狩(か)りの仕方を学んで自力で力強く生きていけるようになったら——そのときこそ、自分が去るときなのだろう。

16 首輪

「みて、こんなの捕まえたわ！」

　ラッキーは片目を開け、片方の耳をぴくりと立てた。この数日、毎日のようにこの声に起こされている。温かい日の光とハチの羽音がここちよくて目を覚ます気になれない。だがデイジーは、ラッキーにほめてもらうのが大好きなのだ。ラッキーは寝ぼけた頭で、今度はなにを持ってきたのだろうと考えた。戦利品の昆虫に感心した振りをしてみせるのは骨が折れたが、それでもラッキーはこの子犬が好きだったし、がっかりさせたくなかった。そこで体を引きずるように起きあがると、待ちきれないという振りをしてふんふん鼻を鳴らした。デイジーははねるような足取りでそばにきた。

　ラッキーの前足のそばに、デイジーは獲物を落とした。昆虫よりもずっと大きく、そしてふわふわしている。

「モグラ？　すごいじゃないか！」ラッキーは感心してデイジーの鼻をなめ、獲物の大きく平たい前足をそっとかいだ。このなめらかな黒い毛皮を持つ獣は驚くような速さでトンネルを掘ることができる。犬が土を引っかきはじめたころには、すでに前足の届かないところに逃げているのだ。ラッキーでさえ、狩りをはじめてからたった二匹しか捕まえたことがない！

デイジーは誇らしそうに胸を張り、しっぽをぶんぶん振った。ベラ、ブルーノ、アルフィーとマーサもそばにきて、モグラをほれぼれとながめた。

「デイジー、すごいじゃない！」ベラがいった。「わたしはモグラなんて捕まえたことないわ！」

ラッキーは愛情をこめてベラをみた。ベラも、デイジーのような犬はほめてやるのが一番だとわかっているのだ。まだほんの子犬で、いろいろなことを吸収しようと一生懸命になっている。ベラには分別と本能がある――ラッキーはそう考えて温かい気持ちになった。自分がいなくなったあと、ベラは群れの良きアルファになるだろう。

この犬たちは、ひとつの群れとしてのまとまりをみせつつあった。ラッキーはそのきざしをみるたびに、この調子なら荒野でも生きていけるかもしれない、という希望をいだいた。ラッキーは何日か前から一歩引き、かわりに、ミッキーに群れをまとめる役割を任せることにしていた。指示を出す牧羊犬のミッキーと監督をするラッキーのもとで、〈囚われの犬〉たちは狩りの腕前をあげつつある。協力して獲物を追いたてたところを、べつの数匹が待ちかまえて捕らえる。この方法で、彼らはウサギを数匹と、リスを一匹しとめることができた。これだけあれば飢えをしのぐには十分だった。昆虫や地虫、シカの死体も食糧だった。シカはラッキーのみたところ、ニンゲンが持っている火花を散らす鉄の筒に襲われたのではなく、衰弱して死んだようだった。あのサンシャインでさえ、野生動物の生肉をおいしいと思えるようになっていた。じきに、自力で生きていけるようになるだろう。

だが、頭の中にはあのいやな夢の映像がくりかえし浮かんできて、ラッキーをたえず悩ませていた。もし、これから不吉なことが起こるのなら、この〈囚われの犬〉たちもラッキーと同じくらいの力をつけなければならない。

ラッキーは前足でモグラを押さえ、歯を使って分けはじめた。誇らしい気持ちでこう考える――旅をはじめたときは、デイジーは絶対にモグラなんて捕まえられなかった!

めいめいに割りあてられた肉はほんのわずかだったが、デイジーはまじめくさった顔で、一番大きな肉をラッキーのほうに鼻先で押してよこした。

「ラッキーがいてくれなかったら、あたしたちひどい目にあってたと思うの。でもあたし、いまでは狩りができるのよ！」

「そのとおりよ、デイジー」ベラはおごそかにうなずいた。「きっとウサギだって捕まえられるわ」

「うん！」デイジーはきゃんと鳴いてくるりとうしろを向き、さっそく一羽捕まえに走っていこうとした。ところがそのとき、だしぬけにかん高い吠え声が響いてきた。

犬たちは声のきこえてくるほうを向き、首元の毛を逆立てて耳をぴんと立てた。ラッキーは声の主がすぐにわかった。マーサが吠える。「サンシャインだわ！」

思ったとおり、サンシャインが木立を駆けぬけてきて、足をもつれさせながら群れの前で止まった。おおあわてで走ってきたせいで息を切らし、苦しそうな声で叫んだ。「ミッキーが！ミッキーが動けないの！」

「サンシャイン、落ちついて！」ベラが鋭い声でいった。「動けないってどういうこと？」

「首輪が――ああ、おねがいだからいっしょにきて。息ができないみたいなの！」

ラッキーがいち早く駆けだし、ほかの犬たちもすぐあとに続いた。一行はサンシャインに連れられて小さな空き地をぬけ、からみあうように茂ったとげの多い下生えの前に出た。

「ここよ！　ミッキーはここ！」サンシャインは前足で茂みをさした。

茂（しげ）みのあいだからミッキーの鼻先がつきだしていた。ラッキーが目をこらすと、暗がりの中にミッキーの目がみえた。恐怖（きょうふ）をいっぱいに浮（う）かべて、白目が目立つほど大きく見開いている。舌をだらりと垂らし、ぜえぜえいいながら必死で肺に空気を入れようとしていた。

「ミッキー、動いちゃだめだ！」ラッキーはひと目で、ミッキーが危険な状況（じょうきょう）にあることがわかった。厚い茂（しげ）みをかきわけようとすると、たちまちいばらに足の裏を刺（さ）された。ほかの犬たちもラッキーのすぐうしろに集まった。いつものようにうろたえて体を寄せあうのではなく、心配そうにことのなりゆきをみまもっている。二匹（ひき）から十分な距離（きょり）は置いていたが、それでもこらえきれずに、まったく役に立たないアドバイスを叫（さけ）びはじめた。

「ラッキー、引っぱれ！」

「枝をかみきれ！」

サンシャインはもどかしそうに、前足で地面を引っかいた。「ああラッキー、おねがいだからミッキーを助けて。ミッキーは、あたしに狩（か）りを教えてくれてただけなの。あたしすごく下手なのに、ミッキーはちゃんと……」

「サンシャイン、いま助けようとしてるんだ。静かにしてくれ。ベラ、こっちへ！」

ベラはすぐにラッキーのそばにいった。「なにをすればいい？」

ラッキーは急いで頭を働かせた。このまま首輪に首をしめられつづければ、ミッキーはやがて息が詰まって死んでしまう。いばらの茂みにしっかりからめとられ、前に進むことはむずかしいようだ。だが、もし……。

「ベラ、きみの頭はぼくより小さい。ミッキーの首輪をくわえられるかい？」

ベラはそろそろと茂みの中に頭をもぐりこませた。とげに鼻や耳を引っかかれたが、どうにかミッキーの首輪をくわえることができた。

「しっかりくわえていてくれ！　そうだ——ミッキー、きみはうしろに下がるんだ」

ミッキーはおびえたようにラッキーをみあげた。「うしろに？」息を飲む。「茂みの中にもぐっていけというのかい？」

「そうだ。体をうまく動かしてうしろへいくんだ。ぼくを信じてくれ！」

ミッキーは、すぐにいわれたとおりした。ラッキーはその姿をみて、思わず胸の中でぼやいた——ぼくだって自分のことを信頼できるといいのに……。

ミッキーは地面に置いた前足に思いきり力をこめ、身をよじるようにしてうしろに下がっていった。とげが皮ふを刺すたびにびくりと体を震わせるが、それでも、休むことなくゆっくりと茂みの奥へもぐっていく。ベラは、ミッキーがもがいても絶対に首輪から口をはなさず、砂まじりの土の上で懸命に踏んばっていた。

「そうだ！　いいぞ」ラッキーが叫んだ。「ミッキー、もう少しだ。首をひねってくれ――ベラ、引っぱれ！」

ミッキーは勢いあまって茂みの中でよろめき、とげに尻を刺されてきゃんと鳴いた。だが首輪は外れ、ベラの口からぶら下がっていた。ミッキーは急いでいばらの茂みからはいだした。犬たちはミッキーのまわりに集まり、ほっとして、うれしそうにくんくん鳴いた。

サンシャインがはねてきて、ミッキーのあごをなめた。「ミッキー、ぶじでよかった！　ああ、ありがとう、ラッキー。きっと助けてくれると思った」

「がんばったのはミッキーとベラだ」ラッキーはいった。「ミッキー、けがはないかい？」

ミッキーは足を踏んばって思いきり体を振ると、小枝や葉っぱを払いおとした。「かすり傷だ。ラッキー、すまなかった。わたしが軽はずみだったよ」

「こんな失敗はだれにだってあるよ」ラッキーはミッキーをなぐさめ、皮肉っぽくつけくわえた。「首輪をつけていれば、だれにだって」

「首輪！」ミッキーははっとしていった。そわそわあたりをみまわし、ベラの口に茶色い革の首輪が引っかかっているのに気づいた。ミッキーは感謝をこめてベラの鼻をなめた。「きみが持っていってくれたのか。それに壊れてもいない！」

　ブルーノが進みでて、ミッキーの首輪の片はしをくわえた。ベラといっしょに首輪を持ち、左右から引っぱっていっぱいに広げる。すると、ミッキーは首輪の中に鼻を差しこみ、頭をねじこみはじめた。ラッキーは自分の目が信じられなかった。

「なにをしてるんだ？」

　ブルーノが驚いたようにラッキーをみた。「もちろん、手伝ってるのさ」

「手伝うって、なにを？」ラッキーは困惑してすわりこんだ。「また首輪をはめるつもりかい？」

「もちろん」ミッキーは心配そうにラッキーの顔をみた。そのとなりで、ベラはうしろめたそうな顔をしている。「これはわたしの首輪だ。つけてはいけない理由があるかい？」

「いま起こったことが理由だよ！」ラッキーはかっとなって吠えた。「ぼくたちがいなかったら、きみはいばらに捕まったままだったんだぞ！」

「だけど、きみたちはここにいただろう」ミッキーはもっともらしくいった。

　ラッキーは空をあおぎ、怒りにまかせて激しく吠えた。「そんなものは捨ててしまえ！　首輪はきみたちをしばり、息を詰まらせる。ほかの犬と争うことになったら、勝てるチャンスはないぞ！」

「うそだ！」ブルーノが鋭い声をあげた。誇らしげに肩をそびやかし、首を前につきだす。「勝てるチャンスがないだって？　おれには闘犬の血が流れてる！　首輪をつけていようといまいと、それは変わらない！」

「ブルーノのいうとおりよ」サンシャインがきゃんきゃん鳴き、ほかの犬たちもそうだといいたげに吠えた。

ラッキーは、もうがまんできなかった。背中の毛を逆立てて鼻にしわをよせる。この犬たちにはうんざりだった――壊れた世界で生きていく力を十分に示したと思えば、つぎの日には子犬のようにおろかになって、ニンゲンに囚われていた日々に未練をみせるのだ。

「じゃあ、みせてやる！」ラッキーはうなり、ブルーノに突進していった。ブルーノはぎょっとしてたじろぎ、つぎの瞬間には、太い革の首輪をラッキーにしっかりとくわえられていた。バランスをたもとうと、もがいたがむだだった。ラッキーはブルーノの体をぐっと引きよせ、首をひとひねりしただけで地面に引きたおした。ブルーノの体はがっしりしているが、首輪をくわえれば、てこの原理で簡単に放りなげることができる。

犬たちはおびえ、やめてくれと吠えた。ブルーノはきゃんきゃん鳴いて反撃しようとしたが、立ちあがることさえできなかった。ラッキーは、大きなリスでも捕まえたかのように、ブルーノの体を振りまわした。

「ああ、ラッキー、やめて！」デイジーは、騒ぐ犬たちの中から、ひときわ大きな悲鳴をあげた。「けがしちゃうわ！」

ラッキーが口をはなすと、ブルーノはぐったり横たわって苦しげにあえいだ。ラッキーはその胸に前足を置いた――もう十分だった。ブルーノはうなりながら寝返りを打ち、ふらつく足で立ちあがって激しく体を振った。ラッキーはもういちど相手の目をみすえてにらみつけた。やがて、ブルーノは視線を下に落とした。

「どうだ」ラッキーはいった。「もうわかっただろう？」低い声で続けると、ブルーノから目をそらした。争いは終わりだという合図だ。罪悪感が皮ふをちくちく刺した。かわいそうに、群れに対する怒りを、勇敢なブルーノにぶつけてしまった。こんなことはするべきではなかった……。

それでもこの犬たちは学ばなければならないし、教える者は自分しかいないのだ。「首輪がどれだけ弱点になるかわかっただろう？　ふつうに戦えば勝つのはブルーノのほうだった」屈強な犬のほうをちらりとみる。「だけど、首輪をつけているかぎり、ぼくは相手を好きなようにできる。わかってくれ。その首輪は外すべきなんだ」

犬たちはぼう然として顔をみあわせた。前足に目を落としている者もいる。最初に口を開く勇気を出したのは、小さなデイジーだった。

「ラッキー」弱々しい声でいう。「あなたが首輪のことをどう思ってるかはわかってるわ。あたしたち、みんなわかってる。でも――でも、この首輪はね、あきらめられないの。むりなの。ほかのことならなんでもするわ。でも、おねがいだからこれだけは許して。首輪は、ニンゲンとつながっていることの証なの。自分がだれかのもので愛されているって証、そして、気にかけてくれるニンゲンがいるって証なの。それはすごく大事なことなの。あたしたちみんなにとってそうなの」

ラッキーはめんくらってデイジーをみつめた。この幼い犬から、これほどしっかりした言葉をきくとは思いもしなかった。

「だけどデイジー」ラッキーはいった。「もうきみのニンゲンはいない。いなくなったじゃないか」

デイジーはくんくん鳴いて目をそらした。

「たとえいまニンゲンに会えなくても、わたしは気にしない」ミッキーがいった。黒い瞳には、ラッキーに対する敬意が浮かんでいるが、強い意志も浮かんでいた。「きっとさがしだしてみせる。戦いに強くならなければならないのなら、そのために必要な努力をしよう——だが、首輪はつけておくつもりだ。ニンゲンに見切りをつける気はないんだ」

ラッキーは、これ以上いってもむだだとさとった。犬たちに背を向け、踏みかためられた土の上を歩いて野営地のほうへもどった。ほかの犬たちがミッキーの首輪をはめるところをみたくなかった。

あとを追ってくる足音がきこえたので、肩ごしにふりかえった。みると、ベラが頼みこむような目をして近づいてきた。

「ラッキー、わかってちょうだい。わたしたちにとって首輪は重要なものなの。自分の一部なのよ」

それはニンゲンに押しつけられた一部だ——ラッキーはそういいたかった。だが、いまベラと争っても意味がない。ラッキーはだまって体を震わせ、進みつづけた。

そのとき、遠くのほうから、きゃんきゃんいう吠え声と哀願するような鳴き声がきこえてきた。ラッキーははっとした。アルフィー！　声のするほうへ向かって足を速めたが、助けを呼ぶ吠え声ではないと気づいてほっとした——群れを見失ってさがしているらしい。

「みんなどこだ？　ベラ！　ラッキー、ブルーノ！　どこにいる？」

ベラもラッキーのあとについて野営地へ駆けこんだ。ほかの犬たちも、小枝を折ったり石をけちらしたり、そうぞうしくあとを追ってきた。音を立てずに動くという狩りの鉄則を完全に忘れてしまったようだった。

仲間が木々のあいだから出てきたのをみると、アルフィーはずんぐりした足でうれしそうに駆けより、きゅうきゅう鳴いた。ラッキーたちのあいだに流れるぎこちない空気にはまったく気づいていない。どんな犬にも群れの中での役割があるんだ――ラッキーは考えた。アルフィーのように空気を和やかにする犬がいることは幸運だった。

「いたいた！　忘れられたのかと思ったよ！」

「そんなわけないでしょ」ベラは、アルフィーがとびついて鼻をなめると、おかしそうに吠えた。「狩りはうまくいった？」

「いいや」アルフィーは耳を垂れたが、それも一瞬のことで、すぐに踊るようにはねはじめた。

「だけど、いいものをみつけた！」

「なあに？」マーサが耳をぴくりと立ててたずねた。

「教えて！」デイジーはきゃんきゃん鳴いた。気まずくなった雰囲気をまぎらわすことができてほっとしているようだった。

アルフィーはすわって耳のうしろをかいた。きかせたい話があってうずうずしているのはひと目でわかったが、そのよろこびをできるだけ長引かせようとしているらしい。「ずっと先まで探検にいったんだ。自分だけで。ときどき独りになりたくなるんだよ」そういうと、きみならわかるよなといいたげに、ちらりとラッキーのほうをみた。「谷間を歩いていくと――丘があった。それで、丘のむこうまでいってみたんだ！」

ラッキーはびっくりした。木立をぬけて坂をのぼると野原が広がっている。アルフィーの話す谷間は、その野原からゆるやかな下り坂をえがいて、ずっとむこうまで続いている。谷間の先の丘は岩がごろごろ転がり、傾斜も急だ。ラッキーも、敵の偵察に出かけた晩に、そのあたりを少しだけ調べたことがあった。アルフィーはずいぶん遠くまで探検してきたにちがいない。

「アルフィー、危ないじゃないか」ラッキーは軽い非難をこめていったが、独りになりたいというアルフィーの気持ちはよくわかった。「それで、なにをみつけたんだい？」

「犬だ！」アルフィーは勝ちほこったようにいった。「犬がたくさんいた！」

それをきくと犬たちはいっせいに吠え、デイジーは、興奮してくるくる円をえがきながらはねまわった。「どんな犬？」きゃんきゃん鳴いてたずねる。「友だちになってくれそうだった？

あたしたちのこと、助けてくれそう？」

「わからない。姿がみえるほど近づかなかったんだ。だけど、声がきこえた！　においもかいだ——犬のにおいだけじゃない！」

ラッキーは不安で鳥肌(とりはだ)が立つのを感じたが、ほかの犬たちは警戒(けいかい)するのを忘れるほど興奮していた。

「なあに？」サンシャインがきゃんきゃん吠(ほ)えた。「なんのにおいがしたの？」

アルフィーは目をかがやかせた。「食べ物だ。それも、すごくたくさんの！」

17 フェンスのむこう側

「いきましょう」サンシャインがきゃんきゃん吠えた。「そこにいってあいさつするの！」

「それがいい」ミッキーも興奮していった。

ラッキーは、犬たちが探検にいこうと騒ぎたてるのを横目にみながら、大きく息を吸った。ゆううつな気分で、こんな質問をすればまたけんかの種をまいてしまうだろう、と考えていた。

「アルフィー、どんな種類の犬だった？」

「わからない。とにかく犬だった！　ぼくたちと同じだよ！　だけど食べ物を持ってるんだ！」

「犬がみんなぼくたちと同じだとはかぎらない。敵意を持っていたらどうする？　野生の群れだったら、自分たちのなわばりを守ろうとしてくる。野生の群れには近づかないのが一番だ——あいつらが食べ物を分けてくれるわけがない」

サンシャインはしょんぼり肩を落としたが、ブルーノは口をはさんだ。「危険はないように思えるが」

「危険のにおいがぷんぷんしてるよ」ラッキーは低い声でいった。「ぼくは賛成できない。水を差すようだけど、放っておいたほうがいいと思う」

「ラッキーったら」ベラがとりなすようにいった。「なにをみても危ないと思うんだから！　あなたはすごく頼りになるけど、ちょっと警戒しすぎよ」

「すぐそこに食べ物があるのに、無視するって法はない」ブルーノは引かなかった。「狩りなんかで骨を折らずにすむんだぞ！」

　ブルーノはまだ、取っ組み合いでみせしめにされたことにこだわっているようだった。ラッキーはため息をついた。「相手のことがまったくわからないんだぞ」

「すぐにわかるわ。みにいけばいいのよ」マーサがいった。

「そうだとも」ブルーノがうなずく。

「あっちの群れがこっちより小さければ」ベラは挑むような目つきでラッキーをみた。「なにも問題はないでしょう」

「ベラのいうとおりだ」ミッキーが割って入った。「確かめにいくくらいかまわないだろう？」

「虫を捕まえるより簡単だわ」サンシャインは小さな声でいってすわり、しっぽの先で地面をたたいた。

さっきまで虫を捕まえてよろこんでただろう？　ラッキーは草の茎をのぼっていく虫を前足で捕まえたが、食欲は失せていた。ベラの目つきも気に入らない——胸を張って耳をうしろに寝かせ、いまにもけんかをはじめそうにみえる。梢で一匹のリスが怒ったように鳴いたが、ベラは耳さえ動かさずに、首を少しかしげたままラッキーをみつめていた。

「どうかしら」ベラがいった。「全員で探検に出かけることもないわ。何匹か残って野営地を守っておきましょう。でかけているあいだ、番をするの。数が少ないほうが気づかれにくいでしょうし。偵察にいくのはわたしとデイジー、アルフィーとラッキーがいいと思う」

ラッキーは、期待に満ちた目や、ぴんと立てた耳をみまわした。胸騒ぎがしていた。しかし、いずれラッキーはいなくなり、自分たちだけでやっていく日がくるのだ。物事を決める練習も大切なのかもしれない——自分は、その決定を信用しなくてはならない。「わかった。だけど、なにか危険を感じたら、すぐにしっぽを巻いて逃げるんだ！　番をする者たちはここから離れちゃだめだ」

つぎにどんなことが起こるにせよ、ラッキーに必要なのは覚悟だけだった。

アルフィーは、めずらしく先頭に立つことができてうれしそうだった。茂みをぬける小道をみつけて進んでいく。小動物が作った獣道は木陰におおわれていたが、それは坂をのぼりはじめるまでのことだった。木立から一歩出ると、午後遅い空から〈太陽の犬〉が容赦なく照りつけ、尾根に着くころには一行の足取りは重くなっていた。アルフィーが小さな木陰で足を止めると、ラッキーでさえ地面にぺたんと腹ばいになった。

「少し休んだほうがいい」ラッキーはいった。

「ここからそんなに遠くないよ」アルフィーは息を切らしていたが、それでも急きたてるようにいった。

「またすぐに出発するから」ベラはしっぽを振っていった。「わたしが合図したら準備をしてちょうだい」

ベラは、ラッキーにきこえるようにわざと大きな声を出していた。ラッキーは前足に顔をのせてそっぽを向き、谷間のほうをにらんだ。ベラは〝自分の群れ〟の者たちに、だれがアルファなのか教えようとしている。

勝手にしろ！　これはぼくの群れなんかじゃない！

ラッキーはアルフィーのあとについて、曲がりくねったウサギの通り道を進んでいった。頭の中ではさまざまな考えや疑いがぶつかり合っていた。〈囚(とら)われの犬〉が近づいていったら、野生の群れはどんな反応をみせるだろう。脅(おど)されて逃(に)げかえることになるのだろうか。ベラのことも気にかかった。争いが起こるたびに相手をいいまかさずにいられないとしたら、ベラにはアルファとしての素質があるのだろうか。

ふいに、アルフィーがかん高い声をあげた。「あった。あそこだ！」

ラッキーとほかの犬たちはいぶかしげに空気のにおいをかいだ。たしかに犬のにおいが――大勢の犬のにおいが――した。ラッキーは、どうしようもなくいやな予感がした。それは、敵意に満ちた獣(けもの)の鼻をつくにおい、怒(いか)りのにおいだった。しかし、ラッキー以外の犬たちは気にならないようすで、枯(か)れかけた低木の陰(かげ)から足元の風景をながめていた。

谷は広く、ニンゲンの建物がいくつも建っていた。だが、街でみたようなニンゲンの家とはちがう。まず、とても低い。扉(とびら)は犬小屋の入り口と変わらなかった。壁(かべ)は簡素で、窓には金属の棒が何本も渡(わた)されているだけで、ニンゲンの家によくあるようなガラスはまっていない。街とくらべると建物の損傷は少ないようだったが、壁(かべ)に大きなひびが走っているものもある。

その光景はどこか異様だった。やみくもに逃(に)げだしたくなるようなぶきみさがあった――ラッキーを押(お)しとどめたのは食べ物のにおいだった。

強烈で悩ましいにおいだ。ショクドウでもらっていたような、ニンゲンの食べ物とはちがう――だが、肉でできた食べ物であることは疑いようがない。ラッキーはつばがわいてくるのを感じ、口のまわりをなめた。腹がぐうぐう鳴る。生き物が動く気配はないが、だからといって楽観できるわけではない。

犬のにおいがするが、姿はみえない。ラッキーの鼓動が速くなった。群れを守るために力をつくしてきたいま、みんなを危険に放りこむようなまねはできない。しかし、胃袋は頭とはちがう考え方をする。ここにいる犬たちが友好的だとしたら、どうだろう？　友好的で、食べ物を持っているとしたら……？　もしかしたら、ベラが考えているとおり、犬たちは食糧を分けてくれるかもしれない。冒険をしてみる価値はある。

「わかった」ラッキーはゆっくりといった。「近くまでいってみよう。ひとつに固まって、目立たないよう静かに行動してくれ。まずは、下にいる相手の正体を確かめなきゃいけない」

一行ははうように進み、それから体を低くしてフェンスまで走っていくと、中をのぞきこんだ。ベラはフェンスに両方の前足を置いて立ち、においをかいだ。

「みて」驚いたように小声でいう。「食べ物があんなに！」

低い建物の前には、金属のボウルがいくつか並んでいた。ボウルには二種類あり、片方には水が、もう片方には肉のにおいがする乾いた粒が山盛りに入っている。ラッキーは、また舌なめずりをした。新鮮なウサギ肉ではないが、いいにおいだ。量もたっぷりある……。

「あれは……」アルフィーはためらいがちにいった。「あのにおいはまるで……」

「おうちのごはんに似てるわ」ベラはささやくような声でいった。「ニンゲンがくれていたごはんにそっくり」

「ああ……」デイジーは、なつかしさと憧れの混ざったため息をついた。「あのごはん、もういちど食べたいわ」

三匹がボウルをみつめていると、かちっという大きな音がきこえた。犬たちは凍りついて足をこわばらせ、いつでも逃げだせるように全身に力をこめた。だが、ニンゲンも犬も、だれの姿もみえない。かわりに、壁に開いた穴から肉の粒が流れだしてきてボウルにざっと流れこみ、いくつかのボウルからは粒が入りきらずにあふれだした。ついで、新鮮な澄んだ水がべつのボウルに注ぎこまれた。

ベラはそれ以上がまんできなかった。うしろ足で立ちあがるとフェンスのすき間から鼻をさしこみ、くうくう鳴きながら前足でフェンスを引っかいた。

「すごいわ！　なにもないところから食べ物が出てくるなんて！　中へ入りましょう！」

ラッキーは首をかしげてボウルをみつめていたが、ほかの犬たちはフェンスの下から鼻をつきだし、入りこめる穴を探して地面を引っかいていた。ここはとても静かだ――ラッキーは考えた。

それなのになぜ、本能が逃げろと叫んでいるのだろうか。

「あった！」アルフィーがきゃんと鳴いた。「穴をみつけたぞ！」

犬たちはアルフィーのそばへ駆けよったが、ラッキーは慎重だった。ゆっくりと歩きながら近くの建物の暗い入り口に視線をやり、生き物が動く気配はないかと目をこらした。

犬のにおいはする。犬の食べ物もみえる。しかし、姿はみえない。

ラッキーは首の毛を逆立て、一歩あとずさった。〈囚われの犬〉たちは、狩りで得た食糧で十分にしのいでいけるのだ――ほんとうに、ボウルに山盛りになったあの食べ物が必要なのだろうか？

「ラッキー、きて！」デイジーが呼んだ。「穴、もっと深くできるわ。みててね――あたしがみんなを中に入れてあげるから！」

「だめだ」ラッキーは首を振った。「いやな予感がする。ここは危険だ。なにも感じないのかい？　なにも起こらないうちにここを離れたほうがいい。きみたちは狩りができるじゃないか

――だれかに食べ物をもらう必要なんてないんだ」

「ばかなこといわないで」ベラがかみつくようにいった。「狩りなんてすることないわ。ほしいものがみんなここにあるんだから」

ラッキーは、〈太陽の犬〉の光が金属のボウルに反射するのをみながら、全身がざわりと冷たくなるのを感じていた。「ベラ、大事なのはそこなんだ。あの食べ物の量をみてくれ。ボウルがすごく大きいだろう？　ここにいる犬たちはいったいどれだけ大きいんだ？　そいつらと戦って勝てると思うかい？　まだ姿はみえない。だけど、それはなぜだ？　隠れているのか？」

デイジーは不安そうにベラをみたが、ベラはうなり声をあげた。「自分たちの身ぐらい自分たちで守れるわよ」

ラッキーはきゅうきゅう鳴き声をあげた。ここにいる時間が長引けば長引くほど、いやな予感は不吉な確信へと変わっていった。ここに群れを連れてきたのはまちがいだった。漠然とした違和感はいま、皮ふをちくちく刺し、耐えがたいような恐怖に変わりつつあった。〈天空の犬〉の戦いの前に抱く感覚に似ている――あるいは、〈大地のうなり〉が世界をゆるがす前の感覚に。なお悪いことに、あの悪夢がふたたびよみがえってきた。理解できないあの夢だ。〈アルファの嵐〉の夢だ……。

ここから出なくてはいけない。

「ベラ、たのむから！」ラッキーは声をあげた。

ベラはフェンスのわきの小山になった土にとびのり、歯をむき出してうなった。「いいかげんにして！　ラッキー、群れのアルファはわたしよ。あなたをこの群れに迎えたのも、このわたし。あなたは一匹で生きていくために必要な知識はたくさん持ってるけど、こういう場所に詳しいのはわたしのほうよ。そしてそのわたしが、中に入りましょうといってるの！」

ラッキーは牙をむいた。「甘ったれた子犬みたいなまねはよしてくれ！　アルファのことなんかなにひとつ知らないくせに！」

「じゃあ、そっちは知ってるっていうの？」ベラは全身をこわばらせて毛を逆立て、ぐるぐるうなりながら、威嚇するようにラッキーのまわりを歩いた。「あなたに会う前だって、わたしたちはちゃんとうまくやってたわ。あなたなんていばってるだけじゃない。なんでも知ってるような顔して！」

「きみたちみたいな〈囚われの犬〉にくらべたら、たくさんのことを知ってる！」ラッキーは鋭い口調でいった。「きみたちは、生きぬくということをなんにもわかってない！　そろいもそろって弱くて、分別もない。犬の――犬の本能がまるっきり残ってない！」それは、ラッキーに思いつくかぎり最低の侮辱だった。罪悪感が胸に刺さったが、怒りがしずまったわけではなかった。ベラのあの言い方はなんだろう！　これだけベラのために骨を折ってきたというのに！

　ラッキーが冷静さをなくしたのは、ベラに対する怒りだけが理由ではない――息を吸うたびに、体の内側で不安が脈を打った。ほかの犬たちがラッキーを尊敬しているのは、ラッキーが地形にくわしく、ぬけめなく生きのびる術を知っているからだ。だが、どれだけ賢くふるまえたとしても、リーダー格の犬が仲間との争いに負けたときにどうなるかラッキーは知っていた。実際にみたことがあったのだ。犬としての誇りに傷がつき、ぱっくり開いたその傷口から、犬の核となるものや、勇気や、自信がもれ出してしまったかのようだった。負けた犬はほかの犬たちの陰にかくれ、力なく垂れたしっぽを足のあいだにはさむしかない。

　ラッキーの誇りは、負けてはならないと叫んでいた。

　ベラは怒りにまかせて吠えた。「わけのわからないことばっかりいわないで！」

「犬の本能はどんな犬の中にもある」ラッキーはうなった。「いや、あるべきなんだ！　その本能がぼくたちを守る――〈天空の犬〉や〈森の犬〉とともに――ああ、どうしてぼくはこんな話をしてるんだろう？　きみたちはなにひとつ理解してくれないのに！」

「ラッキー、その犬の本能とやらのせいで、あなたはいくじなしになってるのよ！」ベラは大きく牙をむいてうなった。二匹はにらみ合ったまま、円をえがくようにじりじりと動いた。アルフィーとデイジーはおろおろしながらみまもり、足のあいだにぎゅっとしっぽをはさんでいた。「ここにはほかの犬なんていないわ！　残念だけどニンゲンもいない！」

ラッキーは怒りともどかしさで体を震わせた。ニンゲンの家にいたフィアース・ドッグのことを思いだす。肉を守ろうとしてラッキーを追いかえした犬だ。ベラはあの種の犬をみたことがないのだろうか？　もちろん、ないのだ――生まれてからずっとニンゲンに守られてきたのだから。「ここには犬がいる！　姿はみえないけど、においがする！」

「きっと、ここにいた犬のにおいが残ってるのよ。そんなのどうだっていいわ。わたしが群れを率いる。そして、そのわたしがいうのよ。中に入りなさい！」

ラッキーは激しいうなり声をあげ、かみつくような仕草をした。「〈囚われの犬〉のアルファになりたいならなればいい。だけど、スクイーク、きみがぼくのアルファになることはない。絶対にない！」

アルフィーはやめてくれといいたげにうなり、デイジーはあわれっぽい声で鳴いた。だがベラとラッキーは耳も貸さなかった。ラッキーは、自分たちの吠え声が大きくなっていることに気づいていたが、かまわなかった。いっそだれかが声をききつけて、ベラがばかな真似をしでかす前に追いはらってくれればいいと思っていた。

「ラッキー、これは命令よ！」ベラはかん高い声で吠えた。「わたしたちといっしょにきなさい！」

「好きな相手に命令すればいい」ラッキーは鼻にしわをよせてすわり、こばかにしたように足で耳のうしろをかいた。「きみはぼくのアルファじゃない。ぼくはいかない」

デイジーは息を飲んだ。

「わたしがこの群れのアルファなのよ！」ベラは吠えた。

「勝手にしろ！」ラッキーは怒りをこめて叫んだ。

ベラはわき腹を波打たせながら口をつぐんだ。あごからつばが垂れる。

「もういいわ。どうなるかみてごらんなさい、〈孤独の犬〉」ベラは背を向けてしっぽをそびやかせ、フェンスに沿って大またで歩いていった。「あなたは自分で思ってるほど賢くないわね。力を貸さない犬に分ける食べ物なんてないわよ！」

ラッキーは信じられない思いで首を振り、ベラがフェンスの下をくぐるのをみていた。アルフィーがあとに続き、二匹は低い建物に向かって歩いていった。デイジーは悲しげにラッキーを振りかえったが、ベラの宣言を真剣に受けとめたようだった。

「ごめんね、ラッキー」そういうとフェンスの下にもぐりこみ、二匹のあとを追った。

ラッキーは三匹が駆けていくのをみていた。食べ物の入ったボウルに一歩近づくたびに、胸の鼓動が激しくなっていく。とうとう、それ以上みていることができなくなった。少しあとずさり、フェンスに背を向けて腹ばいになると、前足に頭をのせて重苦しいため息をついた。

三匹は自分たちから危険に飛びこんでいった。ラッキーには確信があった。小枝が折れる音がするたびに、鳥の鳴き声がするたびに、耳をぴくりと動かして頭をあげた。

置いていくわけにはいかない。ベラはきょうだいだ。身の安全を守るのはラッキーの義務だ――そしてベラはいま、安全ではない。ひょっとするとこの不安も、長いあいだ孤独な暮らしを続けてきたせいなのかもしれない。角を曲がるたびに警戒していた過去のせいなのかもしれない。いっぽうで、新しい野営地として完ぺきにも思えるこの場所には、とてつもなく悪いことが起こりそうな空気がただよっていた。ラッキーはそのにおいを感じとっていた。

ゆっくりと、ラッキーは立ちあがった。

〈天空の犬〉よ――声に出さずに祈る――これからすることが、どうかおろかなあやまちではありませんように……。

ラッキーは奇妙な基地に引きかえし、フェンスの下に開いた穴に近づいていった。

18 危険な敵

デイジーがうまく穴を掘っていたので、ラッキーはフェンスの下に肩を押しこむだけで、簡単にくぐりぬけることができた。

フェンスのむこうに出ると体を起こしてひと息つき、もういちど体を低くして進みながら手がかりを探しはじめた。姿のみえない犬たちはどこにいるのだろう。ほんとうに、ここに犬はいないのだろうか。もしかすると〈大地のうなり〉が起こったときに逃げてしまったのかもしれないし、フェンスの下のすきまから出ていったのかもしれない。簡単に手に入る食べ物よりも、野生の自由のほうが気に入ったのかもしれない。

ふいに、一羽のカラスがやかましく鳴きながら飛びたち、ラッキーは驚いて身をすくめた。胸の鼓動をしずめながらみていると、カラスは枝にとまって首をかしげ、黒く光る目でラッキーのほうをみた。

基地の草は青々として手入れがいきとどいていた。ニンゲンの手による仕事だ。彼らはまだここにいるのだろうか。あたりには犬のにおいしかしない。庭のむこうの敷地の中心には大きな建物がそびえ、暗い影を投げかけている。ラッキーは弱まってきた〈太陽の犬〉の光の中で、物陰にひそんでいるものがいないか目をこらした。

いまいるフェンスのそばからはなにもみえない。めまいのような恐怖を感じたが、それでも、奥へ入っていかなければならないことはわかっていた。ここでじっとしているだけでは、ベラたちがぶじかどうかはわからない。ありったけの勇気をかき集めると、腹が草をこするほど体を低くして、はいつくばるように進みはじめた。しだいに速度をあげ、枝を広げた一本の木の陰にたどりついた。完ぺきな隠れ場所ではないが、ここでがまんしなければならない。

そこからは、建物の陰にいる三匹の姿がみえた。静かにしようというそぶりさえみせていない。ラッキーは不安と怒りで心臓が飛びだしそうだった。周囲に気を配ろうという気もないらしい。手近なボウルから一心にエサをむさぼり、だれも見張りに立っていない。

「ああ、おいしい！」デイジーは口いっぱいに肉の粒をほおばって叫んだ。

「うーん」アルフィーの返事はそれだけだった。むじゃきにはしゃいできゃんきゃん鳴き、もういちど鼻先をボウルにつっこむ。

ベラはほおばった粒をろくにかまずに飲みくだしていた。「みんなにも持っていかなくちゃね。ラッキーにも少し分けてあげてもいいわ」いばった調子でつけ加える。

ラッキーはベラの言葉をきくと、怒りで背骨がちくちくした。自分はただ、みんなを守ろうとしただけだ。しかし、腹をぐうぐう鳴らしながら、三匹がごちそうを食べているのをみているのは辛かった。ラッキーはあたりをみまわした。犬の気配もニンゲンの気配もない――なにもない。ベラが正しかったのだろうか。自分が慎重になりすぎたのだろうか？　ラッキーがまちがいをみとめれば、ベラは得意になるにちがいない。それでも……ラッキーはそっと一歩踏みだした。

そして、凍りついた。

一番大きな建物の角から、犬の群れが現れたのだ。なめらかな毛並みをしていて、みるからに凶暴そうだ。

ラッキーは全身の毛が逆立った。この種族は以前もみたことがある――黒い毛皮に引きしまった体、ぴんと立った耳、とがった鼻。口を閉じているより牙をむき出していることのほうが多い。ニンゲンの家や仕事場で番をしているのをよくみかけたものだ。ニンゲンが、鋭い声やぴかぴかした光線、物騒な棒で指示を出すと、それに従って動くのだった。

ラッキーは急いで木陰に身を隠した。敵に気づかれたようすはない——群れはベラたちのほうをにらんでいる。アルフィーとデイジーとベラは、じゃりを踏む音をきつけ、ボウルにつっこんでいた顔をさっとあげた。凶暴な犬の群れは風下から近づいていたので、においに気づかなかったのだ。いま、犬たちは驚くほど均整のとれた動きで円形に広がり、〈囚われの犬〉たちを囲いこんだ。

ベラとアルフィーは不安げに視線を交わした。この状況で一番賢かったのはデイジーだった。あおむけに転がると、のどと腹をあらわにしてくんくん鳴いたのだ。いいぞ、デイジー！ ラッキーは、とっさに機転をきかせたデイジーに感心した。

アルフィーはこわばった顔でデイジーをみると、自分も降参の姿勢を取った。ベラだけは足を踏んばって立ち、大きな犬たちに向かって挑むように牙をむき出した。

ラッキーはパニックで体が冷たくなり、息が苦しくなった。首筋の毛がざっと逆立つ。だめだ、ベラ！ ばかな真似はよせ。勝てるわけがない！

できることなら木陰から駆けだしてベラの首筋の毛をくわえ、しっかりしろとその体をゆすってやりたかった。群れのアルファなのだという自覚のせいで、思いあがってしまったのだろう。ベラ、頼むからむちゃはやめてくれ。ラッキーは震えるほど全身に力をこめ、駆けだしていきたくなるのを必死でこらえていた。自分にできることはなにもない……。

「向かってくるつもりか？」一匹のフィアース・ドッグが口を開き、あざけるような低く冷たい声を出した。抵抗しようとするベラをおもしろがっているような口ぶりだった。フィアース・ドッグたちはベラを囲いこみ、その輪をだんだん縮めはじめた。

デイジーはベラを助けようとして、頼みこむようにきゅうきゅう鳴いた。「ベラ、おねがいよ」

ベラはだまっていなさいと短く鳴いたが、少しすると深く息を吸い、負けを認めてしぶしぶ頭を下げた。

ラッキーはほっとして、一瞬目を閉じると全身から力をぬいた。ふたたび目を開けてみると、フィアース・ドッグたちもかすかに緊張を解いたのがわかった。耳をぴくぴくさせながら、相手の降参を認めるうなり声をあげている。〈天空の犬〉のおかげで、ベラは惨事が起こる前に分別を取りもどしたのだ。

「どうやってここに入ったかいいなさい」敵の群れの中でもひと際大きく、つややかな毛並みをしたメス犬がたずねた。ぞっとするほど冷たい声だ。この犬が群れのアルファにちがいない。たくましい足と胴には筋肉が盛りあがっている。アルファが話しはじめると、ほかの犬たちはいっせいに押しだまって頭を垂れた。夕暮れの光がアルファの毛皮をかがやかせていた。

ラッキーがみていると、〈囚われの犬〉たちは視線を交わした。おびえたデイジーが、こらえきれずにほんとうのことを話しそうになった。だが、すぐにベラがそれをさえぎった。

「とびこえたのよ」張りつめた声だったが、震えてはいない。「フェンスをこえたの」

ラッキーは前足で両目をふさぎたくなった。フィアース・ドッグが、そんな子どもだましに引っかかるわけがない。デイジーとフェンスの高さの差に気づかれれば最後、ベラは鋭い牙の一撃を――少なくとも――受けるにちがいない。

ところが、フィアース・ドッグの頭脳は、その牙ほどは鋭くないようだった。アルファは、のどの奥でうなるのはやめなかったが、ベラの答をきくとゆっくりうなずいた。

一匹の大柄なオス犬が、ベラに向かって牙をむいた。「おれたちの食糧を盗んだな？　厚かましいネズミどもめ」

「そのとおり」アルファは鼻にしわをよせてくちびるをめくりあげ、その牙がどれだけ鋭いかみせつけた。「これからおまえたちをわれわれの捕虜とし、どうするか決めるまでは閉じこめておく。メース、連れていきなさい」

メースと呼ばれたオス犬は返事をした。ラッキーは、犬のものとは思えないほど大きく恐ろしい吠え声をきいて、思わず木陰で小さくなった。ベラとアルフィーとデイジーをみると、首をすくめ、おずおずと身を寄せあっている。それもむりはなかった。〈囚われの犬〉たちは震えながら、フィアース・ドッグに連れられて、中心にある大きな建物のほうへ向かいはじめた。敵の犬たちはそのあいだも、ベラたちの足やしっぽにかみつくような仕草をくりかえした。デイジーがおびえてきゃんきゃん鳴くと、フィアース・ドッグの一匹が飛びかかり、子犬の顔のすぐ前で牙をがちがち鳴らしながら吠えた。

「だまれ！　さっさと歩け！」

デイジーはすくみあがって耳を垂れ、足のあいだにしっぽをはさんで一生懸命走りはじめた。アルフィーは勇敢にも子犬を守ろうとそばへいったが、フィアース・ドッグが警告するようにうなると、デイジーの耳をなめただけでしぶしぶうしろへ下がった。

ああ、〈大地の犬〉よ、この犬たちはいったい何者なんでしょう？　ラッキーは暗い気分で考えた。あの屈強な黒い犬たちは、凶暴で、親切心はかけらもみせない。その気になれば、〈囚われの犬〉たちをずたずたにすることくらいわけもないはずだ。

〈大地の犬〉よ、おねがいです。ラッキーは祈った。どうかベラたちをこんなところで死なせないでください。あの犬たちはおろかでしたが、悪気はなかったのです。もう十分に思いしったはずです。どうか自由にしてやってください……。

ラッキーも、中心の建物のそばへいく必要があった。急げば、彼らが背を向けているうちに移動できるはずだ。そのあとはどうする？　わからない……いちかばちかやってみるしかない。敵は捕虜に目を光らせるのに忙しく、うしろに注意を払っているようにはみえなかった。ラッキーはこのすきを逃さなかった。いまだ！　心を決めて木陰からとびだす。急げ！　永遠ほども長くかかるような数秒間、ラッキーは〈太陽の犬〉の光がかげりはじめた広場を駆けぬけていった。隠れるものはどこにもない。だが、どうにかして、ひびの入った壁までたどり着き、陰に身をひそめることができた。

止めていた息を吐き、ほっとしてはあはああえぐ。それから、犬たちを見失わないように気をつけながら、はうようにして進みはじめた。〈囚われの犬〉の姿はみえない——敵がしっかりと囲いこんでいるのだ。興奮と恐怖で皮ふがちくちくし、全身の毛が逆立っていた。それでも、ラッキーのいる場所からは、気づかれずに敵のようすをうかがうことができた。やがてフィアース・ドッグは、大きな建物のわきについた戸口のむこうへベラたちを追いやった。建物の壁にはひびがいくつも走っていたが、それでも十分に強く頑丈そうにみえた。世界の終わりが訪れ、〈天空の犬〉が大地に落ちてくるそのときにでも、この建物だけは持ちこたえるかもしれない。

ラッキーは、どうすることもできずに途方に暮れていた。しっぽを垂れ、ニンゲンに頭を押さえつけられてでもいるかのように、がっくりとうなだれる。胸の内は、〈囚われの犬〉たちを心配する気持ちと、トラブルに巻きこまれてしまったことへの後悔でいっぱいになっていた。だから、群れの犬にはなりたくないのだ――数が増えれば、すばやくは動けない。数が増えれば、厄介ごとにも巻きこまれやすい。群れの犬は、群れの仲間全員に対して責任がある。いっぽうで、〈孤独の犬〉が頼れるのは自分だけだ。

ひと息つこうとすわってはみたものの、首の毛をかくほどの余裕まではない。ラッキーは壁のむこうを注意深くのぞいた。

いまこそ、群れを離れる絶好の機会じゃないのか？

筋は通っている。ラッキーにできるのは自分の身を守ることくらいだ。本能が逃げろと叫んでいた。いますぐに、手遅れにならないうちに、逃げるんだ。こんな不吉な場所からは、できるだけ遠ざからなくてはいけない。ベラたちを救うためにできることはないのだ。あんなに頑丈な牢に閉じこめられ、憎悪をたぎらせた敵が番をしているのだ。あの三匹は、ラッキーのいうことに耳をかたむけるべきだった。

それでも……、ラッキーは、体の向きを変えたまま考えた。それでも、あの犬たちは自分の友だちだ……。

いっしょに乗りこえてきた試練のことや、あの犬たちが生きのびる術を学ぼうと努力してきたことを考えた。デイジーがモグラを捕まえたことや、それをラッキーにみせたときの誇らしげでうれしそうな顔を思いだした。マーサが仲間を助けるために川にとびこんだときのことも、ミッキーが街を出るときに全員をまとめてくれたことも思いだした。

ラッキーは覚悟を決めた。

壁から離れないように気をつけながら建物の角を曲がり、ふたつ目の広場を全力で駆けぬけた。血管の中で血がごうごうと音を立てているような気がする。棒を渡した窓の下にくると、壁に体を寄せ、音を立てないようにあえいだ。フィアース・ドッグににおいをかぎつけられれば、激しい胸の鼓動をききつけられれば、大変なことになる。

そのとき、ラッキーは心臓が止まりそうな気がした。フィアース・ドッグのアルファの、なめらかで冷ややかな声がきこえたのだ。

「もう一匹はどこへいった？」

ラッキーは血が凍り、全身がこわばった――もう一匹だって？

ベラがすがるような鳴き声をあげ、おびえた声で否定するのがきこえた。だが、アルファはきく耳を持たなかった。「このペットめ、ちゃんとわかっているでしょう？　おまえによく似たあの犬よ。あいつはどこにいる？」

「なんのことか……」ベラがいいかけたつぎの瞬間、その悲鳴と、フィアース・ドッグが激しく牙を鳴らす音がきこえた。

「わからないとはいわせない」べつのフィアース・ドッグがうなり声をあげた。

ラッキーは窓の下で聞き耳を立てながら、恐ろしさに身をすくませていた。腹の中で恐怖のかたまりがふくれあがり、全身を飲みこんでしまいそうだった。

ぼくのにおいをかぎつけたのか！

まだ姿はみられていなかったが、ここにいることは知られているのだ――三匹の体からラッキーのにおいをかぎつけ、それがベラのにおいと似ていることに気づいたのだろう。どう猛なフィアース・ドッグには、信じられないほど鋭い嗅覚がそなわっていた。存在に気づかれてしまったいま、どうやって友だちを助けだせばいいのだろう？

19 おとり作戦

敷地(しきち)の中心にあるこの建物は、まわりの低い犬舎にくらべるとはるかに高かった。表玄関の前には短い木の階段がある。さしあたって隠(かく)れられるのはそこしかなかったので、ラッキーは階段の下にうずくまり、みつかったらすぐに逃(に)げだせるように耳をそばだてた。ねんのため、草むらでみつけたフンを体につけておいた——少なくとも、いまはフィアース・ドッグのにおいがしているはずだ。ラッキーは、敵がだまされてくれるよう祈った。

みつかったら、勝ち目はあるのだろうか。戦って勝てるとも、互角(ごかく)に戦えるとも思えない。走って逃(に)げきることはできるだろうか？　スイートなら望みがあるかもしれない。まるで絶望感にかみつかれでもしているかのように、胃が痛んだ。スイートとはちがって、自分は草地をぬける前に追いつかれ、ずたずたにされてしまうにちがいない。

ラッキーは、もう何時間も前からここで身をひそめていた。空は暗くなり、空気は冷たくなり、夜空には〈月の犬〉がのぼっていたが、どうすればいいのかわからなかった。ベラたちが食べ物を与えられているのは知っていた――フィアース・ドッグがボウルをくわえていって乱暴に床に投げだし、乾いた粒がばらばらと転がっていく音がきこえてきたのだ。三匹が小さな部屋に閉じこめられ、一匹のフィアース・ドッグがずっと見張りについていることも知っている――部屋の小ささがわかったのは、不満をこぼすデイジーのくぐもった声がきこえてきたからだ。ラッキーはぞっとした。デイジーがきゅうくつだと感じるなら、ベラはどれだけ苦しんでいるだろう。早く行動を起こさなくてはならないというのに、ラッキーの頭には――生まれてはじめて――なんの考えも浮かばなかった。アイデアひとつ、策略ひとつ思いつかない。万策尽きていた。まるで、〈孤独の犬〉として自分の運命を自ら支配していた過去が、きれいさっぱり消えてしまったかのようだった。

いいや、ぼくは〈孤独の犬〉だ。ラッキーは自分にいいきかせた。優秀な〈孤独の犬〉だ。〈森の犬〉が、犬の誇りを思いだせとささやきかけてきたような気がした。そうだ、巧みに相手のすきをつかなくてはならない。その狡猾さこそ、〈森の犬〉が与えてくれた能力だ。ラッキーは前足をあげてうしろ足で立ち、静かに深呼吸をしながら目を閉じた。

フィアース・ドッグは捕虜たちにはほとんど話しかけず、声をかけるのは指示を出すときくらいだった。だが、外を散歩したり、濃くなってきた闇の中で見張り番をしたりするときには、仲間同士で話をした。動きにはむだがなく抑制がきいていて、たがいの動きを予測しているようにもみえた。驚くほど規律の取れた群れだ。どの犬も一瞬たりとも気をぬかない。いなくなったニンゲンたちにとっても、特別な犬だったにちがいない。ラッキーはこの種の犬と出くわしたときのことを思いだして身ぶるいした。ゆいいつの賢い選択は、逃げることだけだ……。

だが、ベラとデイジーとアルフィーにその選択肢はない。だからラッキーも逃げるわけにはいかない。階段の暗がりに隠れて息の音にも気をつかいながら、ラッキーは腹ばいになって耳をそばだてた。

三匹のフィアース・ドッグが大きな建物から外に出てきた。ラッキーは体を縮めてみつかりませんようにと祈ったが、敵は階段をおりてこようとはしなかった。姿はみえないが、ラッキーのすぐ上の段にすわっていることはわかる。あざけりをこめた大きな声で、捕虜たちのことを話しはじめた。

「ブレード、あいつらは殺したほうがいいんじゃないか」一匹が大きな月をみあげながらいった。声はすぐ上からきこえてくる。ラッキーは必死で息の音をおさえ、激しい鼓動をしずめようとした。

「ダガーのいうとおりだ」二匹目がうなり声をあげた。「あいつらの死体をフェンスのそばに置いて、よそものが侵入する気を起こさないようにすればいい。だいたい、あいつらはめんどうばかり起こしている」

「おまけによく食べる」ダガーがいった。「卑しいったらないぞ。食べ物にありつくたびに、これが最後だとでも思ってるみたいにむさぼり食う。あいつらは大食らいの役立たずだ。みじめったらしい雑種め」

「ぶちのめして外に放りだせばいい」一匹目の犬が、どうでもよさそうにいった。「そうすれば外のやつらに対する警告になるじゃないか。あいつらが、どんな目にあったかあちこちでふれて回るだろうからな」

「いいえ、どこへも逃がすものですか」ブレードと呼ばれた三匹目の犬が低い声でいった。その絹のようになめらかな声をきいて、ラッキーはブレードがアルファなのだと気づいた。「どうやってわれわれをみつけたのか、どうやってここへしのびこんだのか、まだわかっていないのよ。フェンスをとびこしたなどというたわ言で、われわれをだませるものですか。メース、そうでしょう？」

「ブレード、どうかご安心を。おれたちが口を割らせてみせます」メースが陰気な声で答えた。

「われわれの食糧を奪ったことを悔やませてやりましょう」

「ええ、そのとおりよ」ブレードは冷ややかな声でいった。「あのみすぼらしい小型犬を丸めこむのはたやすいはず。あの犬が四匹目の犬がどこにいるのか話すでしょう。ここにいるのはわかっているのよ——においがするわ」

ラッキーは三匹のすぐ下でその声をききながら、目を閉じ、勇気を奮いおこそうとした。なめらかな毛並みのフィアース・ドッグたちは、情けしらずの猛犬かもしれないが、特別に頭がいいわけではない。もしラッキーがブレードだったなら、ベラのばかげたうそをきいたとき、すぐにフェンスの穴に考えがおよんだだろうし、確認させるために群れの一匹をよこしただろう。いまごろ、穴はしっかりふさがれていたはずだ。

思ったとおり、〈森の犬〉に与えられたぬけめのなさこそが、ラッキーの武器だった——もし、武器らしい武器があるのだとしたら。

ラッキーは隠れていた階段の下から、こっそりはいだした。頭上からはフィアース・ドッグたちの小さな話し声がきこえてくる。捕虜が逃げるはずはないと安心しきっている声だ。一匹が立ちあがって伸びをし——爪が木の段をひっかいてかりかり音を立てるのがきこえる——、ぴたりと動きを止めた。だがふたたび、うなったりため息をついたりしながらすわりこんだ。

草地をぬけていきながら、ラッキーは神経を限界まで張りつめさせていた。影のあいだを静かに進んでいく。慎重に大地を踏みしめながら、どうか自分のにおいが敵に届きませんようにと祈っていた――どうか、いまはまだ。

フェンスまであと半分ほどというところまでくると、ラッキーは立ちどまって深呼吸をし、神経を落ちつかせようとした。距離は十分だろうか。敵から離れすぎれば、追いかけてこいと挑発することはできない。だがいっぽうで、間合いを誤って、フィアース・ドッグの餌食になるのもまっぴらだった……。

きっとうまくいく。ラッキーは自分にいいきかせると、背を弓なりに丸めて大きく息を吸い、空気を震わすような吠え声をあげながら宙におどりでた。空中で体をひねってからしっかり地面に着地すると、円をえがくように勢いよく駆けだし、ふいに止まって遠吠えをする。

フィアース・ドッグたちは立ちあがって月明かりの中のラッキーをみたが、少しのあいだ、呆けたように立ちつくしていた。遠吠えをききつけて、ほかのフィアース・ドッグたちが建物の中から顔をのぞかせた。ラッキーは天をあおぎ、静かな夜の大気を切りさくように、ふたたび遠吠えをした。

「おい、そこのまぬけども！」

アルファのブレードは頭を低くして牙をむいたが、片方の前足をあげたまま、動くのをためらっていた。あまりにも突拍子のないラッキーの行動を前にして、おかしいといぶかしむこともできないようだった。

「ばかであわれで頭のおかしい犬どもめ！　ざまあみろ！」ラッキーは記憶の奥のほうから、街の暮らしで覚えた悪態を引っぱりだしてきた。「おまえらのおふくろは腹にウジがわいてる！　おまえらのおやじはキツネどもだ！」

「このみすぼらしい――」ダガーがいいかけたが、ラッキーはさらに大きな声で吠えかえし、大きな歩幅で走りはじめた。

「ゴミ箱生まれの犬どもめ！　おまえらの肉はまずすぎてノミだって食わない！　おまえらの母親はしっぽなし！　きこえてるか？　かさぶただらけの犬どもめ！　おまえらの父親はシャープクロウのつばだってなめる！」

　フィアース・ドッグたちはラッキーめがけて駆けだし、猛りくるって吠えたてた。ラッキーは一瞬ひるみ、目を大きく見開いたまま、敵が牙をむき出してよだれを垂らしながら草地を駆けてくるのをみていた。挑発はうまくいった。いまやフィアース・ドッグたちは、一匹のこらずラッキーを追っている。

いいぞ！

いいや……よくない！

ラッキーはくるりと向きを変え、全速力で駆けだした。

フェンスのほうへ引きかえしながらさっと回り、敵の一匹にしっぽをかまれる前に身をかわした。フィアース・ドッグは素早かったが、ラッキーの挑発を受けて冷静さを失っていた。怒りにわれを忘れて走り、群れの統制を失っている。このことはラッキーに有利だった。だが、ラッキーの一番の味方は、フィアース・ドッグに対する恐怖だった。その恐怖に駆りたてられるようにして身をかわし、首をすくめ、とぶように走っていく。あえぎながら、デイジーの掘った穴とは反対方向へ駆けていった。できるだけフィアース・ドッグを穴から遠ざけなければならないのだ。心の中では、ベラたちがこの騒ぎに気づいてくれますようにと叫んでいた。ああ、おねがいです、〈森の犬〉。どうかベラに賢明さを授けて、ここから逃がしてやってください……。

ラッキーはすべるように尻を地面について止まると、もつれる足で大急ぎで引きかえし、二匹のフィアース・ドッグのあいだをすばやくすりぬけた。敵は逆上し、憎悪をこめて吠えた。がちがち鳴らす牙から垂れたよだれが、ムチのようにラッキーの顔を打つ。ラッキーは、口から心臓がとびだしそうな気分になりながら、ふたたび全力で走りはじめた。
敵のほうは、ラッキーがなんの戦略もないまま走っていることに気づきつつあるようだった。そろそろ、逃げだしたほうがいいのだろうか。あの茂みをよけさえすれば、敵と十分な間合いをたもったまま、フェンスの下の穴に向かうことができる——。

——しまった！

声にならない悲鳴をあげたつぎの瞬間、ラッキーは闇に隠れていたフェンスに激突した。なすすべもないまま、わき腹を下にした格好で地面に体を打ちつける。フェンスが急な角度で曲がっていたのだ。

あわてて体勢を立てなおし、体を振りながら息をしようとあえぐ。たちまちフィアース・ドッグが半円をえがいてラッキーを取りかこんだ。

ラッキーは目をしばたたかせてあえぎ、なめらかな毛並みのフィアース・ドッグたちを必死の形相でにらんだ。敵はいま、冷静さと群れの規律を取りもどしていた。盛りあがった筋肉に力をこめながら、統制のきいた動きで、ラッキーを囲んだ半円を容赦なく縮めはじめる。ゆっくり、ごくゆっくりと、フィアース・ドッグは近づいてきた。全身の神経を張りつめさせ、恐ろしい牙をむき出しにしている。闇の中で、その目は憎しみに光っていた。

「汚らわしい雑種め。おまえとおれたちと、賢いのはどっちだ？」メースがうなった。

ラッキーは毛を逆立たせてじりじりあとずさったが、とうとう行きどまりになった。フェンスの針金が、容赦なく尻にかみついてくる。

だが、それくらいはなんでもない。恐ろしい牙が目の前に迫っているのだ。針金よりもはるかに恐ろしい牙が。この猛犬たちは、ラッキーをずたずたにしてしまうだろう。体中、余すところなくずたずたに。

20
脱出

「ブレード！　ブレード！」

ブレードは、声のしたほうへほっそりした優雅な頭を向けた。ラッキーはあることに気づいて、血が凍った。ここにいるフィアース・ドッグたちは、ラッキーの息の根を止めようと息を詰めている。だが、その数は一匹足りない。ブレードは怒りでわれを忘れていたあのときにさえ、群れの一匹に命じて捕虜たちを見張らせていたのだ。そしてその犬はいま……。

「ブレード、逃げられた！　捕虜がいなくなっている」

ブレードはさっとラッキーに向きなおり、死を思わせる白い牙を大きくむき出した。ラッキーは思わずフェンスに体を押しつけ、小さくなって震えた。

「おまえの仲間はどこにいる」アルファは鋭くささやくような声を出した。「まだここにいるのか？」

ラッキーはごくりとのどを鳴らした——まだここにいられては困るのだ。

ブレードは、脅かすように一歩踏みこんだ。「答えなさい、この野良犬め。あいつらはどこに隠れている？　出ていったわけはない。あのメス犬は、フェンスをとびこえられるなどとほざいていたが」ブレードは冷酷な笑みを浮かべた。

ラッキーは、勇気をふりしぼってかすれた声をはりあげた。「ぼくは知らない」

「知らない？　それはそれは。わたしは、いますぐにでもおまえの体をばらばらに食いちぎってやることができるわ。あるいは、おまえの力を借りて、あのみすぼらしいお仲間を捕えることもできる」

「そうだ」ダガーがうなった。「そうすれば、痛い目にあうこともない。まあ、そこまでひどい目にはあわずにすむだろう」

「そのとおり」ブレードはにやりと笑った。「おまえが仲間の居場所さえ吐けば、すべて丸く収まる。知っているんだろう？　われわれがおまえのちっぽけな群れを捕まえたときから、おまえは身を隠していた——」ブレードは〝群れ〟という言葉を、あざけりをこめて吐きすてるようにいった。「だから、あいつらがどこに隠れているかわかっているはずよ。いいなさい、ばかな犬め。そうすれば命は助けてやる。おまえも、おまえの友だちのペットたちも。おとなしくいうとおりにすれば殺しはしない。どう、公平でしょう？　わたしもこれ以上寛大にはなれない」

メースがブレードのとなりでしのび笑いをもらした。

ラッキーは敵の目をみすえたまま、体の震えをしずめようとしていた。闇のように黒い目に、慈悲らしいものはかけらもみえない。

このメス犬は、ラッキーがなにをしようと殺す気でいるのだ。可能なら、ベラたちもみな殺しにするにちがいない。

少なくとも、自分以外の三匹は逃げることができたはずだ。ラッキーはブレードと手下たちのむこうに目をこらし、さらにその先のフェンスのむこうの森をみつめた。〈森の犬〉よ、感謝します。あなたは、ぼくたちみんなを救ってはくれなかった。だけど、友だちを助けてくれた……。

遠くのほうで、翼がはためく音がきこえた。

ラッキーはまばたきをした。

カラスが一羽、枝葉のからみあう梢から飛びたち、カアカア鳴きながら夜空に円をえがいていた。

こんな時間にカラスだって？　ラッキーはあの鳥を以前もみたことがあった。街でみかけたときは、怖気づいていたラッキーに、みまもっているぞと呼びかけるように鳴いていた。フィアース・ドッグとニンゲンがいた庭のそばでも、同じ鳥をみかけた。

これはきっと、ひとつのメッセージなのだ。ラッキーがどこからきて、そして何者なのかを思い出させようとしている――ラッキーは〈孤独の犬〉だ。ぬけめのない、薄汚れた、そして賢い、野良犬だ。本来の姿にもどるときがきたのだ。

ラッキーは本能に従った。いきなり、ブレードの前足のあいだに突進する。ブレードはふいをつかれ、ほんの一瞬、下を向いたまま凍りついていた。ラッキーは転がりざまにブレードのやわらかい下腹に牙を食いこませた。そのまま、力まかせに口を閉じる。とたん、舌に血の味を感じ、ブレードが痛みと怒りに叫ぶのがきこえた。身をよじるようにしてブレードの下からはいだすあいだも、かみついた口は離さなかった。それからラッキーは敵のあいだをすりぬけ、フェンスめがけて走りだした。

奇襲のおかげで、貴重な時間を稼ぐことができた。敵をよけようと、かがんだり身をかわしたりする必要はない――ただ、穴に向かってまっしぐらに駆けていけばいい。大型犬たちは体の向きを変えるのにてまどり、頭に血が上っているせいですばやい行動ができなかった。だがすぐに、フィアース・ドッグたちはラッキーを追いかけはじめた。足音と荒々しい吠え声がきこえてくる。だが、なによりはっきりときこえるのは、必死で走るラッキー自身の荒い呼吸の音だった。

茂みの中を勢いよくぬけると、筋肉と胸が燃えるように熱くなった。足は重く、いまにも動けなくなりそうだった。それでもラッキーは自分を奮いたたせて走り、心臓が爆発するのではないかと思うほど走った。フェンスの穴はすぐそこだった。あと少しだ。うしろから、フィアース・ドッグたちが茂みをぬける音がきこえてきた。

止まるな。止まるんじゃない。あいつらの夕食になるのはごめんだ……。

しっぽに敵の熱い息を感じながら、もつれそうになる足で最後の茂みをぬけ、大急ぎで穴へ向かう。ところが——穴は見当たらなかった！

ラッキーはふたたび走りはじめた。ブレードたちの牙はすぐ真うしろに迫っている。どうして穴を見失ったのだろう？　見過ごしたのか？　もしそうなら、待っているのは死だ——。

あった！　少し前のほうに、穴がぽっかりと開いていた。そこだけ土の上が丸く濃い影のようになっていて、デイジーとアルフィーとベラのにおいがする。ラッキーは穴にとびこみ、もがきながらうしろ足をけった。

息詰まるような数秒間、真っ暗な穴は果てしなく続くように思われた。ラッキーは必死になって前足で体を引っぱり、重くのしかかってくる土の下で体を押しすすめていった。とうとう、奇跡のような瞬間が訪れた。頭が穴のむこうに出て、思いきり息を吸うことができたのだ。ラッキーは穴からうしろ足を引っぱりだそうとしながら、しっぽをめちゃくちゃに振りまわし、あたり一面に土を散らした。よろよろと立ちあがると、勢いよく体を振り、基地に背を向けて走りだした。震える足にせいいっぱいムチを打って走る。

うしろではフィアース・ドッグたちがフェンスの網にぶつかり、とびこえようとやっきになって体当たりを続けていた。彼らは、すぐそばにある穴に気づくことさえできないのだ。最終的には、知恵を使ったラッキーのほうがフィアース・ドッグを出しぬいた。いまや、捕虜はブレードと手下たちのほうだった——高いフェンスのむこうに閉じこめられている。フェンス沿いに走りながら、たがいにぶつかりあう音がきこえた。ラッキーがどこから逃げたのか探そうとしているのだ。

「いまいましい野良犬め!」ブレードのうなり声がきこえた。

ラッキーは全速力で坂を駆けあがり、ぴたりと立ち止まると、そのままじっとしていた。激しくあえぎながら、ずっとうしろからきこえる音に耳を澄ませた。基地から遠ざかってみると、あたりにはただ、静かな闇だけが広がっていた。ときおり、コオロギの鳴き声や、弱い風が木の葉をそよがせる音がきこえる。いきり立ったフィアース・ドッグたちが立てる物音も、いまではごく小さくなっていた。

あの三匹はどこにいるのだろう？　いってしまったのだろうか。ラッキーはあたりをみまわして地面のにおいをかぎ、ベラとデイジーとアルフィーの気配を探した。かすかなにおいが残っているが、近くにはいないようだ。

ぼくを置いていったのか。ラッキーは声にださずにつぶやいた。ベラたちは、ラッキーは自力でどうにかするだろうと考えて、一目散に逃げていったらしい。それでいい。ようやく分別を働かせて、大急ぎで逃げたのだろう。いまごろ安全な場所にいるはずだ。

つぎの瞬間、ラッキーはとびあがった。すぐそばでうれしそうな吠え声がきこえたのだ。

「ベラ？」

ベラが下生えからとびだしてきて、ほっとしたようにはあはあえいだ。前足をラッキーの肩におき、一生懸命顔をなめる。ラッキーは、自分でもはっとするような幸福感が一気に胸に押しよせてくるのがわかった。照れくささのまじった幸福感だ。においに気づかなかったのは、ベラたちが風下にいたせいだった。ラッキーは、フィアース・ドッグから逃げるときに、〈森の犬〉が与えてくれた幸運はすべて使ってしまったらしい。だから三匹に気づかなかったのだ。

「ラッキー！」ベラが吠えた。「逃げきれたのね！」

ふいに、ほかの二匹もとびだしてきた。アルフィーは興奮してきゃんきゃん鳴き、デイジーはラッキーのそばではねまわりながら、ベラの前にまわりこんでラッキーの耳をなめようとがんばっていた。

「デイジー！　アルフィー！」ラッキーは再会をよろこびながら、前足を伸ばして頭を低くし、しっぽを激しく振った。「みんな、待っててくれたのか！」

「もちろん！」デイジーはきゃんきゃん鳴きながらくるっと回った。「置いていけるわけないでしょ？　あたしたちを救ってくれたんだから！」

アルフィーは短いしっぽを思いきり振っていた。「きみは最高だ！」

「また命をかけてあたしたちを救ってくれたのね！」デイジーはうれしくてじっとしていられないようだった。

「ああ、デイジー」ラッキーはため息をつき、鼻先でデイジーをなでた。「きみを見捨てるわけがないだろう？　ぼくのためにモグラを捕まえてきてくれたっていうのに」

ベラは落ちつきを取りもどしたようにみえたが、ラッキーに顔を押しつけたときには、まだしっぽを激しく振っていた。「ごめんなさい、ラッキー。心からあやまるわ。あなたのいうことをきいておくべきだった」

ラッキーはベラの顔をみて目をしばたたかせ、ふんふん鼻を鳴らしながら、なにもいえずにだまっていた。

「あなたが正しかった。わたしはあなたに従うべきだったのよ」ベラは静かにいった。「もうあんなまちがいは二度とおかさない」

ラッキーは胸がいっぱいになった。「たいしたことじゃない」ベラのひたいをなめていう。「気にしないでいいんだ、ベラ。とにかく、いまはここから移動しよう。耳を澄ましてごらん」

三匹はぴたりと動きを止め、闇の中で耳をぴんと立てた。そう遠くないところから、フィアース・ドッグがいらだたしげにうなる声や、フェンスの前でいったりきたりしている音がきこえてきた。あの猛犬たちは、見た目ほど有能な犬ではなかった――自由に動くことさえできない。あれほど鋭い嗅覚を持ちながら、まだ穴を探しあてさえいないのだ――たとえあの穴をみつけたとしても、ここを通りぬけるにはもっと深く掘らなくてはならない。ラッキーは、それ以上ぐずぐずしていなかった。

「いこう」静かに、きっぱりという。「いますぐに」

今度は、だれも反対しなかった。アルフィーが闇に向かってだっと駆けだし、野営地へ続く小道を探しにいった。デイジーとベラもすぐあとに続く。

ラッキーは一瞬立ちどまり、フェンスのほうを振りかえった。ブレードの胸の中では、復讐の炎が燃えていることだろう。あれほど誇り高い犬にとっては、ほかの犬に出しぬかれることほど屈辱的なことはない。ラッキーはブレードに挑戦状をたたきつけたのだ。

ブレードの名をきくのはこれが最後ではないだろう――ラッキーは確信していた。

21 二度目の出発

ラッキーが目を覚ますと、東の空に薄い灰色の線が現れつつあった。あたりをみまわすと、単調な灰色の景色の中に、さまざまな形の影がぼんやりとみえはじめている。とげや小枝が毛皮を刺した。ほかの三匹も快適とはいえない夜を過ごしたにちがいない。ラッキーは昨夜、〈太陽の犬〉がのぼるまで下生えに隠れて休むべきだといってゆずらなかった。もしあとをつけられているなら、ブレードたちを野営地に連れていくことになってしまう。それは避けたかった。

ラッキーはまばたきをして、起きたばかりで重いまぶたから眠気を払いおとした。こわばって痛む体を伸ばし、力なくしっぽを振る。眠っているデイジーに近づくと、鼻先で耳をつついた。

「ほら、デイジー。そろそろ出発するよ」

デイジーは体をぴくっと動かしてすぐに目覚めた。冒険の直後で、まだ緊張が解けていないらしい。すぐにアルフィーの耳元で小さく吠え、その体を前足でつついた。一刻も早く出発したいのだ。ようやく——と、ラッキーは思った。ようやくデイジーも、警戒することがどれだけ大事なのかわかってくれたらしい。

「ぼくには、フィアース・ドッグがあの穴をみつけたとは思えない」ラッキーは静かにいった。「だけど、このあたりにいるのは危険だ。あいつらはきっと、明るくなったらまたフェンスのあたりを探しはじめる」

「きっとそうだわ」デイジーが震えた。

アルフィーは地面を爪で引っかきながら伸びをすると、さっそく駆けだした。ほかの三匹もあとに続き、そのまま速度を落とさずに走りつづけた。ラッキーは、基地からできるだけ遠ざかりたかった。ブレードとその群れから離れられるだけ離れなくてはならない。そのためには走りつづけるしかないのだ。

ラッキーは重苦しい気分でこう考えていた——野営地へもどっても安全とはいえない。そのことをほかの犬たちに伝えなければならないと思うと、不安だった。

走っているうちにこわばった体は少し楽になったが、いらだちと疲労はあいかわらずだった。

不安がいっそう体を重くする。ベラが問いかけるような視線をちらちら送ってきたが、ラッキーは自分の考えを話す気にはなれなかった。

川に下る長い坂には思っていたよりも早く着き、すぐに野営地もみえた。ラッキーは、ここを去らなければならないという確信をいっそう強めた。この場所は、あの危険な基地に近すぎる。

ミッキーがとびだしてきて、四匹を出迎えた。賢そうな顔に不安そうなしわをよせている。サンシャインはうしろ足で立ち、ほっとしたように吠えた。

「帰ってきた！　よかった！　なにがあったの？」

「みんなが集まってから説明するよ」ラッキーはサンシャインの鼻をなめ、頭で押しながら野営地にもどるよううながした。ミッキーの視線を感じたが、心配そうな表情には気づかないふりをした。

〈囚われの犬〉たちはすぐにラッキーを囲んで集まり、ニンゲンの形見を自分たちの前の地面にそっと置いた。そして、なにがあったのか知ると――アルフィーとデイジーが息を切らしながら、切れ切れの情報をまくしたてた――ただ、仲間がもどってきたことをよろこんだ。食糧を持ってこなかったからといってがっかりする者はいなかった。

「逃げだせたなんて信じられない」マーサが身ぶるいしていった。「きくだけで恐ろしいもの。ぞっとするわ」

「そうなの、ほんとにぞっとしたの」デイジーが力をこめていった。

「ラッキーが走っているところをみてほしかったよ！」アルフィーがきゃんきゃん鳴いた。

「もうだめかと思ったのに、すばらしい走りっぷりで逃げきったんだ！」

「すごく勇敢だったの！」デイジーがはあはあいいながら、憧れをこめてラッキーをみつめた。

「その犬たち、みんなのあとをつけてきたの？」サンシャインがたずねた。

「いいや」ラッキーはいい、深呼吸をして続けた。「だけど、においをたどればこの野営地にやってくると思う。だけど、みつかることはない。なぜなら、ぼくたちはこれからここを離れるから」

一瞬、犬たちはしんとなり、力なくしっぽと耳を垂れた。

「そんなのいや！」サンシャインが不満げに鳴いた。「もう？」

「ほらほら、サンシャイン」マーサは思いやりをこめてマルチーズをなめ、もう少しで地面に転がしてしまいそうになった。「ここはたしかに申し分ない場所だけど、でも、きっと同じくらいすてきなところがみつかるわ」

「そう簡単じゃないだろう」ミッキーが沈(しず)んだ声でいった。「だが、ラッキーのいいたいこともよくわかる」

「ええ、いきましょう」ベラの声は明るかった。「まさかあなたたち、ここでブレードとお仲間たちがくるのを待つ気じゃないでしょ？　かわりに答えてあげるけど、みんなだってブレードには会いたくなんてないはずよ」

「ああ、まっぴらだ」アルフィーがぶるっと震(ふる)えてうなずいた。「サンシャイン、悪く思わないでくれ」

サンシャインは悲しげにくんくん鳴き、木陰(こかげ)と澄(す)んだ小川に恵(めぐ)まれた緑地をみわたした。

「わかったわ」

「じゃあ、出発しましょう」さっそくベラはいった。「ほらみんな、ニンゲンたちの形見を持って」

ラッキーはうんざりしてため息をついたが、口をはさむのはやめておいた。持っていきたいなら持っていかせればいい。それで少しは元気も出るだろう。少なくとも群れの犬たちは、すみやかに行動に取りかかった。そして、野営地を去らなければならないことを納得した。まちがいなく成長しているのだ。

群れの犬たちは野営地を出ると、まずは草木のまばらに生えた尾根づたいに歩き、それから谷間へ下っていった。ラッキーは小さな群れを振りかえり、この犬たちはべつの意味でも成長したと思った。おどおどした世間知らずの〈囚われの犬〉の面影はほとんど残っていない。ラッキーに連れられて街を出たときとはまったくちがう。

その体からは石けんやニンゲンのにおいは消え、かわりに、川の水や木のにおい、土や仲間たちのにおいがする。野生の犬がまとうべきにおいだ。見た目もそれらしくなっている。サンシャインでさえ、ニンゲンにブラッシングをしてもらっていたころのなごりはない。ラッキーの目には、からまった毛で足を泥だらけにしながら走るサンシャインのほうが、しあわせそうにみえた。サンシャインとミッキーの二匹は少しずつ仲良くなっていた。ミッキーが、旅を続けながら狩りをしないかと誘うと、サンシャインははりきって誘いに乗った。

「あまり遠くへいかないでくれ！」ラッキーは二匹に声をかけた。

「もちろんだとも」ミッキーが真剣な口調でいった。「できるだけ群れの近くにいるよ」

群れか――ラッキーは胸の中でひとりごちた。ボーダー・コリーとマルチーズのちぐはぐな狩りの仲間は、谷間に並んで生えた茂みのほうへ駆けていった。たしかにこれは、群れと呼んでもいいかもしれない。不平も不満もめったにいわなくなっている。毛にとげがからみついたとか、前足を少し切ったとか、それくらいのことで立ちどまって泣き言をいう者はいない。みんなでまとまって行動し、そうと意識することなく、たがいの身の安全を気にかけるようになっている。

犬の本能がよみがえってきたのだ――ラッキーはそう考えて、誇らしい気分になった。ベラでさえ、内なる本能に耳をかたむけようとしている。だがベラ自身は認めようとしなかった。気づいていないのかもしれない。それでもこの犬たちは、〈自由の犬〉になる方法を学びつつある。

ラッキーは、低い丘のてっぺんをめざしながら、より慎重に動くようになっていた。できるだけ姿勢を低くして物音を立てないように歩き、両方の耳をぺたりと頭につける。ミッキーとベラがそのようすに気づき、近づいてきて、ラッキーの左右にぴたりとついた。

「どうしたの?」ベラが不安げにたずねた。

「下の野原をごらん。黄色いニンゲンをみたところだ。注意していこう」

犬たちは緊張した面持ちで丘の下の野原をみやった。いいぞ――ラッキーは思った――吠える前に考えるようになっている。丘の上からは、野原のまわりのようすがよくみえた。高い塔からは煙が立ちのぼり、流れの遅い灰色がかった緑色の小川には、ぶきみに固まった泡が浮かんでいる。野原のわきの道路にさえ、汚い石けん水のようなものが染みを作っていた。おそらく、塔からもれてきたのだろう。ラッキーはぶるっと身ぶるいし、そして体を思いきり振った。この恐ろしい場所から、逃げだせるうちに逃げだしておいてほんとうによかった。この土地は、混乱と病、そして死を思わせた。

ラッキーはできるだけ進む速度をあげた。群れの犬たちにはこういう光景をみせておくべきだったのだ。ラッキーは久しぶりに肩の力がぬけてくるのを感じながら、うしろのサンシャインとデイジーのおしゃべりに耳をかたむけた。

そのとき、ニンゲンの大声がきこえてきた。

ラッキーは片方の前足を宙に浮かせたまま凍りついた。恐怖がさざ波のように背骨を伝いおりていく。ほかの犬たちも耳を立て、中には興奮してきゃんきゃん吠える者もいた。だが、ベラは鋭い口調でいった。

「落ちついて！　静かにしなさい！　デイジーがどんな目にあったか忘れたの？」

「そうだわ」デイジーは小さな声でいった。「すごく気をつけてなくちゃだめよ」

ラッキーは、足をつぎの足の前にそっと置くような歩き方で、木々や茂みのあいだを進んでいった。すると、一軒の低い建物がみえた。建物の前にめぐらされたさびた針金のフェンスをみて、ラッキーはフィアース・ドッグの建物を思いだした。ブレードやダガーたちから遠く離れているとはいえ、こういう建物は好きになれない。ラッキーは胸騒ぎを覚えながら、かがみこんでフェンスのにおいをかいだ。

　前方と横から小枝が折れる音がして、ラッキーは危うく悲鳴をあげそうになった――だがそうするかわりに、できるだけ物音を立てないように進んだ。体を小さくして木の幹に押しつけ、みつかりませんようにと祈る。ニンゲンが――さっきの大きな声の主だろう――厚い茂みからとびだしてきたが、その姿はどこか奇妙だった。異様に大きく、でこぼこしている。ラッキーはすぐにそのわけがわかった――肩に死んだシカを背負っているのだ。もう片方の手には鉄の筒を持っている。鼻をつく鋭いにおいから判断するに、あの筒はたったいま火花を吹き、シカを殺したにちがいない。だが、においはそれだけではない。新鮮な血のにおいがシカの死体からただよってきている。獲物のにおい。食べ物のにおいだ……。

　ラッキーは木立の中にそっと引きかえすと、ニンゲンが低い建物の扉を引きあけ、シカを中に運びこむのをみまもった。こちらの存在にはまったく気づいていない――犬たちがこのまま静かにしていさえすれば――。

　ところがそのとき、ブルーノがだっと駆けだし、あいさつをするつもりで吠えはじめた。ミッキーとサンシャインとアルフィーも、それ以上自分を抑えられなかった。ベラが、もどってきなさいとうなったが、従ったのはデイジーとマーサだけだった。一番小さなデイジーはマーサの足のあいだにもぐりこみ、縮こまって震えていた。残りの犬たちはうれしそうにきゃんきゃん鳴き、耳をぱたぱたさせながらニンゲンめがけて走っていった。

ニンゲンはさっと振りかえり、どさりと音を立ててシカを落とすと、目を大きく見開いた。荒々しい声でどなって肩の上で鉄の筒をかまえると、走ってくる犬たちにねらいをさだめた。

ラッキーは震えた。恐怖で毛が逆立つ。みんなはあの筒のことを知らないのだろうか。あの恐ろしい武器がなにをするのか、知らないのだろうか？　気をつけろと吠えようとした瞬間、鉄の筒がすさまじい音を立てた。

その音は〈大地のうなり〉ほども大きかった。音があたりにこだまし、ラッキーはひどい耳鳴りがしていた。犬たちはぎょっとして、足をもつれさせながらあわてて止まった。

ラッキーは前へ飛びだした。気は進まなかったが、みんなのことが心配だったのだ。すぐに、だれもけがをしていないことがわかった。鉄の筒は犬たちの頭の上をねらっていたにちがいない。

ニンゲンは犬たちがおびえてあとずさるのを確かめると、振りかえってシカを戸口の中に引つぱりこみ、力任せに扉を閉めた。

　すると犬たちは、しっぽを巻いて逃げるどころか、信じられないことにふたたび低い建物のほうへ駆けだした。

　ブルーノががっしりした体を扉にぶつけると、さっそくほかの三匹も、くんくん鳴いたりかん高い声で吠えたりしながら戸板を引っかいた。ラッキーはあきれてベラと顔をみあわせ、すぐに走りはじめた。ベラがすぐあとに続く。

「早く逃げるんだ！　いいかげんにしろ！　なんのつもりだ？」

「ブルーノ！」ベラが吠えた。「あの鉄の筒をみなかったの？　音がきこえなかった？」

　ブルーノはベラを払いのけ、もういちど扉にとびついた。「あれはただの銃だ！　おれのニンゲンも持っていた！　銃を使ってシカを捕まえてたんだ。この家のニンゲンと同じだよ！」

「ベラ、きみこそみなかったのかい？」ミッキーがどなった。「あのニンゲンはわたしたちを撃ったりしなかった！　悪いニンゲンじゃないんだ。黄色い服を着た目のないニンゲンとはちがう」

「そうだそうだ」アルフィーがきゃんと鳴いた。「ベラ、悪いニンゲンじゃないんだ！　それにあのニンゲンは、シカを一頭捕まえてた。一頭丸ごと食べられるわけない！　ぼくたちで手伝ってあげればいいじゃないか！」アルフィーは扉に向きなおってやみくもに吠えた。

家の中から、怒ったニンゲンのわめき声がきこえ、ラッキーはびくりと体をすくめた。

サンシャインだけはとまどっているようだった。ためらいがちに、マーサと、そのそばで震えているデイジーのほうをちらちら振りかえっている。「ミッキー、ベラが正しいのかもしれないわ。あのニンゲンは、あたしたちを脅かそうとしてたのよ……その……あたしたちにけがはさせなかったけど……」

「つぎは殺されるぞ」ラッキーは怒りをこめてうなった。「あいつは警告したんだ……」

「もういいわ、ラッキー！」ベラが割って入り、面食らったラッキーの顔をじっとみつめた。「もちろん、あなたのいうとおりよ」そういうと、仲間たちのほうを向きなおった。「わたしだって、自分のニンゲンが恋しいのは同じ。でも、あれはわたしたちのニンゲンじゃない。ニンゲンをみつけるたびに追いかけるわけにはいかないのよ！」

ブルーノとミッキーとアルフィーの顔にも、はじめてためらうような表情が浮かんだ。「だけどベラ……」アルフィーが小さな声で口をはさむ。

「わたしたち、このままじゃだめよ」ベラの声は厳しかった。「行動する前に考えなくては。あなたたち、ラッキーの話をまったく理解していなかったのね」

四匹は恥じいっているようにみえた。ラッキーはベラをみながら、胸の中で誇らしさときまり悪さがぶつかりあうのを感じていた。群れをまとめるベラの才能には心から感心していた。ミッキーたちはいま、まちがいなくベラをアルファとしてみなしていた。うなだれてうしろ足のあいだにしっぽをはさみ、しょんぼりと仲間たちの待つ木立のほうへもどっていく。ベラはきっと、群れの良きアルファとなるだろう。

じきに、この群れがラッキーを必要としないときがくる。

デイジーは仲間がもどってくると、ほっとして小さく鳴いた。「ねえミッキー、あのニンゲンも獲物のシカも、もう放っておかない？　あたしたちのことなんてどうでもいいみたいだもの。それより、急いでここを離れたほうがいいわ！」

ミッキーはすまなそうにベラの鼻をなめた。「きみのいうとおりだ、デイジー。悪かった。ベラ、わたしたちみんな、悪かったと思っているよ。考えが足りていなかった」

「もういいのよ」ベラはいった。「でもこれからは、ニンゲンたちをみたら注意しなくてはいけないわ。なにを考えているのかわからないのだから。絶対に覚えておいてちょうだい。相手は、わたしたちのニンゲンではないということを」

ラッキーは、さっきよりもおとなしくなった犬たちとともに、谷間の上のほうを進んでいった。歩きながらベラに近づいてあごをなめる。ベラは問いかけるような目でみたが、うれしそうな顔だった。

ベラは大事なことを理解しはじめている――ラッキーはそう考えて、安堵と誇らしさで胸が温かくなった。

一行の歩みは速かった。まるで、鉄の筒を持ったニンゲンとの不愉快な一件に追いたてられるように進み、休む時間も、水を飲んだり食べたりする時間も惜しんでいた。それでもラッキーは、サンシャインとミッキーがウサギを捕まえて狩りからもどってくると、たっぷり時間をかけてほめた。とくに、サンシャインにはほめ言葉を惜しまなかった。さっきの事件でショックを受け、ベラからも厳しく叱られたあとだ。群れの犬たちにははげましが必要だった。

それでも、一行は前よりも状況に順応していた。ラッキーでさえ経験したことのない長い距離を旅し、〈太陽の犬〉が西の丘に消えようとするときになっても、弱音を吐くことはめったになかった。ラッキーは、サンシャインとデイジーががまんの限界に近づきつつあるのに気づくと、丘の上からがんばれと声をかけた。

「ここで休憩しよう。ほら、みてごらん！」

犬たちは丘をのぼってラッキーのそばにくると、体を投げだすようにして腹ばいになり、前足に頭をのせて景色をながめた。

「まあ、これって……」マーサが声をあげた。

「あれ、あたしたちの街なの？」サンシャインが息を飲んでいった。

見晴らしのいい丘のてっぺんからは、ラッキーでさえみたことのない景色が広がっていた。海岸線は銀のリボンのようなカーブをえがき、青い大海原のむこうには水平線がきらきらとかがやいている。足元から傾斜している丘を目で追うと、その先には山脈や野原や広々とした草原がみえ、美しくかりこまれた芝地もみえた。遠くにあるので、とても小さくみえる。

丘の上からは、犬たちが住んでいた街もみえた。ラッキーは身じろぎもせずに街をみつめた。間近でみるより、遠く離れたこの場所のほうが、変わりはてた街のようすがよくわかった。街のあちこちにぽっかりと穴が開いている。まるで、病気になった犬の毛皮からのぞく皮ふのようだ。そこは、〈大地のうなり〉のあと、建物がこつぜんと姿を消した部分だった。銀色の湖面がちらちら光っている部分もあるが、本来そこは、湖があるべき場所ではない。灰色がかった緑色の毒の川が、崩れた建物のあいだを走っているのもみえる。

サンシャインはこらえきれずに一度吠えたが、ほかの犬たちは押しだまっていた。やがてベラが、犬たちの正面に進みでた。

「きいてちょうだい。みんながみているのは変わってしまった世界よ」ベラはそういうと、ラッキーを横目でみた。ラッキーはうなずき、はげますように優しくうなった。

ベラはふたたび群れの仲間たちに向きあい、さっきよりも自信を持って語りはじめた。「この丘（おか）からは世界のすべてがみわたせる。全世界がみえるでしょう？　それがどれだけ変わってしまったかわかるでしょう。そして、変わってしまった世界の中では――」ベラは少し言葉を切り、一匹（ぴき）ずつ仲間たちの目をみつめた。「――犬も変わらなくてはならないの」

デイジーが不安そうにくーんと鳴いた。マーサはしっかりとベラの目をみかえした。「あなたは、世界だけが変わったのではない、といいたいのね。そうでしょう？」

ベラは一拍（いっぱく）置いた。落ちつかないようすでしっぽをぱたぱた振（ふ）っているが、それでも堂々としていた。「わたしたちは自分の力で生きぬかなければならないの。学ばなければならない――選択肢（せんたくし）はほかにないの」

「だけどベラ」アルフィーが頼（たの）みこむような調子でいった。「ぼくたちは学ぼうとしてるじゃないか。そして、ちゃんと学んでる」

「わかってるわ！　わたしたちは本物の群れみたいに行動してる！　でも、自分たちのことを信頼（しんらい）しないうちは、ほんとうの意味で自立することはできないのよ」ベラは前足で、アルフィーの前に置かれたニンゲンの形見のボールをさわった。「わたしたちは、自分が独りだということを受けいれなくてはならないの。自分自身に頼らなくてはならないの。ほかのだれにでもなく、ニンゲンにでもなく。わたしたちは――」ベラは深呼吸をした。「――ニンゲンの形見を捨てなければならないわ」

ミッキーははっとして、くわえていたグローブを落とした。グローブをみつめ、それからベラをみつめる。「捨てる？　ベラ、そんなことはできない！」

「でも、しなければならないの！　わからない？　ニンゲンの形見をニンゲンの過去といっしょに置いていかないかぎり、わたしたちはほんとうの意味で自分自身を信じることはできない。おたがいのことを信じることもできないのよ。形見は過去のものだということを認めなくては！　ミッキー、少なくともいまは。大事なものだけど、過去のものなのよ。おねがいだからわたしを信じて」

ベラは耳を垂れて静かに続けた。「たぶん、ラッキーが正しいわ。たぶん、わたしたちは、自分たちの中にある犬の本能に耳をかたむけなければならないのよ」

ラッキーは、ベラのことをこの上なく誇らしく思った。

ミッキーは悲しげにブルーノをみつめた。ブルーノは深いため息をついて腹ばいになり、前足に大きな頭を寝かせた。だが、アルフィーの怒りをこめた吠え声が、その重苦しい沈黙をやぶった。

「ラッキーにはわからないんだ。そしてベラ、きみだってわかってない！」

「アルフィーのいうとおりだ」ミッキーが立ちあがっていった。「この形見の価値はラッキーにはわからない。だけど、ベラ。きみには、これがどれだけ大切なものなのかわかっているだろう」

大切なのは――ラッキーは、もどかしくて叫びそうになった――形見を捨てることなんだ！しかしラッキーは、自分はだまっているべきだとわかっていた。なによりベラのために、いまは口をはさんではいけない。だからラッキーはだまっていた。

「そう、大切なものよ」ベラは静かにいった。「でも、生きぬくことはもっと大切でしょう」

「ラッキーにいわれたからそんなことをいうんだろ！」アルフィーがかん高い声でいった。

「きょうだいをよろこばせようとしてるだけだ！」

「ばかなこといわないで！」ベラはぴしゃりといった。「わたしがこんなことをいうのは、これが真実だからよ」

「いやよ、ベラ！」サンシャインがきゅうきゅう鳴き、黄色い革ひもを前足で押さえた。「これを捨てるのはいや！　あたしのニンゲンがくれたんだもの。特別なものなの！」

「そうだ！」ブルーノがうめくようにいい、ひさし帽を口で拾いあげた。ベラに奪われるとでも思っているかのようだった。

　アルフィーの目は怒りに燃えていた。「ベラ、きみにはあきれたよ。ぼくたちは絶対にニンゲンをあきらめたりしない！」

「それなら、わたしたちは共倒れするしかない！」ベラは吠えた。「いつまでも未練がましくうしろを振りかえって、ニンゲンが助けにきてくれないかしらと期待することになる。いまのわたしにはわかるの。あなたたちだって、ほんとうはわかっているはずよ――ニンゲンたちはもどってこないってことが！」

　犬たちが怒って牙を鳴らしたり、キャンキャン鳴いたりしているそばで、デイジーがぺたんとすわりこみ、悲しげに遠吠えをした。

　仲間ははっとしてデイジーを振りかえり、それからたがいに顔をみあわせた。

「けんかしないで！」デイジーはくんくん鳴いた。「けんかするのはきらい！」

　ベラは子犬のほうを向いて、安心させるように顔をなめた。「ごめんなさい。あなたのいうとおりね。争ってもいいことはないわ」ベラは意を決したように顔を起こし、もういちど仲間たちの目をまっすぐにみつめた。

ラッキーは、ことの次第をみまもりながら、ろくに息もできなかった。自分が口をはさむわけにはいかない。なにか決定的なことが起ころうとしているのだ。この犬たちは、フィアース・ドッグの一件で、ラッキーの忠告はきいておいたほうがいいのだと学んだ――いまは、ベラの忠告に耳を貸すときだ。あのときの教訓を忘れてはいないだろうか。

最初に動いたのはマーサだった。長いあいだ迷っていたが、かがみこんで赤いスカーフを口にくわえた。ラッキーは口から心臓がとびだしそうな気分になった。ベラに反抗するつもりなのかと思ったのだ――マーサはベラに背を向け、不確かで危険な未来へとびこむつもりなのだろうか。

しかしそうするかわりに、マーサは土のやわらかい部分をみつけると、前足で掘りはじめた。水かきのある大きな前足のおかげで、いくらもたたないうちに小さな穴ができた。ほかの犬たちは、あたりにとびちる土をだまってみていた。穴が前足ほどの深さになると、マーサはスカーフを拾いあげ、穴の中にそっと落とした。

犬たちはそわそわと視線を交わした。まずブルーノが、むっつり押しだまったまま、マーサにならって自分が持ってきた帽子を埋めた。続いてアルフィーがボールを、サンシャインがきらきらした革ひもを穴に埋めた。サンシャインは悲しげな顔で、革についたきらめく石にゆっくりと土をかけていった。デイジーは、古びた革の袋を埋める穴をなかなか作れずにいたが、マーサが気づいていっしょに穴を掘りはじめた。じきに、サンシャインもデイジーも、自分たちの形見に土をかぶせ終えた。ラッキーは静かにみまもっていた。ひと声でも吠えれば、本能がかけた魔法をやぶってしまいそうで怖かった。まちがいない。犬たちは、自分の内なる声に耳をかたむけているのだ。とうとうベラが、自分の古ぼけたクマのぬいぐるみをくわえて土の中に埋めた。

穴に土をかぶせてしまうと、ベラはちらりとミッキーをみた。ミッキーが最後だ。ミッキーはグローブに前足を置いた。「これは、わたしの小さなニンゲンの一番の宝物だった。あの子はほんとうにこれを大事にしていた。かなうなら、置いていくことはなかったと思う。わたしのことだって、かなうならいっしょに連れていったはずだ」

ベラは真剣な顔でミッキーをみつめ、ほかの犬たちはたがいに顔をみあわせた。

ミッキーは、くたびれた革に愛おしそうに鼻先をすりつけ、そして顔をあげた。「わたしはニンゲンへの信頼を捨てることはできない。きみたちもそうだと思う。形見を置いていくべきだという考えはわかる――ベラ、ほんとうにわかっているんだ。これ以上ニンゲンを頼ることはできないということも、わかっている。だが、わたしたちの内で一匹だけは、ニンゲンのことを覚えておくべきだと思う。一匹だけは、ほかの仲間のかわりに、思い出の品を運んでいかなくてはならないと思うんだ」ミッキーはそっとグローブをくわえていった。「わたしが、その役目を担おう」

ベラは、わかったわという印に静かに吠えた。「ミッキー、あなたのいうとおりなのかもしれない。ときどきはわたしたちが、あなたにかわってそのグローブを運びましょう――そうすれば、みんなでニンゲンの記憶を分かちあうことになるもの」ベラは愛情をこめてミッキーの顔に鼻を押しつけた。

ラッキーは仲間たちがニンゲンの形見と過ごせるように、丘を少し下っていき、そこからうしろを振りかえってみた。犬たちは盛りあがった土のそばに立ち、空に向かって遠吠えをはじめた。その吠え声をきいていると、ラッキーの胸の内にはさまざまな感情がうずまいた。みんな、いなくなったニンゲンたちのことを悲しんでいる――しかし同時に、世界に向かって叫んでもいる。自覚があるかどうかはわからないが、ふたたびこの犬たちは、〈大地の犬〉とともに生きようとしているのだ――。

ひときわ大きなベラの声がきこえてきたとき、ラッキーは、自分の心臓が愛情と誇りでいっぱいになるのを感じた。

「〈大地の犬〉よ！」ベラは叫んだ。「〈大地の犬〉よ、わたしたちの宝をお守りください！」

「わたしたちのことをお守りください！」ミッキーが遠吠えをした。「〈大地の犬〉よ——わたしたちのニンゲンを家にお返しください」

ラッキーは仲間の悲しみを分かちあうことはできなかったが、みんなに対するあふれるような優しさを感じていた。愛情と同情で、胸が痛いほどだった。だがいっぽうで、自分はこの犬たちとはちがうのだと思うと、くらくらするようなよろこびを感じた。

自分はなにものにも囚われることのない自由な犬だ。

〈孤独の犬〉だ。

22 別れのとき

翌日、ラッキーは、疲れて重い足を引きずるようにして森や小川のそばを歩いていた。すると、ふいに谷間が目にとびこんできた。急なカーブをえがく坂を歩いていたために、傾斜の急な尾根のはしに前足をかけるまで、谷間の存在には気づかなかったのだ。

ほかの犬たちもそばに近づいてきた。そろってくたびれ、毛皮には旅のほこりが厚く積もっていた。ラッキーはなにもいわずに下の谷間をみつめていた。中心に流れる澄んだ川は、岩や小さな丘や木立や茂みをよけながら蛇行していた。隠れる場所に恵まれていながら、この谷間は十分に広々としていた。ここをすみかに定めれば、敵が迫ってきたとしても遠くから気づくことができる。倒れてきそうな大木も、転がりおちてきそうな巨大な岩もない。ふたたび〈大地のうなり〉が起こったとしても、下敷きになる恐れはない……。

申し分なかった。ここならラッキーの仲間たちも安全だ。自分は安心して群れを去り、もういちど〈孤独の犬〉として旅を続けることができる。

よろこぶべきことだった――それなら、腹の中に感じる、このよじれるようなさびしさはなんだろう?

ラッキーのとなりで、デイジーがくーんと鳴いた。不満げな声ではなく、期待をこめた鳴き声だ。昼間の空に高くのぼった〈太陽の犬〉が、尾根の下の緑地と川を金色に染めた。

「ラッキー! もしかして――あたしたち――」

「ああ、いいかもしれない」ラッキーはおだやかにいった。

「ここに? ほんとう?」デイジーはぽかんとして声をあげた。

ラッキーが答える必要はなかった。ブルーノが谷間をながめながら、さっそく感想をのべたのだ。「最高じゃないか! ラッキー、さすがだよ!」

「きれいなところだ」アルフィーがささやくような声でいった。「完ぺきだ!」

「きっと狩りの獲物にも困らない」ラッキーは、ベラとミッキーがそばにくるといった。「ネズミやウサギにとっては理想的な地形だから」

ブルーノは前足からもう片方の前足へ体重を移しながらいった。「ラッキー! これはつまり、〈大地の犬〉がわれわれのささげものを、よろこんでくれたということかね」

一瞬、ラッキーは言葉に詰まった。「ニンゲンの形見のことかい？　そうだね、もしかしたら……」

「ぼくはブルーノのいうとおりだと思う」アルフィーが声をあげた。「やっと〈大地の犬〉はぼくたちのことを気に入ってくれたんだ。だからここに連れてきてくれたんだよ！」

ラッキーも、この谷間をみつけたのは幸運だったと思っていた。「とてもいい場所だと思うよ。ここならきみたちは気持ちよく暮らせるだろうし、狩りをしておなかいっぱい食べられる。なによりいいのは、これ以上ないくらい安全だってことだよ」ラッキーは愛情をこめてアルフィーの鼻をなめた。「ぼくもうれしいよ」

「それって――」アルフィーは驚いてだまりこんでしまった。

ブルーノが横からいった。「ラッキー、おれたちのもとを離れるつもりか？」

ラッキーは目をそらし、わざと明るい声で吠えた。「もちろん。はじめから、そういう約束だったじゃないか！」

とたんに、うろたえたような吠え声がいっせいに上がり、ラッキーは思わず首をすくめた。

「あたしたちを置いていくなんてだめよ！」サンシャインが叫んだ。

ラッキーはマルチーズの頭をなめながらいった。「ぼくは〈孤独の犬〉なんだ。独りで生きていかなくちゃいけない」

「でも、あたしたちの群れの一員でしょ！」デイジーがくんくん鳴いた。

「それはちがう！　きみたちにはぼくなんて必要ない！　自分たちがどんなに上手に狩(か)りをしてきたか思いだしてごらん。自力で生きていけるようになったんだよ。それに、内なる本能に耳をかたむけることもできるようになった――これはなにより大事なことだ。きみたちはチームだ。本物の群れだ。そして、完ぺきなすみかまで手に入れた！」

「ああ、ラッキー」ベラが近づいてきてラッキーの鼻をなめ、正面にすわってまっすぐに目をみつめた。しっぽはゆっくりと地面を打っていた。

　ラッキーは気持ちが沈(しず)んだ。頼(たの)むから。頼(たの)むから、引きとめないでくれ。きみと争うなんて耐(た)えられない。こんなにたくさんのことをいっしょに切りぬけて、どうにか生きのびてきたというのに……。

「心配しないで」ベラが鼻先でラッキーの鼻に触(ふ)れた。「けんかをするつもりはないの。でも、ひとつだけおねがいをきいてほしいのよ。あとひと晩だけ、わたしたちといっしょにいてちょうだい」

「そうよ！」サンシャインが吠(ほ)えた。「ラッキー、おねがい！」

「そうそう、おねがい！」デイジーは頼みこむような顔でいった。ほかの犬たちも、ベラたちに賛成して熱心に吠えたてた。

「ひと晩だけでいいから」ベラは、すがるようにラッキーから目をそらさなかった。「夜が明けても気持ちが変わっていなかったら、もうとめたりしないわ。頼んだりもしない」ベラは片耳を折って小首をかしげた。「それならいいでしょう？」

ラッキーはため息をついて目を閉じた。気持ちは変わらない。それはまちがいない。これまでもずっと群れを離れたいと思っていたし、明日の朝にもきっと、同じことを思っているにちがいない。

だが、ベラの頼みをきくくらいたいしたことはない。もうひと晩だけ仲間たちと丸まって眠り、子犬時代から久しく感じたことのなかった温もりと、仲間のいる安心感を味わってみればいい。

安らかにひと晩過ごし、夜が明けたらまた、むかしの暮らしにもどればいい。自由と孤独、さびしさの混じった幸福を取りもどせばいい。それがラッキーの望むものだった。ずっと恋しく思っていたものだ。胸の奥では、子犬のように小さな声が、仲間といればいいとささやきかけていた。だが、これは大むかしの思い出にすぎない。死んでしまった記憶にすぎないのだ。

その記憶が生きていたおぼろげな過去のことを、ラッキーはもうほとんど覚えていなかった。

ラッキーは腹ばいになって前足に頭を置き、急ごしらえの群れの犬たちが働くようすをみまもっていた。すっかり感心していた。ベラの自信に満ちた指示に従って、彼らは優秀なチームとして動いていた。ここまで成長したのかと思うと、群れに対するうずくような愛情がわいてくる。

アルフィーとサンシャインは谷間から長い枯れ草を口いっぱいにくわえて運んでくると、川辺の大きな平たい岩の上にしきつめた。それを終えると、はあはあえぎながらしゃがみ、仕事の成果をうれしそうにながめた。その草の上に、ほかの犬たちが狩りの獲物をていねいに並べた。ラッキーは狩りを手伝おうとしたが、仲間に入れてもらえなかった。

「あたしたちのお客さんだもの！」デイジーがきゃんきゃん鳴いた。

「お客さんになってくれれば、わたしたちも、あなたにさよならがいえるわ」ベラは静かにいった。

狩りを教えるときにそばでみまもっていたことがあったが、そのときといまとでは状況がまったくちがっていた。なにもしないでいるのはきまりが悪い。だがブルーノは、ラッキーが手伝うよと申してるたびに、いたずらっぽく牙を鳴らしてみせた。

「いいから、寝転んでのんびりしててくれよ！」

そこで、ラッキーはいわれたとおりにした。そうと決めてくつろいでみると、たしかにいい気分だった。日も高い時刻に、川辺で木漏れ日を浴びながら寝そべり、せせらぎに耳を澄ましていればいいのだ。いま、群れの犬たちは一匹また一匹ともどってきて――一番最後のミッキーは、ぐったりした血だらけのウサギをくわえていた――獲物を草のベッドの上に置いた。

デイジーははにかみながら、ほとんどぺしゃんこになったネズミを置いた。ベラはウサギを、マーサはどうにかしてリスを捕まえてきていた。ブルーノとミッキーの獲物はひときわ目を引いた。小さなシカだ。二匹で協力して、驚かせたところを追いつめて捕まえたのだ。シカは、真ん中に誇らしそうに置かれていた。アルフィーとサンシャインは、草といっしょに昆虫も何匹か捕まえてきていた。

ラッキーは、半円をえがいた犬たちに囲まれると胸が熱くなった。ベラがしっかりした足取りでラッキーの前に進みでた。前足を伸ばして体を低くし、頭を下げて話しはじめる。

「あなたがしてくれたすべてのことに感謝して、この獲物をささげるわ。どうか最初のひと口を受けとってちょうだい」

ラッキーはごくりとのどを鳴らした。こんな儀式ははじめてみる。きまりが悪かったが、胸を打たれてもいた。みんなは、ニンゲンたちとの生活の中で知った習慣やきまりごとの中から、ラッキーのためにこの特別な儀式を考えだしてくれたのだ。ラッキーは、群れの犬たちが、最後の夕食をともにしようと思いついてくれたことがうれしかった。

「食べて食べて、ラッキー」サンシャインが期待をこめていい、白い耳をぴんと立てた。「全部、最初のひと口を食べて！」

ラッキーはその言葉に従い、草の上に広げられた獲物に近づいて、昆虫をひとつそっと歯のあいだにくわえた。それから、かみ砕いて飲みこんだ。サンシャインはみていておかしくなるくらいはしゃいでいた。ラッキーが自分の獲物を最初に選んでくれたからだ。ふわふわしたしっぽをうれしそうに地面に打ちつけている。

ラッキーはどの獲物からもほんの少しだけ取るように注意して、食べているあいだも始終、感謝のしるしにくんくん鼻を鳴らした。ラッキーがすべての獲物をひと口ずつ食べると、ようやくほかの犬たちも前に進みでて食事の仲間入りをはじめた。いくらもたたないうちに、どの犬もしあわせそうにウサギやシカやリスを口いっぱいにほおばっていた。

「きみたちはりっぱな猟犬だ」ラッキーは口を休めて全員をみわたした。「食糧をみつける本物の才能がある。このごちそうにお礼をいうよ」

「こちらこそありがとう、ラッキー」マーサが小さな声でいった。「わたしたちを猟犬にしてくれたのはあなただもの」

おなかがいっぱいになると、犬たちは満足そうに体を寄せあって寝そべり、ラッキーは目を閉じて長いため息をついた。ベラはいつものようにラッキーに体をくっつけている。デイジーはラッキーの腰の上にぺたりと腹ばいになり、サンシャインはのどの下にもぐりこんでいた。ミッキーはラッキーのわき腹の下にうしろ足を気持ちよさそうに差しこみ、眠りにつくにつれてその足をぴくぴく動かした。ラッキーはおかしくなった。ミッキーはきっと、あのシカを追いかける夢をみているんだ……。

✷

闇がみえた。また、闇だ。だが、今度の闇はいつもとちがう。

保健所にいるようだが、ケージがない。ラッキーを取りかこんでいるのは、うつろな闇だけ……それから、うなり声、犬たちが転げまわり、ぶつかり合う音だけだ。

犬たちが争っている。命をかけて――〈アルファの嵐〉の中で。

振りかえり、必死であたりをみまわしたが、ぬけ道はどこにもなかった。爪がラッキーの横腹を引っかき、牙が間近で白くひらめいた。大きな犬が通りすぎざまにラッキーにぶつかったかと思うと、戦いのただ中へおどりこんでいった。すさまじい音だった――遠吠え、悲鳴、牙の鳴る音。怒りと痛みと恐怖が渦を巻いている。牙が荒々しく迫ってきてラッキーの耳をとらえ、引きさいた――頭がい骨を刺しとおすような痛みが走る。

まるで〈天空の犬〉の最後の戦いのようだった。いつか母犬が話してくれた戦いだ。いや、そうにちがいない――これは世界の終りの戦いなのだ。ラッキーはその争いのさなかにいて、凶暴な戦士たちから逃げまどっている。

ラッキーの知っている犬たちもいた――すぐ横で、ベラが悲鳴をあげた。赤い目をしたハウンド犬がベラにとびかかり、あおむけに倒れたところをのどにかみつこうとする。だめだ――ラッキーは声にならない叫び声をあげた――だめだ。だが、ベラに近づくことができなかった。前足が、爪が、ラッキーを引きずりたおそうとする。スイートの姿もあった。すでに虫の息で、動くことも走ることもできずにいる。ブレードとダガーは牙を打ちならし、相手の肉を引きさき、かみついていた。やがてどの犬も、黒い闇のような犬の大群に飲みこまれていった。小さなデイジーは長い遠吠えをしながら、ぶつかりあう犬の体の下に消えていった。ラッキーにできることはなにひとつなかった。なにひとつ！

ラッキーはデイジーの首輪をくわえようとしたが、水の上で足をすべらせ、進むことさえできなかった……いや、これは水ではない。生温かく、ぬるぬるしていて、黒い……これは血だ。血の海がしだいに深さを増し、ラッキーの足元にひたひたと打ちよせながら毛皮にまとわりついてくる。血の海の表面は、ぶきみにてらてら光っていた——あのおぞましい川のような、毒々しい光りかただった。ラッキーはぞっとして、急いで駆けだそうとした。はずみで足をすべらせ、血の中に倒れこむ。口の中が血でいっぱいになり、金臭い味が舌を刺した。ねばつく血が歯にまとわりつく。目は——目の中も血でいっぱいになった。視界が赤で埋めつくされる。

血の赤で……。

✷

ラッキーははじかれたように立ちあがった。頭からしっぽの先まで震えている。あえぐように息を吸いこんだ。心臓がどきどきいい、胸の中から飛びだしてきそうだった。空もあたりの世界も血の赤に染まり、ぞっとするような数秒間、ラッキーは口の中に犬の血の味を感じていた。

そのとき、ラッキーははっとした——夜が明けたのだ。〈太陽の犬〉があくびをして地平線から伸びをし、空を深い赤に染めつつある。

それでも、ラッキーは胸の鼓動をしずめることができなかった。抑えようもなく、口からおびえた鳴き声がもれる。となりで寝ていたデイジーが目を覚まし、問いかけるように顔を近づけてくると、半分体を起こしてラッキーの鼻先をなめた。

「ラッキー？　だいじょうぶ？」

ラッキーはデイジーをみおろした。はっとするほど大きな安堵が波のように押しよせてきた。そうだ、デイジーは死んでいない。争う犬たちに押しつぶされてもいなければ、引きさかれてもいない。デイジーはここに自分とともにいて、けがひとつしていない。ラッキーはぶじでいてくれたことに感謝しながら、おかえしにデイジーの鼻をなめた。

「だいじょうぶだよ、デイジー。ただ……悪い夢をみた。それだけだ」

夢の内容まできかせることはない。それは自分の胸に秘めていればいい――だが、不安はいまもラッキーにまとわりつき、冷えきった体は恐怖で震えていた。

ほかの犬たちも目を覚まし、〈太陽の犬〉が投げかける美しい光の中で伸びをしたり、たがいの顔をなめてあいさつをしたり、あくびをしたりしていた。体を振って眠気を払いおとすうちに、ふいに――そしていっせいに――この夜明けが自分たちとラッキーにどんな意味をもたらすのか思いだしたようだった。朝のあいさつやうなり声は小さくなっていき、犬たちは悲しげにラッキーのほうを向いた。マーサが近づいてきて、鼻先をそっとラッキーの顔に押しつけた。

「ラッキー」小さな声で鳴く。「あなたがいなくなったら、わたしたちはどうなるかしら」

ラッキーは胸を刺す悲しみにあくまでも気づかない振りをした。そして、わざと熱心に吠えてみせた。

「きみたちならだいじょうぶだ！　ぼくも自分のめんどうをみなくちゃいけない。きみたちにみてもらうわけにはいかないからね」

「そんなの、いいのに」デイジーはさびしそうにくーんと鳴いた。

「デイジー、考えてもごらん！」ラッキーは元気よくしっぽを振りながら、暗い空気を吹きとばそうとして気軽な調子で吠えた。「きみはあっというまに大きくなる。たくましい猟犬になって、いまよりもずっと強い犬になる。今度きみに会うときは、いっぺんにウサギを二羽も捕まえてぼくに自慢するようになってるはずだ。また会えるよ。約束する。きみたちを訪ねてもどってくるから」

デイジーは頭を垂れ、悲しげにフーッとうなった。「ラッキー。あたし、あなたがいなくなったらすごくさびしい」

「ぼくだってさびしい」ラッキーは愛情をこめていった。「だけど、こう考えればいい。これでもう、うるさく小言をいわれたり、叱られたりせずにすむって！」ラッキーはとびあがると、しっぽを大きく振りながらさっと円をえがき、ほがらかに吠えた。「ほらほら、さよならもいってくれないのかい？」

犬たちはそれをきくといっせいにラッキーにとびつき、さよならと吠えたり、なめたり、鼻を押しつけたりした。ラッキーもお返しになめ、静かな声でうなり、くんくん鳴き、そうしながら、胸や腹をしめつける悲しみをまぎらわそうとしていた。決心を変えるつもりはないというのに、なぜ自分は後悔しているのだろう。みんなが自分なしでやっていけることも、自分が独りにもどればしあわせになることも、まちがいないというのに。

「ブルーノ、さようなら。勇敢でたくましいきみのままでいてくれ。マーサ、ここには川があるからまた泳げるぞ！　デイジー、サンシャイン、アルフィー——きみたちの心は体の二倍も大きい。内なる本能に耳をかたむけるんだ。ほんとうのきみたちは、どんなフィアース・ドッグよりもずっと強いんだから！」ラッキーが振りかえると、ミッキーがおごそかに顔をなめて別れを告げた。

「ミッキー、きみはすばらしい猟犬だ。みんなを頼んだぞ！　そして、ベラ——」

ラッキーはだまりこんだ。ベラがそばにきて、顔をラッキーの顔に押しつけた。

「ああ、ラッキー」ささやくような声でいう。「また離れ離れにならなくてはいけないの？」

「ベラ」ラッキーは、腹の中に刺すような痛みを感じた。「今回はちゃんとお別れができたじゃないか。子犬のころ、ニンゲンに引きはなされたときとはちがう」

「そのせいであなたは永遠に変わってしまったのね」ベラは静かにいった。

「ああ、そうだね」ラッキーはため息をついた。「そのことを悔やんではいないよ。ぼくは自分の生き方が好きなんだ。だけど、もしニンゲンに連れていかれなければ、ぼくはきみを置いていったりしなかった」

「わかってるわ」ベラはラッキーの耳をなめた。「あなたはわたしたちとはちがう。あなたはちがう種類の犬で、そしてありのままの自分を愛しているのよね。すばらしいことだと思うわ。そしてあなたは、わたしたちを助けてくれた。とてもとても助けてくれた。いままでいっしょにいてくれてありがとう」

「いいや……きみたちこそ友だちでいてくれてありがとう。みんなと旅ができてほんとうにうれしかったよ」ラッキーは自分の言葉にうそがないことに驚き、その瞬間に感じた、痛いほどの別れの悲しみにも驚いた。

「さようなら、ラッキー。でも、永遠にさよならではないわ」ベラは最後にもういちど愛情をこめて鼻をすりつけ、そして一歩下がった。

ラッキーは地面にすわったまま、みんなに背を向けた。明るい声で遠吠えをして、ともするとのどをしめつけてくる後悔をまぎらわせようとした。「また会おう！　元気で！　幸運を祈っているよ！　さびしくなるだろうな」

そして、迷いを振りきるように駆けだした。尾根をこえ、仲間のすみかとなった美しい谷間をあとに残していく。思い出を追いこそうとでもするかのように全速力で走りながら、木々を避け、倒れた木の幹をとびこえ、そして、久しぶりに味わう自由を心から楽しんでいた。

結局、この別れが永遠に続くわけではないのだ。ラッキーは、丘の上から右手に広がる海をながめ、左に延びる山脈をながめたときのことを思いだした。世界は思っていたよりもずっとせまかった。この旅路は、最後にはきっとみんなのもとへ続いている。そのときラッキーたちは、どれほど多くのことを語りあうだろうか。狩りのこと、冒険のこと、楽しかったこと……。〈太陽の犬〉の光が森の地面に緑と金のまだらもようを作り、葉陰からは鳥たちの歌う声がきこえてくる。少し先で、一羽のカラスが枝にとまってラッキーをみていたが、やがて黒い翼を大きくはためかせてとびたった。カアカアいう鳴き声は、友だちへのあいさつのようにもきこえた。空気は新鮮で生き生きしたにおいがした。成長と生命力の気配に満ちていた。ラッキーは森が大好きだった――これまでも、ずっとそうだった！　だからこそ〈森の犬〉は、あの基地で、ラッキーに知恵と狡猾さを授けてくれたのだ。いま、ラッキーはふたたび〈森の犬〉との結びつきを感じていた。これからは、孤独に、自由に、幸福に暮らすのだ――狩りをし、自分自身のためだけに生きればいい。ラッキーは、そんな生き方をずっと愛してきた。

一匹のリスが、突然現れたラッキーに驚いて、目の前をさっと走りぬけていった。おおあてで近くの木にのぼっていく。ラッキーは楽しげに吠え、冗談半分にリスを追いかけた。空腹ではなかったので、捕まえたとしても食べるつもりはなかった。リスは梢の枝のあいだに逃げこみ、振りかえって腹立たしげにキイキイ鳴いた。ラッキーは息を切らしながら純粋なよろこびに吠え声をあげ、うしろ足でくるっと回った。

「つぎは捕まえるぞ！」ラッキーは楽しそうにきゃんきゃん吠えた。「つぎこそは！」

突然、ラッキーは凍りついた。舌はだらりと垂らしたままだ。あの音はなんだろう？

片方の前足をあげ、確信をもてないまま振りかえった。

うしろから、逆上したような遠吠えと吠え声がきこえてきたのだ。だが、悪夢の中できいた、この世のものとも思えない血も凍るような声ではない。それならあれは……？

犬たちが争っているのだ！

声はずっとうしろのほうからきこえていた。ラッキーがやってきたほうだ。仲間たちがいるところだ。ここなら安全だと考えて、みんなを残してきた。怒りをあらわにした吠え声がひときわ大きくきこえた。ラッキーは耳をそばだてた。恐怖で全身がぞくぞくする。これはフィアース・ドッグの声ではない。仲間たちの声でもない――。

「ここはおれたちのなわばりだ！　おれたちのすみかだ！　よそものは出ていけ！」

ラッキーは頭上の枝にとまったカラスをちらりとみた。カラスもラッキーをみかえした。それから、緑と金にかがやく森をみまわした。生命に満ちた、〈孤独の犬〉にとっては申し分のない場所を。

そして、くるりと振りかえった。もときた道を引きかえして走り、木々のあいだを全力でぬけていく。はねるように駆け、身をかわし、落ちている枝をとびこえ、まっすぐに、ひたすらまっすぐに、仲間を残してきた場所へもどっていく。みんなが危ない。みんながラッキーを必要としている。それなら、もどらなければならない。いますぐに！

ラッキーにわかっているのはひとつだけだった。鼻にしわをよせて牙をむきだし、戦いに備えながら……。

あの仲間は自分の群れだ。
ラッキーの群れなのだ……。
そしていま、自分の群れになにかが起こっている。

作者

エリン・ハンター

Erin Hunter

ふたりの女性作家、ケイト・ケアリーとチェリス・ボールドリーによるペンネーム。大自然に深い敬意を払いながら、動物たちの行動をもとに想像豊かな物語を生みだしている。おもな作品に「ウォーリアーズ」シリーズ（小峰書店）、「SEEKERS」シリーズ（未邦訳）などがある。

訳者

井上 里

いのうえ さと

1986年生まれ、早稲田大学第一文学部卒。訳書に『オリバーとさまよい島の冒険』（理論社）、『それでも、読書をやめない理由』（柏書房）などがある。

サバイバーズ 1
孤独の犬
2014年9月24日　第1刷発行

作者　エリン・ハンター
訳者　井上 里
編集協力　市河紀子
発行者　小峰紀雄
発行所　株式会社 小峰書店
〒162-0066 東京都新宿区市谷台町4-15
電話 03-3357-3521
FAX 03-3357-1027
http://www.komineshoten.co.jp/
印刷所　株式会社 三秀舎
製本所　小髙製本工業株式会社

NDC 933　340P　19cm　ISBN978-4-338-28801-9

エリン・ハンター　待望の新シリーズ！

サバイバーズ
SURVIVORS

◉エリン・ハンター／作　◉井上　里／訳

1 孤独の犬　　**2 見えざる敵**

〈大地のうなり〉によって、瓦礫と化した街。
水も、食糧も、安心して身を横たえる場所さえなくした
〈孤独の犬〉のラッキーは、街をさまよい、
そして元飼い犬たちの集団と出会う。
狩りも、危険から身を守る術も
知らない犬たちとともに、ラッキーは新天地を求め、
荒野へと旅だつ――。

◉各巻定価（本体1200円＋税）

デパート
ニンゲンの家
保健所
街